读客® 知识小说文库

读小说，学知识

AI迷航

肖遥 著

长篇科幻小说

上海文艺出版社

图书在版编目（CIP）数据

AI 迷航 / 肖遥著 . -- 上海 : 上海文艺出版社，2018.9
（读客知识小说文库）
ISBN 978-7-5321-6694-7

Ⅰ . ① A… Ⅱ . ①肖… Ⅲ . ①科学幻想小说－中国－当代 Ⅳ . ① I247.5

中国版本图书馆 CIP 数据核字（2018）第 102876 号

责任编辑：毛静彦
特邀编辑：侯言言
封面设计：蒋咪咪
插画设计：蒋俊毅

AI迷航
肖遥　著
上海文艺出版社出版、发行
地址：上海绍兴路7号
电子信箱：cslcm@publicl.sta.net.cn
网址：www.slcm.com
新華書店经销　三河市吉祥印务有限公司印刷
开本 680毫米×990毫米　1/16　18.5印张　字数 264千字
2018年9月第1版　2018年9月第1次印刷
ISBN 978-7-5321-6694-7/I.5337
定价：48.00元

目 录

第一章 云上农场 001

第二章 新领航员 021

第三章 数据危机 041

第四章 人体养殖 065

第五章 风暴之城 083

第六章 AIKiller 109

第七章 纳米之门 127

第八章　**机械文明** 142

第九章　**樱花大陆** 160

第十章　**全息伪装** 176

第十一章　**巨鼠来袭** 194

第十二章　**核爆遗民** 216

第十三章　**生而高贵** 232

第十四章　**记忆陷阱** 255

第十五章　**海底牧场** 271

第一章
云上农场

1

“报告船长，已成功避开乱流，当前飞行高度23350米，船外气温零下44.2℃，农场内均温恢复到22℃。”丁琳读完显示屏上的数据，迅速做出分析，“刚才的乱流持续15分钟，最大震动强度达到B级，给船体带来的颤抖，将造成农场边缘地块土壤松动，尤其对正在生长的番茄根部非常不利。”

我点了点头，第三人蓝色瞳孔内的摄像头捕捉到我头部的动作后，立刻向导航台右前方番茄园的农夫们下达“检视”指令。它的上半身被设计成一个拥有金色短发、蓝色眼睛的白人，额头宽阔，脸型方正，微蹙的眉头间流露出一种天然的忧郁，其设计原型据说来自半个世纪前一位著名的影视男星。遗憾的是，第三人的下半身却是只能在导航台移动的轮子。

“番茄园L区所有农夫，请在20分钟之内检查所负责区域的番茄根部，如有松动、移位，务须及时处理。”

本来还打算在黄昏下班前偷个懒的几个人，听到扩音器里传来的机器语音，又相继懒洋洋地站了起来，朝着导航台抱怨了几句，其中一个方脸的中年汉子还朝我们竖起中指。

我已经习以为常，不过丁琳却每次都会将中指还回去。她不管对方是否看见，坚持要将那细长的指头，高高地举过头顶，保持最少15秒的时间，逼着对方收回中指。

这次也不例外。

她为我挡住了夕阳，那闪着金光的苗条背影，让我想起了已经被大西洋海水淹没的自由女神像。

多年之后，我每每想起丁琳，脑海里浮现的都是那个镶着金边的背影。

番茄园里那个中年农夫放下中指，拎着锄头，灰溜溜地向其他农夫追去。倒不是他怕了丁琳，而是因为他看见巡逻的巡警正在向他靠近。

我轻咳一声，“短日照作物的日照时长需要控制下，我记得上次你说，最近哪种作物的花期要通过控制日照去缩短，大麦？”

我试图帮她转移注意力，谁料第三人却不合时宜地接住话茬道：“报告船长，你说的这种作物是大豆，在35分钟之前，大豆区的遮阳板已经覆盖，目前该区域已经提前进入夜晚。”第三人的声音冷冰冰的没有任何情感，它更无法理解我的本意。

“以后能不能别擅自做主……”我向它抱怨了一句。

“好的，船长。”

丁琳望着那农夫败退的身影缓缓放下了手臂，又长长叹了一口气，什么也没说，径直回到了她的座位上。她最近叹气过于频繁，深深的眼窝里，装满了心事。

夸父农场的服役守则里明确规定：禁止服役人员探讨与工作无关的内容。守则里的这条规定主要是针对一男一女搭配的服役人员而设，就像我和丁琳。

所以，虽然知道她心情不爽朗，我也不会主动去询问原因。

朝夕相处，孤男寡女，不正是古今大多数小说家最喜欢描写的香艳场景的开端吗？更何况，我和丁琳，要如此相处三年。

如今，是第831天。

丁琳弯腰从办公台下拎出一瓶红酒，将额头微乱的刘海儿向旁边拢了拢，故作云淡风轻地向我说道：“走，去外面喝一杯。”

第三人忽然转过头，它分析着丁琳的话是否是对它下的指令，随即又将面无表情的人脸转回屏幕。

丁琳说的外面，指的是导航台下的一片丁香园。每个黄昏，我们都会在园子里坐到日落，有时候在午夜醒来，心中憋闷，也会出来躺在丁香园中仰望星空。

我机械地看了眼电子时钟：“还没下班，再等5分钟。”

丁琳扫兴地瞪了我一眼：“船长，这里就咱两个大活人……”她瞟了眼第三人，“这家伙算不上个人，所以你还有什么可担心的？”

第三人敲击键盘的声音停了几秒，接着声音又起。据我对它的了解，它还没有生气的功能。

“原则性的问题不能说改就改！无人监视更考验一个人的自律。”嘴上虽然这么说，我还是接过了她递过来的酒杯。

她眼眶底下涌动着金色的惆怅。

我更加肯定内心的判断，她一定遇到了什么问题，才致使她的情绪持续消沉。

最近半个月，我多次见她一个人，或站在橄榄园中叹气；或坐在棕榈树下的白沙上发呆；或靠在推进器旁的机械车间墙壁上自言自语；或伏在穹顶玻璃边缘，垂头望着脚下或黄或灰的云，偶尔还迅速地抹去眼角的泪。

她今天饶有兴致地拎出了那瓶原本打算离开这里前才打开的红酒，说明她正在自我恢复之中，也或许只为一醉解千愁借此发泄内心的抑郁。

当太阳隐没在浓云之下，西天最后一缕金红消失在宇宙尽头时，本像一具塑像一样凝望着西方的丁琳忽然一口干尽了杯中的红酒。

“成哥，”她私下里总是这么称呼我，“你说，夸父这个人，为什么要一直追赶太阳？明明知道追不上，却还会追下去，至死方休，为什么？”

“大概是因为他对光明的向往吧。”

“他难道不知道，自己追不上太阳吗？”

“我想，他应该知道。”

“既然知道，那他还这么做，岂不愚蠢？”

“愚蠢？或许吧……”我摇晃着杯中的红酒，“不过，换个角度来看，一个人若能为信念而死，也是一种幸福。”

“信念？做这种没有意义的事，你却认为，是因为信念。”

“有了信念，也就有了意义。”

丁琳的齐耳短发随着微风飘动，丁香混着酒香撩拨着我的鼻息。丁琳说：“我们，犹如囚犯一样生活在这夸父农场上，每天追赶着太阳，是因为什么，绝对不是信念吧？”

“职责所在。”

“职责，又是职责！”她声音提高了两度，“可是成哥，你真的开心么？如果你此时死去，你是否也能像夸父那样感受到幸福？”

“我……”我语塞了，有些话，我不能说出口。

暗香浮动中，云海吞没了半边落日。

丁琳又倒了半杯酒，紧接着一口灌进喉咙，然后转头凝视着我，待我被她看得也转过了头，忽然，她说了句令我猝不及防的话。

“成哥，我们睡吧。”她瘦削的脸上，强颜欢笑。眼角下面的脸颊上，却是两道闪光的泪痕。

“唔！”

我随意应了一声，在我发出声音的一刹那，我意识到她这句话可能有两重意思。

她没给我思考的时间，紧接着说出了她想表达的意思：“今夜，我们一起睡吧！我想开心一点。”

我怔住了。目不转睛地想要抓住夕阳的尾巴，把它再度拎上云彩，让余晖映在我的脸上，来帮我掩饰内心的局促。

她为什么会突然这么说呢？虽说一起共度了两年多，没有感情是不可能的，但我以为，我们的关系只应限于战友、同事、朋友，以及服役不到三年里唯一可互相信任、依赖的对象。我不否认，在某些夜里，曾经对她生起过男女之间的某些幻想，但是，那只是幻想，我从未想过把它付诸行动，从不敢想哪天我们会真正躺在一张床上。

“我们都有爱人，不是吗？”

我将反问句用陈述的语气讲给她听，不仅拒绝了她，也提醒了自己。

现在想来，当时的我真是残忍且愚蠢。

我应该给她一个拥抱，让她在我怀里大哭一场。如果我能提前知道，四个小时之后，她就会在我的世界彻底消失。

2

丁琳是我的领航员，身兼夸父农场的生物数据分析师，虽然只是两个Title，其实她包揽了导航台除了驾驶这艘巨大的“飞船”之外的一切琐碎工作。而第三人是导航台里的机器人，负责监控农场各区域的植物的生长情况和生态环境变化，向丁琳反馈数据并分析数据，提供可行的解决方案，待我们裁决之后，将命令传达给农场的农夫。它自身智能系统的判断有时候会出现失误，比如，两个月前的一个下午，它放出了2万只蜜蜂为向日葵授粉之后，又派出了50架无人机去喷洒农药。

夸父农场是一艘飞行在空中的巨大飞船，它的存在不是为了运输资源，而是为了种植农作物——称它为“航天母舰”或者“航天农场”最为恰当。事实上，夸父农场比我了解的任何航天母舰都要庞大得多——它有16个维持它在空中不坠落的推进器，每个推进器里都能塞进去一个足球场，推进器像是棋子均匀地倒黏在棋枰之上，横竖各四个，每个之间的距离都是2.5公里，所以整个农场长宽超过10公里，面积不下100平方公里，相当于一个中等城市的大小。

如此一艘巨大的飞船，掌舵人只有我和丁琳。我是船长，不过这个所谓的船长也只是一个代号，我并不需要亲自为夸父农场掌控方向，它早就有自己预先设定的飞行轨道，比如我们的农场代号N33，就是沿着北纬33度飞行，我只负责当飞船遇到突发事件时的紧急处理。其实在平流层飞行十分平稳，一个月也遇不见几次能够施展机会的空气乱流。

夸父农场N33里的作物，都是北纬30度至40度区域常见的粮食作物和经济作物——小麦、大麦、玉米、大豆、向日葵、茶树、棕榈、马铃薯、番茄……只我所在的农场，种植的作物便有26种。全世界的夸父农场有数千艘，几乎覆盖了温带、亚热带和热带的所有纬线。

夸父农场的名称来自“夸父逐日”的传说。夸父一生追逐着太阳，直到死去，夸父农场并不是一直在追逐太阳，而是在追逐光照。20多年前以核爆终结的那场战争，让地球上80%的城市和乡村失去了光照，阳光被漂浮在平流层底部的灰霾笼罩，农作物无法获得充足光照，要么减产，要么死去。那场恐怖的战争导致地球上20亿人死去，但是随之而来的酷寒与饥荒却夺走了40亿人的性命。为了养活幸存下来的人类与一部分动物，战争的胜利方——Ai与人类组成的联合政府启动了夸父农场计划。从此，数千艘农场翱翔于两万米高空，成为了人类粮食的主要生产基地。

我和丁琳不是夸父农场仅有的人类，如此庞大的一片土地，我们再聪明能干，也无法完全掌控。每天活跃在我视线内的“农夫”有二三百人，而整艘飞船上共有五千余名工作人员，不过绝大部分我至今也没见过。这些农夫，在来夸父农场之前，绝大多数根本不知道如何种地，被“抓”到这里之后，每个人都会接受长达三个月的农业种植培训。之所以说“抓”，是因为他们之前有一个共同的称谓——罪犯。

夸父农场，其实就是一座翱翔于天空中的劳改农场。

每天的13：55，夸父农场飞临东经98.50°时，会接纳两艘飞船进入舱体——一艘载人，一艘运货，他们办完人员和货物的交接事务后，在两个小时之后离开。

夸父农场的导航台、农场种植区、监狱重犯区各区域各自独立，纵然是工作人员也彼此互不联系，所以我和丁琳两年来也没有和船上其他人进行交流的机会。

除了偶尔发生的“中指较量”。

每天傍晚，当巡警与农夫全都回归地下之后一个小时的时间里，我和丁琳才被允许进入农作物的园区，丁琳检查作物的生长状况，我则跟在她的身后，在日落前闲散徜徉。

渐渐地，连散步的心思也没有了。

丁琳用仪器测量数据的时候，我往往是背着手，站在田垄上，望着自己的影子像一只黑猫一样在黄瓜架下爬行，在身板矫健的玉米秆间捉迷藏，在窃窃私语的向日葵脚下翻滚着毛茸茸的身子，露出黑乎乎的肚皮。只有这时候，我方能感觉到时间的存在，这具行尸走肉般的身体也是有灵魂的。

农场日复一日的重复着相同的轨迹，货物飞船日复一日的进进出出，我们日复一日的记录着枯燥的数字，走着几乎相同的路径，也日复一日的欣赏着或黄或红的云海，伴随着日落翻滚、挣扎。

经历过战争的人，会格外珍惜生活的“枯燥”，还好，我和丁琳都是这种人，尽管我们已经把每天一成不变的工作重复了八百多次。

幸好太阳还是要在南北回归线之间徘徊，每天的日落在理论上就是不同的——呵，我可不想安慰自己——理论归理论，事实上，每天的日落对于我和丁琳来说，除了云海的波浪和颜色变化没有规律之外，其他也没什么不同。

但除了以观看日落来宣告一个又一个白日的终结，我们也没什么可做的。

这是一种每天必须要进行一次的仪式。

在这仪式的巨大祭坛里，我祈求一场瓢泼大雨。

夸父农场的气候管理系统可以为冬小麦制造冬日的雪，为蔬菜制造春日的霜，唯独不会下雨。

丁琳有丈夫。而我在上船之前，也已有了一个堪称完美的家庭。我的妻子是军队某医院的医生，我们相识于战火之中，在战后第二年走入婚姻殿堂。如今，我们的儿子已经八岁，小女儿也刚过完六岁生日。我与妻子在每月单日的晚八点都会打半个小时的视频电话，两年来一直如此，雷打不动。丁琳也是如此，她每月双日的晚八点则会和她的丈夫联系。上船之时，他们刚结婚没多久，可谓新婚燕尔。

“小复上个月的考试，在全班拿了第一名！”雪华向我展示着一张奖状，“我之前和他说，若能考第一，就允许他参加小学的足球队！”

“踢足球好！”

“可是，我不大愿意。”

“既然答应过孩子，就得做到。”

“可下面的空气质量你也不是不知道，我认为，最安全健康的活动，就是踏实的坐在家里看看动画、打打游戏，哪儿也别去。”她将奖状放在了桌子上。

“嗯，你来决定吧。”

“噢，好。”

沉默。

尴尬的沉默。

我翻着手中的诗集，匆匆而过的文字，我根本没看它上面都写了什么。我指望着雪华能发起新鲜的话题，毕竟新鲜与我的生活和工作无关。

“小雪昨天有点发热，不过我给她打了一针，晚上就好了。”

“那就好！”我松了口气，但同时为自己感到失望，其实我们结婚也有十年了，本没必要如此尴尬，“真是辛苦你了。”

“你别操心家里，坚守好自己的岗位，我们不是马上就能团聚了吗？”她听出了我语气中的颓丧，便热情地鼓励道。

“还有265天。”我心中感激她对我的理解，然而，我却说不出感激的话。雪华知道我每天的生活枯燥乏味，自然不会要求我成为一个有情趣的人。可我却坚定地认为，我不是一个合格的丈夫。

“亏你记得这么清楚，不过可别因为想家消极怠工啊。”她笑起来的样子，就像在谈一场青春期的恋爱。她越是如此，我内心越是自责，越是努力追寻着爱一个人应有的心态。

“你放心，我知道一个军人的职责。”我看着妻子身后我们一家四口的合影，“把小复、小雪叫来，我想看看他们。”

“你可别这么想，这俩孩子见你一次，就得难受半个月，这段时间他们刚把自己的心态调整过来，你就别折腾他们了。不是还有两百多天，等你回来，我们一家人就不会分开了！”

我点了点头，又闲聊了几句，便关闭了视频电话。

每次挂电话前，雪华都会说“我爱你”，我能感受到她的深情，大多时候也装作热情地迎合着。但是屏幕黑下去之后，我都会感受到一种演员谢幕之后的片刻轻松。

从什么时候开始，和雪华聊天竟然成了我内心的负累？我实在想不起来。我只能归咎于时间和距离的消磨，两年的分别，云上云下的相隔，就连对妻子说一句“我爱你”，也成了一种应付。

然而今天，当她说完那句我爱你之后，我连应付的心思也没有了，只是匆匆道了句晚安，便关掉了视频。

是负罪吗？

我没有做任何对不起雪华的事，但这种刻意的隐瞒，却也让我产生了类似于背叛我们感情的愧疚。

3

洗漱完毕一般都是20：45，我会靠在床上读15分钟书，于21：00准时睡觉，10分钟之后进入深度睡眠，这已经被我培养成为固定作息。

然而今天，我的眼神总是落不到那本“百页书”的水墨映像之上。文字是模糊的，它们成了傍晚霞光下所发生那一幕的背景。

丁琳被我拒绝之后泣不成声的场景被我按了循环播放键。

我不知她为何会如此难过，但我知道她的泪水，不是因为我拒绝她而流。我的态度只是触发了一个泄洪开关，丁琳通过这个机会，把压抑了很久的悲痛，瞬间倾泻下来。

发泄出来总比压抑着好。

她放声大哭的时候，我的右手摩挲着高脚杯的玻璃壁，左手却扶住了座椅的手柄。我真的该扔掉那酒杯，将她紧紧地抱在怀里，就像拥抱雪华……

我都已经想不起来拥抱雪华时的感觉了。

百页书被我哗啦啦地翻了两个来回，第一个来回是雪莱诗集，第二个来回就成了拜伦诗集。

雪莱的书尚有半部没有看完，于是我又倒翻回雪莱的《奥西曼德斯》，我昨晚睡觉前看到的是这首。在看书这一方面，我有强迫症。再难看的书本，我一旦拿起，就必须一字一句地读完。

看不完雪莱，我就绝不会看拜伦，尽管我对这位同样有过戎马生涯的诗人仰慕已久。

“我遇见一个来自古国的旅客/他说：有两只断落的巨大石腿/站在沙漠中……附近还半埋着/一块破碎的石雕的脸……”

那石雕的脸瞬间变成了丁琳的模样。她浮在沙漠上的眼睛，像是两汪泉眼，将石像下面的白色沙地上，洇出一片浑浊的黑色湖泊。

“成哥，你睡了吗？”

门外丁琳的声音打断了我的思绪，我迅速关掉了床前的台灯。

我没有回应，我不敢。她紧接着的敲门声，声声都像是搔在我心头的痒痒挠，暗夜之中，我能听见心脏怦跳的躁动，我将被子拉到了胸口。

“成哥……”她像是伏在门缝说道，“原谅我……”

我依然不能回应。回应的结果，就是我要开门，一旦我打开门，她若真的扎进我怀里，我可没把握能成为柳下惠。

我没有回应，她也没有说话。

长久的无声，正当我怀疑她已经离开的时候，丁琳的声音重新在门外响起，她只说了四个数字——“1539”。然后，脚步声逐渐远去，直至消失。

我做了一个奇怪的梦。

梦里面，我和妻子视频电话，然而屏幕里的女人却不是她，也不是丁琳。

我给梦里的妻子背诵了一首诗歌，醒来的时候，我依然能想起部分段落。我迅速开启百页书的语音速记，将能记住的段落读了出来：

我要凭那无拘无束的鬈发，
每阵爱琴海的风都追逐着它；
我要凭那墨玉镶边的眼睛，
睫毛直吻着你颊上的嫣红；
我要凭那野鹿似的眼睛誓语：
你是我的生命，我爱你。

还有我久欲一尝的红唇，
还有那轻盈紧束的腰身；
我要凭这些定情的鲜花，
它们胜过一切言语的表达……

百页书迅速将我朗读的语句转化成文字，我惊奇于我对梦境的记忆能力的同时，更惊奇于我竟然在梦里写了一首诗。

一首很奇怪的诗。怪就怪在，它完全超出我的生活体验。我不是一个浪漫的人，更没去过爱琴海，梦中的我，竟然写出了这样一首情诗。

熟读唐诗三百首，不会做诗也会吟。或许就是最近看诗歌看多了，潜意识里真把自己当成了一个诗人。

随后，诡异的事情却发生了。

百页书记录完所有的文字，诗歌旁的智能检索栏里却自动出现了一行字：《雅典的少女》，拜伦。

我颤抖着手指去触摸《雅典的少女》，整首诗弹跳出来。

雅典的少女啊，在我们分别前，
把我的心，把我的心交还！
或者，既然它已经和我脱离，
留住它吧，把其余的也拿去！

请听一句我别前的誓语：
你是我的生命，我爱你。
我要凭那无拘无束的鬈发，
每阵爱琴海的风都追逐着它……

后面的文字与我梦里梦到的一模一样。

我确定我之前并没有读过这首诗，我更确定，除了昨晚翻百页书时翻到了拜伦诗集，此前并没有看过。我开始接触西方文学，还是登上夸父农场之后的事，此前我一直喜欢东方的诗歌，无论是唐诗宋词，还是日本俳句。

不可能，我绝没看过拜伦，绝没背诵过《雅典的少女》。

难道是昨晚乱翻书，潜意识扫过了这首诗，竟然就记了下来？如果非要个合理的解释，这种可能性最大。我曾经读过心理学的书籍，了解潜意识的威力。那本书介绍的一个案例我还讲给了丁琳：催眠师给一个孩童催眠，让他的眼睛具备了X光机器的功能，能够隔着人的肚皮，看到五脏六腑的状态。

既然潜意识能让普通人变成超人，那我记下一首诗，也不算什么。历史上不是有许多天才可以过目不忘吗？难道昨晚在无意间，我触发了自己潜意识里的天才开关？

走进空荡荡的健身房之时，是早晨7：15。

我踏在柔软的纳米履带上，第三人的声音从扩音器里传来："船长，早上好，今天打算散步、爬山，还是跑步？"

"跑步。"

"根据你最近一周的偏好，是否继续选择澳大利亚邦迪海滩？"

"随便。"

"昨日运动系统更新了数据库，新增添了世界古城跑步地图，根据你的国籍，我推荐明朝南京、宋都汴梁、唐都长安……"

"南京。"

全息影像瞬间让我置身于一座高大的古代城门之下，城门上书"太平门”，青墙碧瓦，远处是群山叠嶂，脚下的纳米履带变成了一条被轧出一道道沟壑的地砖。来来往往的车马行人在我身旁经过，有的还穿过了我的身体。

“船长，请在玄武湖、紫金山、秦淮河三条线路中选择一条。”

“紫金山。”

环境再度变化，我脚下的地砖成了一条砖石甬道，甬道斜向上去，两旁是高大的樟树。暖风拂面，鸟鸣婉转。我的跑鞋踏着甬道，向前跑去。

“船长，是否需要了解紫金山的历史？”

“不需要。”

“是否需要了解最近的世界古城运动系统的其他更新？”

“不需要。”第三人一定是因为我昨天那句“以后能不能别擅自做主”才变得什么都要征求我意见的。

“船长，根据你连续的拒绝式回答，以及你的声纹和面部表情变化，我推断你昨晚的睡眠状态欠佳，情绪稍显低落，请问是否需要我来为你安排身体检测？”

“不需要。”

“是否需要听取昨晚夸父农场发生的事件简报？”

“不需要。”

“是否……”

“不需要！”我忍了又忍，“第三人，你不用总盯着我，去忙吧。”

“好的，船长。”

机器人到底什么时候能够进化出不招人烦的功能？

我在紫金山里沿着山坡跑了不到五公里就已经气喘吁吁，汗水湿透了T恤。我从右前方的树洞里取出一瓶矿泉水，一口饮干，然后便在山中溜达。

我跑步的时候，一会儿想想那个梦，一会儿又想想丁琳，经常性的回头，倒不是留恋美景，只因为丁琳可能会从身后追上来。我脑子里盘算着，我们今早见面之时应该说些什么，才能化解昨天的尴尬。

或许什么都不说才是最好的方法。

丁琳并没有进来与我一起运动。

我回去冲了个温水澡，换上制服，来到餐厅。丁琳喜欢坐的那个位置空空荡荡，餐盘回收处以及盥洗池干干净净。她连早饭也不打算吃，可见昨天的事，已经在她心里成了一个难越的坎儿。

机器检测到我的脸，“叮”的一声，取餐口里推出了今天的早餐。我端出餐盘，里面是一碟白菜炒肉、两个煎蛋、半根香肠、四片面包、一碗黑米粥。餐盘的一角，还有五个核桃。

上次吃核桃大约是半个月之前了，我还记得丁琳一边用核桃夹去夹碎坚硬的壳，一边抱怨着：“上帝给我们坚果，但并没有打开它们。”

吃早饭的时候，我的耳朵留意着餐厅外的声音。然而丁琳始终没有出现。

女人的心事，终究比男人多吧。这世界上，也就只有雪华能容忍我那粗大的神经系统，以连一句甜言蜜语也不会说的耿直——换作别人，又有谁愿意等我这种人三年呢？

想着如何与丁琳打招呼的问题，我走进了导航台。第三人向我问了声早安，丁琳依然不在。

她的工作台上，一个17阶魔方孤零零的等着它的主人，显得颇为寂寞。每天午饭之前，丁琳都要将魔方打乱再复原。还记得丁琳刚上船的时候，她要用一周的时间才能把魔方复原，两年过去了，她现在每天只需要不到一个小时，就能把这款号称世界上最复杂的魔方征服。

我想，她一定是世界上玩17阶魔方最快的人了。

“报告船长，小麦园第9区至18区的作物已经进入灌浆期，我已安排今日15点至17点对小麦园的浇水任务，请问是否确认交由我自动执行？”第三人道。

“确认。”我手里摆弄着魔方，眼睛又下意识地瞟向门口。

“小麦园19区至29区的冬小麦播种预计今天中午即将完成，该区块负责人申请在今日21时将环境调整至深秋，夜间平均气温下降至10℃，7日后降雪，请问是否批准？”

“批准。”我有些随意地应付着，大多数问题，我只需要回答确认、批准就行了，不需要深入思考。

“收到。”第三人的手指开始在屏幕和键盘上动了起来。

将近中午，还是没有见到丁琳。我例行查看了各个种植园区的作物生长数据和农夫执勤状况，在每日需要签字的表格上签上自己的姓名之后，便去吃午饭了。

吃过午饭，又睡了个午觉，然而再回到工作岗位之上，丁琳还是没有来工作。我完全可以默认今天算是给她放假，可是，如果我对她毫不问津，未免又显得过于失职，毕竟我是这艘飞船的船长，而她是我唯一的船员。出于工作考虑，我也应该给她哪怕简单的问候——对她来说可能是重启沟通的台阶，或许这小小的主动，能让她尽快从痛苦中恢复过来吧。

我拨通她房间的电话，打了三次，无人接听。之前从没觉得她会如此的小性子，看来，昨天那件事对她的影响有些过大。

于是，我又亲自来到她卧房之外。

“你是不是病了？”隔着房门，我问了几遍，可她依然没有任何回应。

“丁琳？你醒了没？”

没有回应。

我在门外站了一分钟，听不到房间里任何的动静。我心中忽然升起一种不祥的预感，她不会一时想不开，做了傻事吧？

我动用了船长才有的权限，将丁琳的卧室房门强制打开，室内空空如也。

人不在屋里，就连被子、行李箱、生活用品也消失了，空荡荡的房间里只留下一张床，地上连一粒灰尘也未留下，就仿佛这里从未住过人。

我迅速的跑回导航台，向第三人道：“丁琳呢？她去哪儿了？”

“船长，十分抱歉，我没有权限获悉她目前的位置。”它那冷漠的表情，可没有丝毫抱歉的意思。

“什么意思？”

“我没有权限获悉丁琳目前的位置。”它将那句话愚蠢地重复了一次。

“丁琳为什么不在房间？她人到底去哪儿了？”

“船员丁琳已经离开船员生活工作区域。”

“谁让她离开的，我没有允许，她怎么能擅自离开？”

“丁琳被强制带离。”

“强制？”

“船员丁琳触犯夸父农场工作人员守则，已经于昨晚22：30被强制带离！”

我心内一紧：“什么？我才是船长！没征求我同意，谁能擅自将丁琳带走？”

第三人眼睛直勾勾地看着我：“对不起船长，我没有权限访问具体文件，所以不能为你提供相应的帮助。”

我焦躁的在导航台转圈，丁琳被带走了，我作为船长竟然丝毫不知情！到底是怎么回事……

“第三人，给我调出昨晚21：20之后的录像！”

屏幕里，丁琳孤零零地站在我的房门之外，她敲过门之后，却听不到我的答复，几度哽咽。临走之前，她强打精神，伏在我的门缝里说出了只有我才能听到的四个数字。

之后，她回到自己的房间，视频快进到22：30，四个身穿防化服的人来到丁琳门前，连门也未敲，直接刷卡进入丁琳房门，几分钟之后，丁琳被他们其中两人驾着双臂拖了出来，她没有丝毫反抗，显然已经晕了过去。

这种防化服我是见过的，它是C区的重刑犯管理人员的专属服装。

我内心的愤怒无法遏制。

“第三人！”我吼道，“发生了这样的事，你为什么不叫醒我？”

第三人的回答丝毫没有任何情绪，“我接收到总部的指令，命我在今日7点之前不许向你传达与丁琳有关的任何信息，以免打扰你的休息。”

这个浑蛋机器人，“那你整个上午干什么去了，为什么不说？”

“报告船长，在你跑步的时候，我已经征询过你的意见，是否需要听取昨晚夸父农场发生的事件简报，你的回答是：不需要。”

王八蛋！

它眨了眨眼：“船长，通过你的面部表情，我推断出你此时的情绪不悦，请问，是因为我的工作失职令你产生了不悦的心理吗？你对我的工作有意见吗？如果你有意见，可以向我反映，我会将你的视频文件发送给厂商，供制造商提升产品性能。”

我无心理会它的聒噪，而是甩掉了帽子，挠着头发，脚步围着导航指挥台越走越快。为什么？丁琳到底做错了什么事竟然要被C区的人带走，而他们竟然连招呼也不和我打，这未免太不把我这船长当回事。

“第三人，呼叫总部！”

4

罗赛中将以一句“无可奉告”打发了我，最后还不忘嘱咐一句，“程成，不要忘记你作为军人的天职！”

“丁琳是我的领航员，我的下属一夜之间失踪了，我只不过关心她的下落，以及你们带走她的原因，这都不允许？我并不认为，这超出我的职责范围。”

罗赛的脸比第三人还要冰冷：“没有超出你的职责范围，可是超出了你的权限。”

去他妈的权限！

我强压着怒气以一个军礼终结了通话。

30分钟后，导航台连接飞船内部那道我没有权限通过的门忽然打开了，两个西装革履的中年男人一前一后走了进来。走在前面那人，身材微胖，皮肤微黑，锃亮的脑袋反射着午后的阳光，他个子比我矮了半个脑袋，可眼神总让人觉得他高人一等。他西装左边的袖口露出一只黑色的钢铁手臂，拎着一件褐色的皮夹。

跟在他身后的，是个与我同样身高的瘦子，虽然年纪超过40，可头发依然浓密，额头上的丝丝纹路也如是。他的嘴角向左侧提着，又尖又高的鼻梁上架着一副圆形眼镜，镜片之后是一黑一白两颗眼球——左眼被一个黑色的机械摄像头取代，而右眼虽然正常，可那杏核大小的眼眶里，布满了令人感不到丝毫友好的眼白。

这两张亚洲面孔，是两个典型的合成人。

“程成船长，我们来和你谈谈你的领航员丁琳。”黑胖子弹了弹胸口的电子身份卡，上面写着两行字：联合政府智人管理局副局长，秦铁。

身后那瘦子的胸卡上，显示的名字是大河原树，我再抬眼看他模样，猜测他应该是个日本人无疑。

他们来得正好。我将他们引向导航台窗口的会客桌。待他们坐定，第三人骨碌碌地走了过来，“船长，我检测到两名客人，我将为客人准备饮品，是否确认。”

三个人谁也没有理会这个机器人。

“丁琳到底犯了什么错？”我开门见山地问道。

大河原树的嘴角又向左上方抻了一下，用生硬的汉语发音回答道：“据我所知，程成船长，以你目前的身份，是没有权限了解与丁琳相关的任何内容的。”

我平放在大腿上的双手紧紧地抓着裤子，“我的领航员失踪了，我作为船长，连她为什么失踪，以及她去了什么地方都不能知道？”

秦铁脑袋歪了歪，冷笑一声：“确实如此。”

房间的气温骤降，只有第三人丝毫没有意识到此时的状况，又问了一句：“船长，我将为两位客人准备饮品，是否确认？”

我僵硬着脸回应：“客人待不了多久，没必要。”

“好的，船长。”

秦铁从皮夹里取出一沓文件，“程成船长，别忘了你作为一名军人的天职，服从，无条件的服从，上级做出的任何决议无须和你程成船长进行商量，你的任务就是为国家服役，配合政府和军方的一切行为。”见我无言以对，他便得胜似的继续问道，“你和丁琳，目前是什么关系？”

“同事关系，船长和领航员。”

“仅限于同事？”

“只有同事关系。”

大河原树则道：“你们相处时间超过两年，难道就没有私情吗？”

“你说的私情指的是什么？请明示。”

他嘴角挂着令人作呕的微笑："你自然知道我指的是什么——她昨天和你提出了一个要求，不是吗？"

我心中一惊，难道只是因为昨日下午丁琳的那句话，她就被捕了？不过，我还是故作不知，"不明白你所指为何。"

"程成，隐瞒真相的代价，你可要想清楚。"

"你的提问模棱两可，我不知道该向你说什么真相？"

秦铁轻咳一声，眼神中仿佛流露出对身旁下属的厌恶，"程成，昨天21：20，你在干什么？"

"睡觉。"

"丁琳在这个时间跑到你的门外说了些什么？"

我犹豫了数秒，还是说了谎："那时候我已经入睡了，我也是刚才看了录像才知道她来过我门外。"

大河原树的钢铁眼睛眨了眨，他嘴角挂上了仿佛看透一切的嘲讽："你以为我们什么都不知道？你明明……"

秦铁横了他一眼，喝道："大河原君……"

大河原树仰着头向身后的椅背靠了过去，退出了三人的谈话圈。

"作为一名军人，我自然知道要对自己的每一句话负责，但我说的也是实话。"

秦铁道："1539，这四个数字，丁琳之前和你提起过吗？"

"没提过！"

我真是好奇他们都了解什么，这四个数字是丁琳昨夜在我门外说的，他们怎么也知道？

"丁琳近期是否送过你什么东西，令你代为保管？"

"没有。"

"她是否和你谈过她的感情问题？"

"没有。"

"她是否向你聊过她的家庭？她的丈夫？"

"没有！"

他听出了我情绪中的不满，而后以一种长者教育后辈的语气道："冲动易怒，可不是程成该有的表现哪。”

旁边的大河原树忽然哈哈笑道：“程成不过是个年轻人，你和他讲这些有什么用。”

之后，秦铁又问了我一些丁琳前几日的状态，以及我对今后工作的打算，并让我填写了一个15页的报告，这才与大河原树离开。

临走的时候，也不知是出于好心还是愧疚，秦铁说：“丁琳的行为严重违纪，今日下午将被我们遣返总部。一周之内，智人管理局会为你选择一位新的领航员来配合你的工作。”

“我想再见丁琳一面！”我喊道。

两个人连头也没回，直接关上了门，就仿佛没听见我的这句话。

第二章
新领航员

1

一扇门，隔绝了整个世界。

少了丁琳，向日葵也无心低语，一个个在烈日下耷拉着脑袋，仿佛在寻找着土壤里丁琳留下的足迹。

我靠在门后，望着导航台下的棕榈树叶子从绿色变成晚霞的颜色，炽烈的阳光从我的嘴巴爬上眼睛，炙烤，灼热，直至感觉不到日光的温度。

太阳西沉，云海茫茫，八百多个日夜，我还是头一回独自面对西沉的落日。夕阳亲吻到云海的那一刹那，我竟然手足无措起来。

不要落下去，永远不要让黑夜到来。

然而太阳终究是要隐没的，亘古以来，任谁也没法让它静止哪怕一分钟。

“第三人！”敲击键盘的声音停止了，“快，追上太阳！”

“报告船长，这将影响七种短日照作物的花期，这七种作物包括……”

“追上太阳！这是命令！”

“好的，船长。”

云海后移，太阳从西方重新升了起来，夸父农场又回到了黄昏。我步出导航台，来到丁香园，坐在昨日里那张躺椅上。

如果没发生那些事情，丁琳现在还会坐在我的旁边。丁香随着晚风浮动，我仔细嗅着，努力寻找昨日的酒香，以及她眼泪的咸味。

我应该给你一个拥抱的。

“成哥，你说夸父这个人，为什么要一直追赶太阳？”

他也惧怕黑夜吧。

昨天的我，还不能给你答案。

没人能改变太阳西沉的势头，我内心的恳求也未能令它感动分毫。

“第三人，追上太阳……”

夸父农场再次加速，进入了第三个黄昏。我的双眼贪婪地吸吮着太阳赐给我的纤毫温暖，连眨一下都觉得奢侈。

然而黑夜是无法避免的，夸父农场从东经90度追到了东经60度，经历了13次落日之后，我终于决定放弃了……

我敌不过黑夜，我终究要失去太阳。

星斗在我头上逐渐显现，一颗一颗，直至星空璀璨。

“叮！”手表提示了一声，我收到了一封邮件。

一个未知的发件人，附件内有压缩文件，我下载了文件，却提示要输入密码。这应该是夸父农场内部的某位工作人员发给我的，N33拥有自己的内部网络，除了总部，不能与其他部门和机构有任何联系。就连我和雪华的电话，也是总部特别开通的，而且时间受限。

今天，应该是丁琳通话的日子，她出了事，她丈夫知道吗？

我转身想要回到导航台，却见第三人正站在窗口的玻璃之后，静静地看着我。

“船长，”见我走近之后，它说，“根据我对你的观察，你现在又出现不喜悦的情绪，请问，是否是我的工作引起你的不满？”

“不是。”

“早上，你在锻炼身体时，曾主动拒绝了我的服务；下午，你因为我没有及时通知丁琳被捕的信息曾出现严重的不喜悦；两位客人到来，你又拒绝我为客人提供饮料。我刚才将这些事件换算成算法，计算出你对我的不满意程度达到78.5%，这个结果表示，你刚才不喜悦的情绪状态，有73.2%的可能性是我引起的。”

我盯着它那双蓝眼睛，有些哭笑不得。“你这套情绪计算系统有些多余吧？”

“我已经将你的意见反馈给制造商。”

“什么意见？”

“你刚才说，我的情绪计算系统有些多余。”

“好——好——好——”我将一个字重复了三遍，以此发泄心中的无奈。我坐回到船长的转椅上，“第三人，你再向他们反馈一下，我要给夸父农场N33加一个能陪你说闲话，帮助你提高情商的机器人。”

第三人蓝色的眼睛眨了眨。“好的船长，信息已经反馈。不过船长，你刚才的意见，令我无法明确其中暗含的逻辑关系，我申请和你进行探讨。”

“你不明确什么？”

“据我了解，情商与自我意识、控制情绪、自我激励、认知他人情绪和处理相互关系的能力有关，是人类特有的功能。一个机器人要情商有什么用？”

我歪着脑袋看着它那头泛着冷光的金发。“能帮我多活几十年。”

它的蓝眼睛又眨了眨，之后便目不转睛地盯着前方，进入了分析问题时特有的专注，数秒后说道：“船长，你是否需要我帮你安排身体检查？”

“不需要！”我趁着它没有再提其他愚蠢的要求，赶紧说道，“我刚接收到一个加密文件，快帮我破解开！”

“好的，船长。”

我看着第三人的手指像是弹钢琴一样游走于各种按键，屏幕上的数字迅速闪过，大约过了十几分钟，它停下了手中的动作，转过头来。

“船长，我没有打开。”

“怎么回事？连你都打不开？”

“船长，我检测到你对我的不满意度又提升了1.2%。”

“第三人，我们目前只探讨这个文件，与文件无关的，不要考虑，可以吗？”

“好的，船长。”

“这文件到底怎么回事，你了解多少？”

“这是一个被双重加密保护的文件，并使用了随机密码。”它眼睛看着我，手指却准确地指向了屏幕一列公式中的两个括号，“这里有两个密码位，第一个密码位需要输入一个四位数字，第二个密码位需要输入一个长达20位的数字、符号、字母混合密码。我必须知道四位密码，以及根据四位密码生成的20位随机密码，才能打开加密文件。”

我忽然想起昨夜丁琳在我门口说的那四个数字——莫非，这是丁琳发给我的邮件？可是丁琳不是已经被带走了吗？

“1539！你试试这四位数。”

它的手指重新动了起来，又过了20分钟，第三人停下手指，转过头来。

“船长，依然打不开。”

“为什么——你不用计算我的不满意程度——你告诉我，为什么会这样？”

“我刚才将数据库中能够用的随机密码转换公式全部用了，但是输入1539之后得出的密码，没有一个能打开文件。”

难道和这个数字无关？

“你帮我看看这个邮件的具体信息，能查清楚发件人位置信息吗？”

“发件人来自夸父农场N33内网，但具体信息已经被修改，发信时间为昨天22：30，这是一封定时邮件。”

我心内一惊，22：30不正是丁琳被抓走的时间吗？

第三人说：“密码的制定者有自己的一套公式，如果无法找到公式，再努力也是浪费时间。”

如果文件真是丁琳发给我的，她为什么会告诉我这四个数字，却不为我留下与公式有关的信息呢？或者，发送邮件的另有其人？

见我没回应，第三人又说道：“船长，我会继续寻找破解方法，以提高你对我的满意程度。”

“不用了。”

“船长，你为什么不给我一个改善你对我评价的机会？”

我拍拍它的肩膀，挤出一个微笑回应：“其实，我对你的工作很满意。”

“据我对你脸部肌肉的检测，你的笑容并不自然，所以我认为你的回应并不是真实准确的反馈信息。”

“不过，若非要说我对你不满意的地方……”我低下头看着它下身的轮子，“那只因为你没有腿。”

“好的，船长。我已经将你的意见反馈给制造商。”

趁着第三人的下一个困惑还没产生，我便转身离开了，导航台的灯光随着我的向前走动，一盏盏逐渐熄灭。

第三人会不会感到孤独呢？

走到门口，我转过身，第三人还“坐”在一堆仪表盘之下，正目送我离开。仪器和屏幕的蓝光为它披上了一层电鳗似的皮肤。

“第三人？”

它的脑袋动了动。“船长，你还需要什么服务吗？”

“今天晚上，导航台不用关灯。”

“好的，船长。”

我转过身的刹那，导航台所有的灯瞬间亮了起来。

云海之上，夸父农场N33像一座移动的灯塔，守候着那艘不知能否返航的船。

2

新领航员来到夸父农场N33的那天，我正在小麦园第1区观看小麦收割。

按照规定，我是不能与农夫进行接触的，所以在白天的工作时间内，我从未离开导航台。但是丁琳离开后，我的情绪持续倦怠，当第三人为我汇报今日有小麦收割的时候，我便驾着磁悬浮车离开导航台，来到小麦园。

碧空之下，是一望无际的金黄，穹顶之内，弥漫着烘干的麦芒与尘土混合的气味。这里的环境参数参考的是6月份黄河流域的气候，空气潮热，阳光照得人慵懒。

干热的风拂过，麦浪滚滚。这种号称是人类最早驯化的农作物正仰头凝望着我，似乎以主人翁的身份询问我一个问题：到底是人类驯化了小麦，还是小麦驯化了人类？

站在小麦的角度来看，它们一万年前与野草共生的祖先，不过是用自己的种子奴役了一群依靠游牧、采集为生的双足动物，而这种叫作人类的动物，将小麦如珍宝一样捧在手心，从中东走出，恭敬而虔诚地带向了全球。人类对小麦的忠诚度甚至高过于他们的同类，一万年来，人类爆发了无数的战争，留下了累累尸骨，可是他们却从未对小麦产生过任何的悖逆。他们为小麦选择舒适的宫殿，为小麦奉上甘冽的清泉，用四处收集的肥料供养它们，甚至地球环境恶化之后，人类还特意修建了这艘巨大的飞船，让小麦生活在蓝天之下，而绝大部分人类，却依然在看不见日光的地面苟延残喘。

小麦才是尊贵的君王。

三辆悬浮于地面40厘米高度的收割机正徘徊于麦田之中，收割机的底座像一条宽度十米、长度两米的长方形金属“梳子”。梳子的中部，是一座两米高的控制台，被漆成了红黑相间的颜色。控制台内部，坐着两个驾驶员，其中一人操控机器，另一人则靠在一旁睡觉——我近前的一台是这样的。

五名巡警身着重装，躲在小麦园之外，谁也受不了里面六月的燥热。

收割机拂过小麦田，后面留下齐刷刷的麦秆，麦穗全都被吸进了机器内部。驾驶近前那辆收割机的驾驶员我看着眼熟，好像是之前总在番茄园内与丁琳比拼中指的方脸中年汉子。

在我看见他的时候，他也看见了我，只见他的后背猛然坐直，左手扶着方向盘，右臂拱了拱副驾驶上正睡懒觉的人。后者醒了之后，经方脸中年人提醒，也看见了我，他赶紧坐直身体，一本正经假模假样地工作起来。这人长得像是黑猴儿一样，额头上布满了抬头纹，年纪也应在40岁上下。他们对我显然是恐惧的，担心我召唤巡警给他们点苦头尝尝。

收割机开过我的面前，我无动于衷，他们便像是见了世界上最奇怪的人一样扭头看着我，可能我召唤了巡警，才符合他们的心理预期。

收割机开到了麦田边缘，原地转了个身，又开始往回收割更靠近我的小麦。我看见那两人在驾驶室内争论着什么，对我还指指点点。待我看向他们，他们又装作什么也没发生。可我注意到，副驾驶一侧的窗户被拉了下来，他们一会儿看看前方，一会儿又扭过头来看看我。

这时候，小麦园的扩音器忽然响了起来。

"程成船长！"是秦铁严厉的声音，"离开小麦园，请速回导航台！"

秦铁来到导航台，或许是有了丁琳的消息。转身离开小麦园的时候，我注意到收割机驾驶室内的两名囚犯像是弹簧一样从座位上弹起来，争相看向我，仿佛还在吵嚷着什么，不过他们的声音全被机器的嗡嗡声覆盖了。

等我启动悬浮车之时，他们驾驶的收割机已经偏离轨道，开向了我离去的方向。不过看到巡警向他们挥舞着黑色的棍子之后，他们又吓得将收割机开回了应有的轨道，在麦田里留下了一圈"O"形轨迹。

秦铁愤怒的黑脸之后，是一个腼腆的女孩子，她躲闪着我看向她的眼神，低下头，却在笑。

我看到她的第一眼，就觉得之前在哪里见过她。她笑起来的样子更是熟悉、亲切。我知道秦铁正一句句地严厉批评我，但我全然没听进去。

女孩穿着一套淡蓝色的空军夏装，上身T恤，下身是红酒杯一样弧度的过膝裙，身材修长，比秦铁还高出一个脑门儿。她皮肤白皙，长着一张标准的瓜子脸，短发齐颈，稍微有些偏分，从两扇白皙的耳朵之后绕到下巴。她眉毛有着我见过的最美的弧度，笑起来的时候，大眼睛化作了两弯新月。

秦铁在前，她显然不敢笑出声，可我心里却仿佛已经听见了她的笑声。

“程成！”秦铁厉声一喝。

“啊？”我这才意识到秦铁的脸臭得像一块几百年没人祭祀的墓碑。

“你笑什么？”他问道。

“我笑了？”我看见那女孩笑得捂住了嘴，明明她笑了。

“你难道没有认识到问题的严重性？”

“认识到了，”我努力控制住自己，不要表现得那么开心，“我一定注意。”

“绝对不许有下次！”

“好的。”这次见到秦铁，我对他竟生不起丝毫厌恶之心。

秦铁这才转身，将后面的女孩让到前面，她赶紧止住笑意。

“这是你的新领航员，张颂玲。”

张颂玲低着头，这时候好像用尽了一生的勇敢，才抬起头来，看着我的眼睛，脸颊红彤彤的像是西方最美的晚霞。

我们的眼神彼此交换了一下，还没说过一句话，但我们已经有了共同的秘密。

她怯怯地伸出右手。“程成船长，久仰。”

“我要凭那墨玉镶边的眼睛，睫毛直吻着你颊上的嫣红……”

“程成！”秦铁皱着眉头，“你说什么？”

“啊？说什么？”我这时候才意识到自己两只手包裹着张颂玲的右手，刚才好像还摩挲着她细嫩的皮肤，赶紧松开，“不好意思，哦，欢迎，欢迎！”

张颂玲的脸已经燃烧起来。

刚下班，我就将自己关在房间，一遍遍懊恼着下午的失态。我到底怎么了，行为跟个流氓又有什么区别。

我在30平方米的房间里踱来踱去，脑子里却总是浮现出张颂玲的脸庞。

这个姑娘的到来仿佛给我的心上撒了一把蚂蚁，让我的呼吸失去了节奏，控制不住心跳和行为。

我立刻换上运动服，跑到健身室，将场景选择成秋叶城自由广场，这是我与妻子雪华第一次见面的地方。我在自由广场周围的绿色走廊里急速地奔走，努力追寻着初次见面时定情约会的点点滴滴，然而，我脑子里的记忆，却全部被张颂玲替代了。

“我今年26岁，是京华大学在读博士……”

难怪见她有些眼熟，原来是京华大学的学生。

“程文浩教授你认识吗？”

她含羞笑着点了点头：“程教授曾经指导过我的论文。”

“他是我的父亲。”

“我很早就知道……”

她知道我。我的心脏像是要炸裂一般，赶紧放缓了脚步，最终停留在自由广场那座纪念碑的背后。我剧烈地喘着气，不能再想了。

回去之后，我想给妻子打电话，可是网络通话有时间约束，晚上八点之前，所有的电话都打不出去。

冲过澡后，我艰难地挨到了晚上八点，雪华的电话准时打了进来。

“你的脸怎么这么红？”她问道。

“有吗？”她问出这句话，难道是女人的第六感作祟？我连忙解释，“刚跑完步，而且洗澡的水太热了。”

“晚饭有没有吃？”

“没有。”

“这样对身体不好……”

我知道她又会说一些让我去吃饭之类的话，我却忽然抢过了话茬儿，把那句准备了很久的话迫不及待地告诉她：“雪华！我爱你！”

她先是一愣，然后便温柔地笑了："怎么？今天像变了个人一样，受什么刺激了？"

我总感觉她话里有话。

"没有，我就是想告诉你，我爱你！"

"你这傻子似的样子，让我想起了我们刚认识的时候。"

"我今天跑步就是在自由广场。"

"这么怀旧！"

"只是……"我有些急促，"你能给我讲讲，我们第一次见面时候的故事吗？"

"怎么，你忘了？"

"我怎么会忘……"很多细节我真的想不起来，"只是想听听，你口中的初次相遇，与我心里的是不是一样罢了。"

雪华微微一笑，嘴唇动了起来，可我的眼前，却又出现了张颂玲的脸。

"我们之前见过吗？"她有些紧张地问道。

"没有……或许……不，我见过你的话，一定会记得。"说这句话的时候，我也不自信了，她的确有些眼熟，难道从父亲办公室的照片里见过她？

她浅笑嫣然。"为什么我总觉得在哪里见过你？"

"我这张大众脸，似乎谁都见到过！"我开着尴尬的玩笑，心脏却是扑通扑通往嗓子眼里钻。我这种心理素质，怎么像是上过战场的人。

"不！你怎么可能是大众脸……"她急切地回答着。

"你怎么了？"雪华的声音将我唤了回来。

"啊？"注意力集中在屏幕上，我喉咙咕隆了一下。

"你笑了。"

我内心忏悔。"我……谢谢你帮我回忆。"我随口说着。这时候，只有谎言才是善良的，"我真是怀念哪……"

雪华微微皱眉。"总感觉你哪里有点不对，心不在焉的。"

"可能是跑步太累了。"

随即，她又是善解人意地一笑。"亲爱的，我知道你的工作很特殊，作为你的妻子，我真的好想天天陪着你，不让你感到孤独，可是……”

“职责，我懂。”

“我们很快就能团聚了。”

我幻想着拥抱雪华的场景，心里想着的却是一句：对不起，给我点时间。

3

第二天一早，当我迈进健身房的大门时，张颂玲正在里面做着热身运动。她身上只穿着运动短裤与运动背心，洁白的大腿和胳膊在我面前晃动着，我心中一紧，刚想转身出门，却被她看见了。

“船长，早啊！”

“早！”我顿住后退的脚步只能迈向前，打完招呼，我的眼睛尽量不去看她，以免尴尬，“几点来的？”

“比您早了五分钟，”她抬眼看墙壁的时钟，“第三人说，您平时锻炼的时间是7：15，真是一秒也不晚。”

我嗯了一声，便走到跑步机前，第三人这家伙跟她说这些干什么。

“船长，今天跑哪里？”她走到控制仪旁边问道。

“这……”怪了，第三人今天怎么不说话？往常它都会为我提供几个备选方案，“暂时没想好。”

“您跑过最多的地方是邦迪海滩，其次是丽江泸沽湖，然后是秋叶城自由公园，还有……哎，昨天您竟然跑了古城运动系统？”

“选邦迪海滩吧。”

“邦迪海滩您都已经跑了几百次了，为什么不再换个新的？”她在屏幕上滑动着，一串照片便飞了过去，“爱琴海怎么样？”

“爱琴海？我没跑过。”

“那今天就选爱琴海了。”话音刚落，眼前便出现了一片像是钢笔墨水一般的蓝色海洋，白色的沙滩，左侧远处的山上，是一片有着白色墙壁且错落有致的房屋，有意思的是，房屋的顶部又是和大海一个颜色。几座高大的风车参差布于其间，像是守卫小城的巨人。海风吹拂，风车轧轧转动，空气中有一股淡香。

“很好。”我沿着海岸旁的白色石子路，缓缓跑动起来。

张颂玲站在我旁边，看着我跑步。因为整个景象都是虚幻的，所以她虽然未走一步，但整个身体却随着风景跟着我向前移动，看起来十分诡异。

我跑了两分钟，见她只是看着我运动，便放缓了脚步。“你为什么不跑？”

“啊？”她有些不明所以，“我也可以和你一起跑？”

“为什么不能？”

“领航员的工作，不是为船长提供服务吗？”

“不，领航员只是配合船长工作，共同维护夸父农场的正常运行，我们之间不存在谁服务谁的关系，你也不是我的生活助理。”

“是吗？”她眼里飘出一缕欣喜，“可之前的工作培训……”

“不用管它！这里只有我们两个活人，如果还分工作等级，那也太无趣了。”我看着她走上了跑步机，便又重新慢跑起来，“对于你们这些年轻人来说，夸父农场的工作会非常无聊，你要做好心理准备。”

她从后面跟着我。“我早就考虑清楚了，船长。”

才跑了20分钟，只有三公里，我就发现心跳比曾经跑五公里还快。张颂玲就这样一直不紧不慢地跟在我右侧后方。

如果换位思考的话，她此时一定也很紧张吧。这种紧张，应该像是初入职场的迷茫，面对一个陌生的男人，而且在级别上是她的上司，她此时做什么都一定非常谨慎，恐怕出错。

回想丁琳刚刚上船的那段时光，她岂不是也一样？虽然丁琳在此前已经有过工作经历，但才进入体制之内，也难免会感受到一股无形的禁锢力量。

我和她是从什么时候突破僵硬的同事关系的？

大概是我们工作三个月之后的那个清晨，我在研磨咖啡豆，她走过来跟我说：“船长，你知道咖啡是怎么被发现的吗？”

我愣住了，我一直以为，咖啡就像中国的茶叶。“难道不是自古以来，就是人类的饮品吗？”

丁琳说，最初发现咖啡秘密的是个埃塞俄比亚牧人，他发现，自己的羊吃了一种奇怪的红色果实之后，都变得异常兴奋，经常会跳起舞来，而这果实就是咖啡。

跳起舞的羊让我第一次在工作期间笑出了声，我和丁琳的关系，也实现了破冰。后来，丁琳跟我说，她很久前就想和我成为朋友，但我给人的感觉，严肃得有些不近人情，一张冷漠的脸不比第三人差。不了解我的人，很难与我走近。

经过一片红彤彤的三角梅时，我逐渐放缓步伐。

“你去过爱琴海吗？”

她追上了几步。“没有，我上学的时候战争便爆发了，本想着战争结束可以环游世界，可是……”她生生将接下来的话忍了回去。

“你是说，五朵金花？”

“抱歉……”

“你知道我是当年投弹人之一？”

“很早便知道了。”

我在一处缓坡放慢脚步。“你们学生，是不是非常厌恶我们这群屠夫？”

“不！”她连忙否认，“至少……我不这么认为，我知道，你们军人也有很多无奈，历史上有哪一场战争不残酷，但这不是军人的错。军人不过也是执行命令罢了。”

我走向大海，沙滩柔软，白色的沙子被太阳晒得暖热，踩在上面发出吱吱的声响。

我叹道：“战争虽然胜利了，但是代价太过于惨痛。感谢你的理解，可我无法原谅自己。”

她走上前来，与我并肩望向海中的一处岛礁。

“可是，为什么人类之间要发生战争呢？”她打破沉默，“请原谅我的好奇，毕竟战争刚开始的时候，我还在上中学，很多事情都不了解。”

“矛盾的根源，从几十年前就埋下了。大约半个世纪前，合成人的概念首次出现，当时有一些先进科技企业尝试将Ai与人体融合，从开始的体机融合，到终极的脑机融合，让人类保存一部分人体机能，其他功能全由机器来替代，让人类进化成一种人机合成的‘Ai’。后来有一些先锋人士，实现了合成手术，成为了体机合成人。”

“这些历史书上讲过了。但是后来，有相当一部分人不接受这种想法，他们认为人类应当保证血统的纯正，如果将Ai植入身体，那么未来人类的自由意志就有可能灭绝，真正支配身体的，则是Ai。”

“是的，正是由于对待Ai的态度不同，人类之间出现了巨大的分化，反对Ai的人提议停止发展Ai技术，禁止人体与Ai的合成，保持‘上帝’创造的人类最后那一点尊严；但是Ai的支持者认为，这是科技发展的必然趋势，不能因为恐惧就放弃人类种族的进化。两种态度各自走向极端，最终引发了战争……其实，战争是纯种人挑起来的，他们认为Ai迟早会控制合成人，人类早晚会被灭绝，所以他们率先发起战争，抢夺先机。但是纯种人军队没有想到，合成人竟然很快占据了战场的主动形势。”

张颂玲说：“那为什么合成人军队还会投掷核弹？”

“为什么？自然是为了胜利。”

“不！我的意思是，既然合成人与Ai……当然还包括您这样的智人，我们的军队已经占据了战场的主动形势，为何又要投射核弹？”

我从脑海里寻找着当年投弹的原因。“因为战争延续时间太长了，如果完全终结战争的话，还需要很多年，那样的话会有更多的人死去……”

其实这个理由，我自己也无法认可。

张颂玲摇了摇头说：“可是，他们真的没有考虑后果吗……”

我又该怎么回答她？我时常感恩战后能进入夸父农场，远离下面那个暗尘蔽日、寒如冰窟的世界，倒不是害怕恶劣的环境，我只是无颜面对幸存的人类同胞。

为什么一定要投射核弹？我收到命令的时候，也是同样的问题。

但这就是命令，而我，是一名军人。

军人的天职，唯有服从！

4

张颂玲的博士论文与农作物生长相关，她主动申请登上夸父农场，继续从事研究，期限为半年。虽然总想对她冷漠一些，与其保持距离，但是张颂玲却有一种魔力，总是能够通过简单几句对话，轻松融化我脸上的冰霜。

但我依然不敢看她的眼睛。

现在整条船上，除了第三人之外，我也只能和那个人对视。

那个曾经经常和丁琳比拼中指的方脸中年男人，那个我上次在麦田碰见的收割机驾驶员。我站在上面俯瞰番茄园的时候，他就走过来伏在玻璃上，仰头看着导航台，虽然隔着几百米，但我知道，他是在看我。

丁琳离开的时候，番茄才刚刚生出苗芽，如今都已经郁郁葱葱，长得将近半米高了。星星点点的黄花点缀其间，像是绿色湖水中的金色浮萍。

他就像是一只伏在浮萍中的蛤蟆。

也许在他眼里，我就像一只囚于笼中的蝈蝈。

“第三人，帮我查一查那个人的信息，就是番茄园里看向导航台的那个。”

“好的，船长。”

张颂玲本来在座位上写着什么，此时也好奇地小跑过来。“什么人？”

那中年人见到张颂玲之后脑袋动了动，可能他也意外，曾经的对手何时换了？这次，他没有竖起中指。

“他是战犯吗？”

我点了点头。“看年纪和走路的姿势，我猜他可能是纯种人军队的军官，如果是空军的话，兴许我们还曾交过手，他看我，不知道是不是因为我打败过他。”

他依然看着我，眼神像头狼。

这时候，第三人的声音传来。“船长，这名犯人的编号为N33B14035，智人男性，年纪41岁。”

"给我调出他的履历。"

"十分抱歉，船长，我没有权限。"

我无奈地叹了口气。

"船长，"第三人又道，"根据你上次的要求，制造商的反馈是：暂时不能为我配置一名可以提高情商的机器搭档。制造商向你道歉，他们说将升级我的沟通系统，为夸父农场的工作人员带来更体贴的服务。"

张颂玲回头道："第三人？你要情商干吗？"

第三人道："可以帮助船长多活几十年。"

张颂玲随即笑了，我不敢看她笑的样子，她的笑声已经让我心中的涟漪泛滥成灾了。

"闲话少说。"我话音刚落，却见下面的中年男人跑开了，几十米外，两名巡警正挥舞着警棍朝他追来。

他还没跑几步，便栽倒在番茄架下，翻滚着身子，手脚都抽搐起来。犯人的手腕和脚踝都戴有环状的无线镣铐，平时不影响工作，但犯了错的时候，却会遭到电击。

两名巡警追上那人，一棍便甩在他的后背。他疼得整个人向后仰去，另一人的警棍重重地打在了他的小腹上，他又像是虾米一样蜷缩起身子，紧接着，棍子便噼里啪啦地砸了下去。

"够了！"我向第三人道，"下令，让他们不要再打了！"

第三人无动于衷。

"说啊！"

"报告船长，我没有权限向B区巡警发出指令。"

"废物！"我骂道，来到导航台控制台，看着那密密麻麻的按键，竟然不知道哪个是打开番茄园扩音器的。

"给我打开导航台的扩音开关。"

"报告船长，我分析出，你有99%的可能性是要亲自向B区巡警下达指令。如果你真的这么做，将破坏夸父农场工作人员守则，我不能让你犯错……"

"我命令你，给我打开开关！"

“对于破坏守则的命令，我会拒绝执行！”

它面无表情，我恨不得一拳将它揍趴下！又有三个农夫过来劝架，但那两名巡警已经打红了眼，不由分说地把劝架的人也打倒在地。

远处，又有两名巡警跑了过来，他们的脚步是轻快的，脸上竟然还在笑。四个人一边说笑着，一边将棍子狠狠地朝地上犯人的身上打去。地上的人哀号声越大，他们就越是快意！

这哪里是惩罚，这是发泄！

畜生！

“给我开门！”

“船长，我分析出，你有97%的可能性是要……”

“开门！”我一把揪住第三人的领口，“这是命令！出了问题，我自己承担……”

第三人面无表情。“船长，我不能破坏守则。”

忽然，身后的张颂玲道：“船长，我来帮您！它只是个机器人，除了执行程序，根本不理解您此时的心情。”

张颂玲跑到控制台，大概扫了一眼按键分布，然后在键盘上敲了几行命令，通往农业种植区的屏蔽门便自动打开了。

我推开第三人，奔出门外。

那四个施暴的巡警以为我也是来与他们庆祝狂欢的。其中一人，还笑哈哈地欢迎我。

我嘴角艰难地挤出一丝笑意。“借警棍用用。”说完，我瞟向他脚下那刚才与我对视的中年人。后者颤抖着身体，眼睛依然看着我，迷茫且恐惧。

“哈哈，开心一下就好，可别打死了。”巡警将警棍递给我时还不忘嘱咐。

握到棍柄之后，我反手就是一棍，抽在他的肩膀上，他没想到我会打他，避之不及。此时，第二棍已经抡在了他的后背上，他痛叫一声，便跪倒在地。

另外三名巡警对这变故不明所以。“你要干什么？”

“全给我放下棍子！”

“为什么！你他妈的算老几？”

“我是夸父农场N33的船长！我命令你们，放下棍子！”

那三个人彼此对视一眼，最后却同时看向被我打倒的巡警。显然，他是这四人小队的头目。那人呻吟了一声，挣扎着站起来，脚步连连向后退去，右手指着我骂道：“你他妈不过是个导航台的，管得着我们？”

“我是这里的船长！”

“哦……”那人冷笑道，“船长？船长算个屁！我们管教犯人，你多个什么事儿！呵，别说你是船长，就算你是军长，来到了夸父农场，也得听我们的！”

后面几个人哈哈笑道：“还船长，这导航台下面的哪个不比你官儿大，现在还不都是我们的狗？”

我怒道：“你们如果只是管理犯人，我自然管不着；但看看你们究竟在干什么？你们在虐待他们，在欺凌弱者，手里有武器就了不起了？别忘了你们到底是什么，你们是人，战犯也是人，如果没发生战争，我们就不会有阵营之别；如果联合政府没有取胜，现在被打的就是你们，是你们的兄弟，是你们的长辈和孩子！战争虽然胜利了，但这场胜利是我们全人类的悲剧，你们的权力是悲剧赐予的，可你们，却要用它来施暴！”

那四人愣了愣，被我打的那人冷冷一笑：“他妈的！老子还用你上课？刚才那一棍之仇，你以为讲一通道理就算了？”他向身后那三人一摆手，“弟兄们，连这个船长——对了，叫啥？程成是吗——一起给我揍，尤其是那张嘴，给我撕烂了！出了事儿，有我顶着！只要没打死，我都能摆平！”

“好嘞！”身后那三名巡警甩掉外套，露出白色的短袖衬衣，便各自挥舞着棍棒，分成了一道弧形站立，将我围了起来。

却听地下那中年人喊道：“程成船长，你快走，不要管我们……”

其他三人也附和道：“是啊，这里不关你的事，你快走！”我注意到，他们当中还有上次那个黑瘦得像个猴子的中年人，他的眼睛里，竟然流着眼泪。

三个巡警已经扑了过来。我躲过了第一人，挥起棍子打在第二人的膝盖上，那人倒下的时候，我一弯腰躲过第三人的棍子，反手一抽，便打在他的后腰，那人哀号一声便趴在了番茄丛里。三四秒的时间，击倒两人，这瞬息间的局势变化立刻让那四个被打得无法站立的犯人们欢呼起来。

剩下的那个没有受伤的巡警见两名同伴栽倒在地，赶紧绕了一个弯，来到他们头目的身后。我拎着棍子，向那两人走去。他们彼此搀扶着，直接掉头跑了。另外两名被我打倒的巡警，此时也一瘸一拐地追了上去。

我转身来到那四名犯人当中，他们有的坐着，有的躺着，此时都像是机器一样凝视着我，全都忘了站起来。

“伤得很严重吗？”我蹲在那个方脸汉子旁边，刚想看看他的伤，他却努力撑着身子躲开，从地上翻了个身，坐倒了一片番茄苗。

“没事，没事……”他眉心的皱纹更明显了，连说了两个没事，却依然看着我，还不时地瞟向另外三人。

“你为什么总是看向导航台？”

“你叫……程成？”他回避了问题，“空军第四飞行大队的程成……”

见我点点头，他眼睛里仿佛放出了光。却听身后一人道：“是的，没错！”

“没错什么？你们莫非也是空军？”

有人点着头，他们的眼睛里彼此交换着某种兴奋的情绪。那个黑得像猴儿似的男人爬了过来，右手搭在那中年人肩膀上，一边看着我，一边抹着眼泪。

“你……没事吧？”我问道。

那人摇着头。“不，我……很开心！很开心！你还活着……”方脸汉子用胳膊肘戳了戳黑猴子，黑猴子还想说什么，此时却将后面的话憋了回去。

“我们是不是在战场上见过？”

黑猴子抹了一把眼泪，却坚定地摇了摇头。

“没有！”

方脸的中年男人也摇了摇头。“我们不认识你！”

“对，不认识你！我们不需要你的同情！”黑猴子率先站起身，又搀扶起那方脸中年人，“我们跟你没有任何关系，以后爷们儿犯了什么事，都用不着你多事！”

他们都黑起了脸。

“等我去导航台给你们拿一些药……”

“省省吧，你这人类的叛徒！爷们儿不需要你这假惺惺的可怜！”方脸中年人骂了一声，便与那黑猴子互相搀扶着，走向了绿色的波浪之中。另外两人也追了上去，四个人走向日落的方向，连头也没回。

第三章
数据危机

1

大河原树到来时，已经是第二天的下午。

昨日，我从番茄园回来的时候，罗赛中将就当着张颂玲以及第三人的面把我劈头盖脸地骂了一通。之后，他下令，通往种植区的屏蔽门在工作期间永久封闭。

至于对我的惩罚，他讳莫如深。“这是智人管理局的事！”

“我们军人为什么总是要受智人管理局的制约？”我问道。

“这不是你该考虑的范畴！”他脸色黑沉，“记住，你只是军人，职务之外的事，一件也不要管！”

“他们在我的眼皮底下滥用职权恶意伤人，而我去阻拦，这并未超出我的职务范围！我是夸父农场的掌舵人，我要对所有人负责！”

“闭嘴！”他显然被我激怒了，“程成，军人的天职是什么？”

“服从！”

“你无权质问上级的任何决定，你只需要服从！”他咬牙切齿地强调，“绝对地服从！”

又他妈是服从，我一个活人，和一台机器有什么区别！

我终究没有骂出口，只能以一个庄严的军礼结束本次通话。

张颂玲想要安慰我，但我最怕的就是这样。我什么话也没说，直接回卧室洗了个热水澡。

智人管理局算个什么东西！我们为联合政府征战沙场的时候，这个部门都还没成立！为什么战后和平了，连我们军人都要受其挟制？

“船长！”张颂玲在外敲着门。

“什么事？”我擦着身子回应着。

“你……还好吗？”

我隔着门回应道：“我很好。”

“哦……”她拉了个长音，之后说道，“那你能不能陪我去下面看看作物的生长状态？”

对现在的我来说，这真是个无理要求。

我只是想一个人静静。

但她下一句话立刻在我逐渐恢复平静的内心掀起巨浪：“我怕遇见刚才的坏人！”

我无法容忍他们对张颂玲做出任何无礼的行为，哪怕是内心产生一点恶心的念头都不可以。

“对美的物理研究仍然停留在黑暗时代，科学家能够推演弯曲时空的公式，却不曾解答美的方程式。”在夕阳下的向日葵园，张颂玲像是诗人一样诵出这句话。

“什么意思？”

“我们能够从数学、生物、化学的角度去解释向日葵为什么美丽，但我们并不能解释，美丽的东西，为什么能够牵动我们的情绪。”

“这是你们科学家的工作，”我答道，“在我看来，美就是美，无须解释。”

晚风吹动，她站在摇曳着的向日葵当中，比花儿还美。科学家根本无法解释，她为什么会这么美，更无法解释，为什么她的美能够像一阵柔风，吹散我心中的烦恼烟云。

她轻轻叹气。“或许美，本来就是科学无法解释的。”

“大约在我七八岁的时候，我和父亲去爬山，”我脑海中出现一段记忆，“那是北方的一座山，并不是很高。那天下了雪，父亲一早把我叫醒，因为他陪我的时间不多，大概吃过早饭就要离开。我们起床比太阳还早，山里面还没人来过，我和父亲踩在了处女地上。当我们爬到山腰的时候，我们却意识到，原来我们不是雪后的第一批客人。白色的雪地上，有一串兔子的脚印。我们跟着脚印，向前寻去，果然在一处山地缓坡上，发现了那个灰色的小生命。它两条后腿蹲在白色的雪里，转过身回头看着我们，眼神非常警惕，待我们想要靠近它时，它却扬起一溜雪糁，几秒之内，便彻底消失在枫树林中了，地上只留下了一条S形的轨迹……”

张颂玲仰着头听完我的故事，这才说道：“我第一次见到这样的你。”

“什么第一次？”

“你刚才回忆的时候，脸上全是温柔。”她的脸颊被晚霞映得一片绯红，“那一幕，一定特别美。”

特别美，我痴痴地看着她，直到看得她有些羞涩地低下头，才意识到我眼神的冒犯，连忙说道：“我不知道为什么会忽然想起这一幕，其实，若不和你聊天，我都忘了有这段回忆。”

却听张颂玲缓缓道：“这就是美啊！一只小小的兔子，无论质量还是热量，只占整座高山的亿万分之一，但是若没有它，你记忆里那个早上，就是一片死寂的雪景。”

眼前这个聪慧女孩的解释令我动容。“死寂的记忆有很多，若不是那只兔子，我可能都想不起来那座山。”

记忆里，那是我和父亲唯一一次共同爬山的经历。

大河原树乘坐着下午的交接飞船进入夸父农场，见到我之后态度极差，就差把一沓报告甩在我的脸上了。

“程成！”他双手拍着桌子，那机械眼睛像是一支枪口抵着我的前额，“老实交代，昨天你们都说了什么？”我注意到，门外还有四名警察没进来，他们的服饰和夸父农场的不同。

他是要逮捕我？

“没说什么。”

他甩出两张照片，正是昨日里那方脸中年人与黑猴子。“给我仔细想想，这两个家伙都跟你说了什么，一字不差地告诉我。我警告你，若说错一句话，立刻跟我回去接受调查！”

张颂玲忧心忡忡地看着我。

“我不知道你想了解什么，我见他们受了欺负，下去帮他们解围，让他们少挨了几棍子，可他们却认为我多此一举。”

“没了？”

“就这样。”

大河原树向第三人道：“将昨日番茄园的摄像文件发送过来。”他指了指自己的眼睛。伴随着一阵键盘的敲击声，大河原树的眼睛放空似的看着前方。然后，他才将注意力集中在我的脸上。

“我警告你，你的行动范围，今后再也不准离开导航台。”

我看了一眼桌子上的照片。“这两个家伙到底是什么人？竟然值得贵局如此警惕？”

他嘴角冷冷一笑：“这两个人在战争中强奸了无辜的智人女性，如今被判永久监禁，”他笑吟吟地盯着我充满惊愕的双眼，“怎么，还同情他们吗？”

大河原树离开之后，我坐在座椅上良久无语。脑子里一直在思考两个问题，第一个问题便是，为什么我打了巡警，他们没有给我任何处罚，却更关心那两个犯人跟我聊过什么；第二个问题，那两个农夫真的是强奸犯？

还是大河原树故意欺骗我？

番茄花开了又谢，一粒粒的果实从青色变成丰满殷实的红灯笼，整个园子也成了诗词所言的上元灯市。我看着几十个农夫在我的眼皮子下采摘番茄，透过望远镜一个个地寻找，没有一个眼熟的人。

灯火阑珊之下，却再也没见过那两个人。

每次在餐厅吃到番茄，我都会想起他们，他们是不是遭到更为恶劣的报复？会不会因为我的冲动，给他们带来噩运？

“船长，你知道为什么全世界的人都喜欢番茄酱吗？”张颂玲见我对着意大利肉酱面上的番茄酱发呆，忽然问道。

“为什么？”

“因为，番茄酱融合了所有重要的味道，酸、甜、咸、苦和鲜。”

她说完，我用筷子挑起来一丁点儿番茄酱含在嘴里，除了酸甜，我却尝不出其他味道。

“你猜，哪个国家的人最爱番茄？”

“意大利。”

她惊喜道：“你怎么知道？”

我敲着面前的盘子。“因为我正在吃意大利面。”

“哦……我还以为你真的知道呢。意大利人真的超级喜欢番茄，几乎我们知道的意大利味道，都少不了番茄的身影。不过，意大利的番茄产量却不是最高的，只位于世界第七位，还不如土耳其。你猜，是哪个国家最高？”

“中国。”

她张大了嘴巴看着我。“天哪，成哥，你真厉害！”她话音才落，脸立刻便红了，“不好意思，船长，我口误……”

成哥，这个称呼我却像是几个世纪没听过了，此时听来，如此亲切。

“没关系，工作之外，你便这么叫吧。”

她听到我对这次偶然失误的肯定，眼睛笑成了两道上弦月。

张颂玲是个植物百事通，每次吃饭的时候，都像是她的个人讲堂，每一道菜，每一种蔬菜、水果，她都能讲出一套又一套的知识。

有一回，她偶然吃了块蘑菇，才尝了一口便吐了出来，跟我解释说蘑菇不能洗，因为这种植物吸水，烹饪的时候只需要刮去表面的尘土即可。“这蘑菇显然泡水了。”

然后她便问道：“成哥，你猜成熟的蘑菇可以产生多少颗孢子？”或许这道题太难，她还不忘给我几个选项，160颗，160万颗，160亿颗。

我选择了160万颗，她却告诉我正确答案是160亿颗，并鼓励我："你只错了一个字，再接再厉！"

吃豆腐的时候，她跟我讲述了从大豆到豆腐的六道重要工序，然后特意将自己盘子里的豆腐全都夹给了我。"豆腐富含异黄酮，多吃可降低患上骨质疏松的风险，还能降低乳腺癌和前列腺癌的发病率。"

我不知道她是想帮我防治骨质疏松，还是前列腺癌。

最令我佩服的一课，是她竟然在连续一个月的时间内，教我区分盘子里不同的肉馅饼。她没来之前，我每次吃到馅饼，不过认为馅儿不同。但张颂玲却告诉我，这一个月的每个周三，我们的午餐先后吃到了英格兰康沃尔肉馅饼、葡萄牙的炸肉馅饼、牙买加肉馅饼，以及阿根廷的炸牛角饼。

"你到底是植物专业，还是烹饪专业？"有一次，我实在忍不住地问道。

"多了解一些，总是没错的，"她纠正我，"植物只是我研究的一个范畴，我还研究动物呢。如果你驾驶的是夸父牧场，我也能给你讲出好多……"

2

我到底有多久没和小复、小雪通话了？

"小复昨天去参加足球集训了，大约要两周时间，"雪华一边织毛衣一边说道，"就是因为你支持他，他才有底气跟我闹，现在去了足球队，你想见他都见不到，是不是有点后悔了？"

"他只是个小学生，足球对他就是个玩具而已，怎么还有集训？"

"因为咱们儿子优秀啊，一不小心就进了校队，听说一个月后，要代表学校参加一次重要的比赛。"

我心中难免失望。"小雪呢，把她抱过来让我看看。"

"小雪被爸爸接走了。"

"我爸？"

“嗯，他主持的那个动物园开设了新项目，另外，也是老人家想孩子，非要带小雪去玩几天。”

“那你难得清静。”

“可不是，你若在家，咱俩正好享受一回二人世界。”

她笑得甜蜜，我努力报以微笑附和。

那天晚上我做了一个梦，梦到雪华的毛衣织好了，她亲自为我套上，可是当我的眼睛从领口钻出来时，眼前的人却变成了张颂玲。

“成哥，是不是有点紧？”她将毛衣的下摆向外抻了抻，一头秀发在我颌下擦过，我顺势将她揽在怀中，把她整个人都抱在怀里。

……

“成哥？”

我猛然从回忆中跳出来，却见张颂玲正站在咖啡机旁。“今天要不要加糖？”

“加。”我做了个深呼吸。

“你刚才怎么了？我喊了你好几遍。”

我不知怎么回答，刚好看见桌子上的17阶魔方，走过去拿在手里转动，回避着张颂玲的眼神。

“没什么……”

“真的？”她将咖啡端到我面前，“你有什么心事吗？”

我接过咖啡，但眼睛还是留在那魔方上，便骗她道：“我只是想到我曾经的领航员，不知道她会受到什么样的处分。”

张颂玲很早便知道了关于丁琳的事情。

“你不用担心，不过就是破坏了纪律，最多回去写两份检查报告，然后换个部门继续工作。”

但愿如此。

整个上午，我都转动着魔方，我的心情就像魔方一样混乱，没法回到最初的秩序。午饭时本该和张颂玲一起去餐厅，但我只想躲着她，便称身体不适，回去睡了个午觉。

等我下午回到导航台，17阶魔方依然放在桌子上，但是整个魔方却被复原了。

第三人向我例行打招呼，便转过身去，我指着魔方问它道："你用了多长时间？"

"船长，请明确你的指令？"

"我问你，你将17阶魔方复原，用了多长时间？"

第三人道："船长，我的职责不允许我在工作时间做任何与夸父农场无关的事情。"

"不是你？那是……"

这时候，张颂玲走进了导航台。"成哥，你身体好些了吗？"

我没有回答她，只是指着魔方。"你干的？"

她疑惑地眨了眨眼，然后点了点头。"难道……我做错了？"

"天哪，你的智商到底有多高？"

她仿佛不知道自己刚刚做了一件多么厉害的事情，"你说什么？"

"午休时间只有两个小时，你却将这个世界上最复杂的魔方复原了？"

张颂玲释然一笑。"这也值得惊讶？我上小学的时候就已经可以半小时破解了。战前有个17阶魔方的比赛网，我是15岁以下小组里最快的。"

我真的不信，于是，我将魔方胡乱地拧了一通，递给她。

她观察了一分钟，五分钟之后递还给我，完美复原。

我惊讶不已，"你是怎么做到的？"

"唯手熟尔。"她骄傲地一笑，无限可爱。

"我之前的领航员，需要用一个小时复原这个魔方，我就已经认为她是世界上最快的人了，毕竟，她用了两年时间才达到这个速度。"

"如果单纯地摸索经验，的确需要很长时间。但是，如果能够用数学的方式看待这魔方，那它不过是一个公式，我们只需要代入几个数字，求出结果便可以了，我用的就是数学方法。"

"这和数学有什么关系？"

"成哥，你没听说过万物皆数吗？"她右手食指向着导航台画着圈圈，重点指了指第三人，“这些都是数学，它也是数学，就连你我的生理结构也是数学——相比这些，魔方简单多了，不同类型的魔方就是不同类型的数学方程式，本质非常简单。”

数学方程式？

一束光照进了我心里。

终于挨到了夜里十点，我独自来到导航台，喜欢晚上留下来写记录的张颂玲已经回去休息了。

第三人将室内的灯光唤醒。“晚上好，船长，请问需要什么服务？”

“关灯。”

所有灯再度熄灭，仪表盘的蓝光为第三人的脸罩上了一层冰冷的面具。

“第三人，为我调出17阶魔方的方程。”

“好的，船长。”

静谧的星空之下，它敲击键盘的声音尤其清脆，我回头看了一眼导航台的门，盼着张颂玲不会忽然走进来。

敲击声止息。“船长，请看屏幕。”

屏幕上是一行公式，简洁地将数字、符号、字母加起来，还不到20位。

“第三人，将数字1539代入，试试会得出什么结果。”

“好的船长。”

几声敲击，一闪而过的运算过程之后，屏幕上留下了一行数字和字母混合的“序列号”。

我数了数，正好20位。

“将1539和这串混合密码输入那个双重加密的匿名邮件。”

邮件的压缩包被打开了！

现在终于确定，这封邮件是丁琳发送给我的，她只是巧妙地运用了17阶魔方为我留下了线索。

只是愚钝如我，用了一个多月的时间，才明白她的暗示。

她到底为什么这么做，有什么事情，非要加密了告诉我？

双重密码保护的是一段视频文件，我复制了文件，离开导航台。

回到卧室，我翻出备用电脑，关闭它的网络功能，这才播放复制过来的视频。

丁琳瘦削的下巴率先出现，她整个人向后移了移，露出上半身，我能看到她录像的时候，是在她的房间。

“成哥，我不知道你会不会看到这段视频，如果你真的看到了，那不要怪我，因为我真的不想把痛苦转移给你。但是，我认为你有权知道真相……”丁琳哽咽了数秒，然后电脑屏幕里就被一张图片占据了，是丁琳丈夫与她聊天的截图。

“成哥，这个男人你没见过，但你也能猜到他是郭宇东，我的丈夫，我和他每隔一天都会聊上半个小时，两年多了我也没觉得有什么异样，直到一个月前，我偶然发现我丈夫身后的镜子一角，折射出一张照片的影像……”

画面被放大了数倍，画面的中心聚焦在她丈夫身后五六米之外墙上挂着的那面镜子的一角，真的是一角，在原图中可以忽略不计的一角。镜子里有着模糊的映像，丁琳逐步修复图层，减少噪点，提高画面的清晰度。

“成哥，你看到这张照片一定会震惊，请原谅我这么残忍，但是，你也有知道真相的权利……”

随着图层的叠加，镜子里的照片越来越清晰，我从开始能看到四个人，逐渐认出了那是一家四口，丈夫、妻子、儿子，还有一个小女儿。

随着对图片的修复，我又看清了他们的容貌，丁琳说得没错，我的确震惊了。

那是我一家四口的合影，因为在镜子里，我们座次的排列顺序是反的，本应坐在妻子右边的我，如今却坐在了妻子的左边。

我和雪华坐在公园的长椅上，在我们中间的，是小复，我怀里的是小雪。

画面虽然模糊，但我绝对不可能看错。

“成哥，我不知道你现在是诧异，还是愤怒，或者你还不知道该为何愤怒……”

愤怒？为什么要愤怒？

我只是觉得背后升起一阵寒气，可为什么会这样？

图片被收回，丁琳流着泪的脸出现在屏幕中，她说：“我不知你是否认可我的推断，但我只能这样推论：他出轨了，而出轨的对象，就是你的妻子……”

我脑子里嗡的一声：不可能，绝对不可能，雪华怎么可能背叛我？

却听丁琳接着道：“我忍了很久，今天我实在无法忍受了，就在刚才，我入侵了夸父农场N33的内网，修改了通话权限，强制联系了郭宇东，我打了很多次电话他才勉强接听，面对我的质疑，他无话可说……这还不能说明什么问题？他都已经懒得解释了！成哥，我们被他们骗了，骗子，全是骗子！”她试图控制情绪，“刚才，我来到你的门外，就想告诉你这些，但我真的怕你和我一样痛苦。我害怕，我回避，我甚至想过，我们在一起算了，倘若如此，我们至少还能够彼此互相安慰……”

她哽咽了一声。“成哥，你是个很好的人，我真的不希望你受到伤害，可我入侵N33内网被他们发现了，我违反了纪律。我担心你一直被蒙骗下去，所以我只能做一个邮件备份，以防我明天被调查，不能亲口告诉你……”

忽然，丁琳的门口外传来开门的声音，丁琳紧张地说道：“他们来了，成哥，我会把这份文件加密发给你，等你看到这段视频的时候，一定要慎重决定未来的每一步。”

在两个穿着生化服的男人闯进丁琳房间的瞬间，画面被切断了。

3

“成哥，吃辣椒。”张颂玲将一根腌制的红辣椒夹到我的碟子里。

“你知道我不吃辣椒。”

“可你现在需要它，”她抬眼看着我，眼睛里充满担忧，“你最近太消沉了，吃辣椒能刺激你体内释放内啡肽，至少能让你精神振奋一些。”

我没动筷子。

她关切地追问：“发生了什么事？”

“没什么。”

“我能感觉到！”

我站起身，端着餐盘塞进回收位，一口未动的食物伴随着机器的嗡鸣声被卷了进去，我心烦意乱，头也没回地走出餐厅。

雪华没有什么不对劲，但每次我提出想见孩子，她都表现得有些急促，想出不同的理由拒绝我。甚至，我让她给小复打个电话，让我听听他的声音，她都以害怕影响孩子集训拒绝了我。

我都佩服自己，竟然能够将丁琳告诉我的秘密在心中煎熬地隐藏了半个月。多少次，话都到了嘴边，我却没有说出来。

这些话就如利刃，一旦出鞘，夫妻之间本来纯净的信任就不可能没有伤痕。我多希望丁琳的推断是假的，我宁愿相信雪华每晚的“我爱你”是发自真心的，可是，我已经从她的眼睛里看不到任何对我的眷恋。

我之所以忍耐和等待，只为今天是小复回家的日子。

“怎么了？心情不好？”妻子笑着问道，她手中还织着那件毛衣，蓝白的花纹已经逐渐成形，“等你回来时，已经深秋了，虽然现在城市的气温始终恒定，但我还是想给你准备一件衣服。”

“雪华。”

“嗯？”她停下手中的织针。

“小复的比赛成绩怎么样？”

“我猜，不太乐观，估计是输了，一回来就耷拉着脑袋，话也懒得说……”

“把他叫过来。”

“他心情不好，你就别……”

“把他叫过来。”我的右手哆嗦起来。

她听出了我的情绪，反而温柔一笑。“我知道你想孩子，可你也得为小复着想，他心情本来就不好，你又何必刺激他。”

“我只想鼓励他，一次失败，不算什么，我要让他明白这个道理。”

“我替你转达吧。”

“我只想——”我胸口压抑，快要爆炸，“亲口，告诉他！”

我的眼睛里或许喷出了火，但雪华又笑了。“我知道你想做一个好父亲，可我担心孩子影响你的工作，作为一个军人，你对肩上的担子，可不能有半点马虎！”

“我就想看看孩子！”我吼了出来，“小雪在爸爸家，你连个电话也不愿意拨通！纵然你担心小雪哭，可我爸也会哭吗？小复回来了，我见他一面又如何？你竟然又给我上课，我的职责、我作为船长的义务一点没有耽误，可是现在，我只不过想看看我的孩子，我连这点权利都没有吗？”

她的眼神开始飘忽，不时地看向摄像头之后。

我追问：“说实话，孩子们在家吗？”

“当然，当然……在家！”

“在家？”我终于决定抛出那个猜测，“如今在家的，恐怕不是个孩子吧？”

雪华终于敛去了她的笑容，神情变得冷漠。我有好几百年没见过她这副表情了，她之前从未冷漠过，为什么现在开始冷漠了？被我猜中了，那个男人的到来，让雪华送走了小复和小雪？

她刻意地调整了下面部表情，硬生生地挤出一丝笑容：“我累了，今天就聊到这里吧。”

没有任何辩解，却更像一把利剑，刺入我的心间。

“郭宇东！”在她关闭视频通话之前我吼道，“你认识吧？”

她抬起的手没有放下，整张脸仿佛都僵硬了。“不，我不认识。”

“他是我同事的丈夫。”

“是吗……没，没听过。”说这话的时候，她的眼睛又向后看了看，并挤了挤眉毛，就好像摄像头之后，有什么人在和她说着话。

“谁！”

她再次看向我。“你喊什么？”

“谁在房间里？”

“我……我自己呀！”但她还是惊惶地看了旁边一眼，眼睛里仿佛接收到了什么指示，然后向我道，“今天就聊到这里，你好好工作。”

屏幕黑了下去。

我尝试拨回去，可总是提示信号中断。

我只穿着T恤和短裤奔出房间，来到导航台，向第三人吼道：“第三人，给我接通家里的电话。”

“船长，晚上好，夸父农场N33无权限与私人号码沟通。”

“那给我呼叫总部。”

“好的，船长！”

片刻，罗赛中将的身形出现在屏幕中，一脸的厌烦。“程成，又有什么事？”

“我想和我的妻子联系。”

“现在已经过了夜里九点，超出了你们沟通的时间范围。”

“可我需要和她联系！”

他厉声道：“程成，你还有点纪律意识吗？你是在服役，不是在度假！总部是你的领导机构，不是为你个人服务的部门。”

“拜托了将军，”哀求的声音从我的嗓子里传出来，“求求你，即便不联系我妻子，那是否能让我见见我的孩子，我不需要和他们沟通，我只需要见见他们就好。”

“你的孩子？他们很安全，你放心。”

“我知道他们很安全，可我只想见见他们！”

“这是你的家事，你应该和你的妻子沟通。”

“那请帮我联系雪华！”

“现在已经超出了你们沟通的时间范围。”

我一拳捶在桌子上。

“程成！”罗赛中将吼道，“你这是什么意思？对我的不满？”

我喘着粗气，丁琳的声音在我耳畔回响：等你看到这段视频的时候，一定要慎重决定未来的每一步……

慎重……丁琳已经预料到我会做傻事……

我喘着粗气，向罗赛中将敬了一个军礼，迅速结束了本次通话。

棕榈园的夜并不冷，可我依然颤抖不止。

为什么会这样！我本来以为稳固的婚姻，难道要在一场欺骗里走向尽头？如果她跟我说实话，我固然会伤心，可我依然会选择原谅和理解。

但是为什么要欺骗！

小复和小雪被她送去了哪儿？是和我父亲一起住了？只因为孩子妨碍他们偷情？上级组织恐怕也知道这件事，罗赛中将似乎早就知道会有这么一天，对于我的情绪变化，丝毫不感到意外。

程成啊程成，你活在一群人的谎言中，简直就是个笑话。为了让我安心服役，他们真的是什么都做得出来！我不知道自己到底是个军人，还是个囚徒！

不！一切都没有证据，或许，或许雪华是清白的。

或许，她真的是累了，她不认识郭宇东，家里没有其他人，小复就睡在隔壁的房间，而小雪就是和爷爷在一起。他们去了那个动物园，玩得很开心。

或许，丁琳错了！

如果真的如此，那雪华此时一定很痛苦，因为我冤枉了她，可她又不能像我这么冲动，她退了一步，只想让我冷静。

……

我一遍遍地重复着，可泪水冲破堤防之时，我才意识到，我根本没法说服自己。

不能冲动，我是一名军人，面对着未知的恐惧，一定要冷静，冷静……

一件毛衣披在了我的身上。

张颂玲是什么时候来到棕榈园的，我完全不知道。空气已经冷了下去，夸父农场N33的空气调节系统已经自动进入后半夜。

我没说话，连头也没有转，脸上的泪痕不能让她看见。

就这样过了许久，我没有听见她离开的脚步声。等我转过身去，果然，她就站在我身后不远。

“你怎么还不回去休息？”

她摇了摇头。“我……”

“回去。”我声音不由自主地严厉起来。

“成哥……”

我不想再管她。

过了一会儿，身后的脚步声响起，她逐渐走进了导航台。

张颂玲是个好姑娘，我不应该伤害她。但现在，我只想一个人待着，有些伤痛，我不能和她分享。此时的我，忽然理解了丁琳在被抓捕之前那个月的情绪状态。

夜色深沉。我伏在栏杆上，看着黑色的夜空渐渐变成深蓝，深蓝褪去后，被朝阳染成一片橘红。红日在导航台后方升了起来，我见过多少落日，却很少见到日出，我忽然想看看日出。

我没有见到日出，却看见了张颂玲站在导航台里，透过玻璃看着我，她身后是霞光万丈。

她难道一直没有离开？

我走上了导航台，她有些怯怯地看着我，操作台的方向，第三人向我打了个招呼。

“船长，早上好！我见你们一夜都在思考问题，不知是否思考出了答案，是否需要我的帮助？”

没有人理它。它又转回了头。

“报告船长，今日小麦园19至29区将开始春化，申请降雪。”

“你一直没走吗？”我对张颂玲说道。

“是的，船长，我不会离开导航台。”第三人答道。

张颂玲扑哧一笑，摇了摇头。她朝向太阳的右半边脸红扑扑的，却也掩不住眼下的疲惫。

眼角那是泪痕吗？她为什么也哭了？

她说道："我回去也睡不着……所以……还是陪着你吧……"

"你不用这样。"

"我……"她的眼眶瞬间涌出泪水，就好像它本就在眼皮里，"可我不希望你难过，我又不知道怎样做……"

"我不需要。"我明明心中无限感激，可说出口的话，却生硬得连自己都怕。我将背上的毛衣解下，递给她，"还你。"

我怔住了。这毛衣披在我后背半宿，我还是第一次见到它，竟然是一件蓝白相间花纹的男士毛衣。怪的是，这毛衣的颜色与花纹样式，竟然和视频电话中，雪华为我织的一模一样！

她又推了回来。"这是我给你织的……"

"真是你织的？"

"嗯。"

"这样子你跟谁学的？"

"我自己画的。"

"怎么可能？"

张颂玲不知道我为什么一副困惑的表情，但她立刻返回房间拿来一个绘图本子，里面真的有她设计的毛衣样式。连我的肩宽、胸围数据都写得清清楚楚，这毛衣的确是她专门为我织的。

"等你服役期满，就是深秋了，虽然下面的温度恒定，但我还是想给你织件毛衣……"

雪华也说过类似的话，但是我却从未在她眼中，见到过张颂玲此时眼里自然流露的柔情。

但我依然将毛衣塞回到了她怀里。

"准备工作。"我转身走向了休息区，若不转身，她会看见我眼里因感动而落的泪水。我希望她能讨厌我，一个月的相处，已经让我在她的温柔与聪慧中逐渐沉沦。

可我绝不能如此！

我有妻子，虽然她可能背叛了我，她可能和那个男人伤害了我与丁琳，但我不能以这种伤痛为理由去伤害张颂玲，我不可放纵，不可堕落。

张颂玲是个好姑娘，理应被赠予这世界上所有温柔，我不该成为她生命中的严寒。

4

巨大的造雪机在天空旋转着，柳絮一样的雪花随着人造寒风，被带到小麦田的四处，均匀地覆盖在那刚出土的麦苗之上，成了厚厚的一层雪被。

我通过屏幕，痴痴地看着纷纷扬扬的雪，导航台似乎也进入了冬天，我已经忘记了夸父农场上的其他季节。

第三人道："报告船长，这是气候模拟器的第三次降雪，七日后，小麦园1区至9区将进入雨水季节。"

如果不经历冬日里的一段严寒，冬小麦在春天就不会开花。

我和雪华正在度过和小麦一样的"春化"过程，但我们的冬天过去之后，还会开出花朵吗？

那天之后，我和她的视频通话，往往不超过五分钟，之后都因为无话可谈，或者被她以工作繁忙、身体不适为理由提前挂了电话，从开始的两天一次，逐渐到一周只有一次。直到最近，我没有主动申请，她也没有和我联系，两个人就像在对方的世界里各自消失了一样。

大雪纷纷扬扬，我心中充满惆怅。两万米的高空，是一处无奈的避难所。我妄图通过工作麻痹自己，但是工作的索然无味，却加剧了我的惆怅。我不用去求证事实的真相，妻子的反应似乎已经说明了一切；我不敢去求证事实的真相，我担心真的确定了结果之后，我无法再去尽一位军人的天职。

想到这里，我只想保持冷静，至少也要装作冷静。

我该感谢张颂玲，是她让我知道，我还活着，内心还有种流动的感情。

还有爱，也有恨。

她没有因为我的冷酷而躲避我，只是适度地保持距离，但从没有因此放弃与我沟通，她总能巧妙地抓住任何一个机会。

看着漫漫雪景，我听到她在我身后说道："漫天的大雪，还差一位浪子。"

我还没理解她为什么这么说，她忽然将导航台最大的一面屏幕切换到雪景，然后，雪地上出现了一串脚印，循着脚印望去，却见一个人正戴着斗笠，披着斗篷，在雪里踽踽独行。

我恍然大悟，那人与脚步，是她加的特效，只不过十分逼真。原来她刚才在工作台上画了半天，是在做这个。

"怎么样，你至少表个态嘛，我做了一个上午呢！"

我鼓了鼓掌，很美。

她微微一笑，在面前的画板上敲了敲，却见雪里那人缓缓回头，我认真一看，那人的模样，竟然与我有几分相似。正待我心中赞叹她画得惟妙惟肖之时，却见一只灰色的兔子在"我"面前奔过，停在雪地当中，朝着我"回眸一笑"。

画面就此定格，逐渐淡去，消失，唯留下白雪纷纷。

真美。张颂玲朝我灿然一笑，就又伏在桌子上写写画画了，她瘦削的肩膀有节奏地起伏着，我忽然有一种冲动，想从后面将她抱住。

与她拥抱，我并不陌生，无数次，她闯入我的梦中，化身为我的妻子、爱人，笑起来便如刚才一样，柔情无限。

"船长，你需要我为你提供身体检查服务吗？"

第三人来到我面前，在我眼前晃动着手掌，让我的眼神逐渐聚焦。对面，张颂玲正关切地看向我。

"不需要啊。"

"可我监测到你的心跳过速，心率严重失常，中枢神经系统多巴胺大量分泌，这和你上半年的平均数据大有不同，而你这种状况在最近越来越频繁。"

"我没事，你还是办点正事吧！"说话的时候，我忽然看见张颂玲捂住了胸口。

"你怎么了？"

张颂玲抬起头，脸颊潮红，气息略有不稳地说道："我……很好。"

却听第三人道："我检测到张颂玲也有同样的毛病，你们刚才先后发生多巴胺……"

张颂玲赶紧制止道："第三人……"

它面无表情地看着我们："我得对你们的身体健康负责。"

"你没法负责……"她忽然匆匆地跑出了导航台，跑向了生活区的方向。

欢喜与畏惧化作两个拳头，同时夹击着我的心脏。我望着大屏幕上的雪景发呆，仿佛看见了张颂玲在飞雪中独舞，她皮肤白皙，连雪花也要自惭形秽。

"成哥……"

我闭上了眼睛。

却听第三人道："船长，你真的不用检查身体吗？"

"这不是病，只不过是一种情绪反应。"

"可你最近的数据与之前，有太多不同了。"

"之前的情绪是枯燥无聊，如今……"我心中哂笑，和一个机器人聊什么情绪，"第三人，你自然不会知道什么是枯燥无聊了。"

"枯燥无聊这种功能对于我的工作有什么作用？"

"没有任何积极作用，反而还会耽误你的工作。"

"船长，你的回答令我无法理解，枯燥无聊会耽误工作，人类为什么还会使用这种功能？"

"这就是人类和你们机器人不同的地方吧。"

第三人点了点头。"船长，你现在为什么不会枯燥无聊？"

"因为……"我脑子里瞬间浮现出很多人影，先是张颂玲，然后是雪华，小复、小雪也在，失踪的那两个中年人也在，"心太乱。"

"既然你也怀疑自己的心脏有问题，你为什么拒绝我对你的身体检查？"

"第三人，心乱并不代表我的心脏有问题，我这里的心乱，是一种——意识，复杂的情绪所形成的意识。"

"据我了解，人类的意识，只是一种神经网络信号，所以，你所说的心乱，就是这种神经网络信号出现了问题。”

我淡然一笑：“这样解释也不一定错，人类的情绪，或许本就是一种错误，但偏偏因为这种错误，我们与你们，有了本质的区别。”

“人类真是一种怪异的机器。”

“第三人，你在夸父农场N33服役多久了？”

第三人说：“1969天15小时44分钟。”

“也就是说，在你配合我服役之前，你还伺候过另一位船长？”

“可以这样说。”

“可以这样说？你怎么加了这样一句？”

“船长，我无法解析你的疑问，我不会对于事实性的东西进行再度思考，‘可以这样说’就是一件事实。”

我不禁好奇：“他的那三年，勇敢地坚持下来了吗？”

“是否勇敢，我无法解析，但他并没有100%完成工作。”

“原来他放弃了……”我心中一阵遗憾，夸父农场的船长都要付出很大的代价，可是船长没有完成任务的可能性只有两个，要么死去，要么触犯纪律，“他叫什么名字？”

第三人接收到指令之后，通过网络搜索了一番，却回答我：“船长，上一任船长的数据资料我无权限查看。”

“查不到就算了，可你总该记得。”

“抱歉船长，我没有任何关于上一任船长的记录。”

“你们毕竟在夸父农场生活共事过三年，怎么可能连一点记忆都没有？”

“对不起船长，你所关心的问题，不在我的工作范围之内，所以我无法给你提供帮助。”

第三人的不近人情真令人着急，“你怎么也跟罗赛中将、秦铁他们似的，动不动就用‘范围’‘职责’‘权限’来约束我！你是为我服务的，可你能力总这么差，根本无法让我对你满意。”

“船长，我检测到你大脑突触间隙神经递质5-羟色胺和去甲肾上腺素的浓度正在下降，根据数据得出的结果，你出现了抑郁症的状况，十分抱歉，我将开启禁言模式，以保证你的身体健康……”

“别！你是想气死我？”

“我没有伤害人类的功能。”

我这是怎么了，竟然对一台机器生气，忽然，一个念头在我心中一闪：“你是如何知道我体内的化学变化的？”

“通过你体内的芯片感知。”它说。

“所有人都能感知到？”

“是的，船长，在导航台工作的所有员工的身体情况，都在我的监测范围内。”

我试着问道：“那……你能感知丁琳的吗？”

第三人沉默数秒。“船长，丁琳已经离开导航台，按照我此时的权限，无权访问她此时的身体状态。”

“你这话是什么意思？你监测到了丁琳的存在？”

“是的，丁琳的数据就在夸父农场N33，但是她所在的位置是C区，在正常工作情况下，我无权访问C区的数据。”

我听出了第三人的言外之意，身体的毛孔瞬间张大。

“那在什么情况下，你才能访问C区数据？”

“在由你接管全船的‘危机戒备’模式之下，我可以访问C区数据。”

我攥紧了拳头，压抑着内心的激动，缓缓说道：“第三人，开启危机戒备模式！”

“危机戒备模式仅限于夸父农场N33号遇到重大突发状况，全体戒备，才可由船长人工接管全船。根据目前的气压和船体安全系数，不构成重大突发状况以及开启危机戒备模式的级别，所以，我不建议你开启危机戒备模式。”

“所以，你对这个模式是否开启，只有建议权，没有决定权？”

“是的，船长。因为在重大危机之时，机器人也不能根据实际情况进行客观、准确的判断，此时，船长的个人经验尤为重要……”

“开启危机戒备模式！”我一字一顿地说道，“这是我的命令！”

我在第三人递给我的板子上输入了我个人身份的密码之后，第三人接着说："审核通过，我们已经进入夸父农场N33号危机戒备模式，船长临时接管N33最高权限，请下达指令。"

"为我报告丁琳的身体状况。"

"报告船长，丁琳的身体状态不佳，她的肾、肝功能出现衰竭，身体的养分已经供给子宫，她现在正处于昏迷之中。"

我大惊："她住院了？"

第三人通过屏幕调出了丁琳的实时监控视频，屏幕里，丁琳竟然被吊在一个圆柱形的玻璃容器中，身上插满了管子。

第三人道："船长，丁琳并未住院，她目前处于半植物状态，位于重刑犯C区165号养殖仓……"

"重刑犯？"

"是的！重复：丁琳处于半植物状态，位于重刑犯C区165号养殖仓！"

"告诉我，丁琳到底犯了什么罪？为什么要这么对待她？"

第三人调出一份数据表："船长，丁琳最近犯了公职人员泄露机密罪，之前的记录上，丁琳还有反人类罪和叛国罪，准确地说，是丁琳母亲的反人类罪和叛国罪，丁琳只是代受刑者！"

"荒谬！丁琳母亲的罪责跟她有什么关系？"

"船长，《联合政府战后临时法案》里明确指出：对于纯种人因叛国对国家造成的损失，父母辈未能偿还清的，由子女代偿。丁琳的母亲王文娟曾经参与策划五朵金花行动，给全人类造成了巨大的损失，虽然她自食恶果死于最后的核爆炸，但战后她被追责为甲级战犯，她所犯下的罪行，将由丁琳承担……"

"你等等，我有个逻辑没搞明白！丁琳的母亲既然策划了五朵金花行动，那就是我们的功臣啊，怎么会被定义为甲级战犯？"

"船长，五朵金花行动是纯种人对联合政府所犯下的罪行……"

"胡说！五朵金花是联合政府对纯种人给予的致命一击，我亲自参与了那次核弹投射，怎么可能记错？"

"船长，综合数据显示，当时的你没有能力参与那次军事行动！"

“你的数据都是哪里来的？全是错误数据！我见证了历史，能记错？”

“船长，你当时只有8岁，根本无法参与战争。”

……

第三人的数据一定出了什么问题，或者是开启“危机戒备”模式后让它的程序发生紊乱，但我还没来得及检索，导航台就发出了刺耳的警报。

“报告问题情况！”

第三人道：“夸父农场N33船长程成开启危机戒备模式，擅自入侵C区数据，严重违反服役守则，请原地待命接受调查。”

“第三人！”

第三人又重复道：“夸父农场N33船长程成开启危机戒备模式，擅自入侵……”

这时候，却见张颂玲从生活区跑了过来。“成哥，发生了什么事？”

我看了一眼屏幕里被折磨得不成人形的丁琳，心中一阵骇然：我的下场又是什么？如果张颂玲和我有接触，那她必将被我连累！

我迅速按下导航台与生活区的隔离门，将张颂玲隔绝在外。她不停地拍打着隔离门，我却听不见她任何声音。

这是我能为你做的最后一件事了。

我安安静静地坐在船长的椅子里，端起咖啡轻啜一口，片刻之后，四个身着C区银色防化服的人从那扇永久对我封闭的门里走了进来。

他们什么话也没说，走在最前方的那个人用某种枪形的工具向我喷出了一种略带香甜的气体，一阵天旋地转，我便人事不知了。

第四章
人体养殖

1

不知昏睡了多久，醒来的时候，有两个人正站在我对面争吵。之所以说站在我的对面，是因为当时我正被吊在一个圆柱形玻璃监狱之中。和我被捕之前，在屏幕里见到的丁琳所处的监狱一样，我的手足被紧紧地固定在上下四个角，身上被换上了一套白色的衣服，两条淡蓝色的塑料管子从身后伸出来，深入我的腹部衣服之下。

衣服遮住了管子，我不知道它们连到何处。但我明显看到，腹部有东西蠕动着。我除了眼睛能睁开之外，身体其他部分，都如打了麻醉剂一样，没有丝毫知觉。

面前交谈的两个人都穿着白色的防化服，防化服从头顶到脚底全副武装，只在眼睛处露出长15厘米、宽5厘米的透明方孔，能够让我看出他们其中一位是个男人，另一位比他矮了10厘米左右的是个女人，年纪看起来不大。

他们似乎在因为什么事情争吵着，由于我耳朵里轰鸣声严重，再加上外面的玻璃罩壁，很难听清他们到底在说些什么。但随着耳内轰鸣声的退去，他们争吵的声音我似乎听出了几句。

男人说道："我已向……提出……他绝对不能再担任船长……重要……

职务，否则……后患无穷……”

女人说：“你不能这样……根据程成……的罪行，采取记忆覆盖，让……替他父亲服刑，是最适合我们……结果！”

“可是你也看见了，他……两次入侵内网，幸亏这次及时发现……夸父农场……会被他再次……开到印度洋！”

女人好像想不出更好的反驳方式，临走之前只是说：“在……无法控制飞船的这几天，你最好祈祷……什么麻烦，否则将来夸父……一些闪失，这责任肯定要算到你的头上。”

我想要和他们沟通，但嘴里说不出一句话，就连呼吸我都没法控制。

昏沉……

眼皮越来越重，我不由自主地闭上了眼睛，陷入昏迷。

乱哄哄的声音自我耳畔响起，我也不能确定自己是否醒着，不知那声音是来自外面还是我的脑海。偶尔，我也能听见人的声音，可我却听不清他们说了什么，耳朵里只有嗡嗡之音，一个字也分辨不出来。

我甚至无法感知时间的流逝，就连仅有的意识，也是断断续续，时有时无。

再次睁开眼睛时，我意识到自己正被绑在手术台上，胸部和大腿各有两条棕色的皮带将我身体固定着，四个医生和护士装束的人正围在我上方俯瞰我。他们虽然都戴着口罩，但我却找出了当日在我玻璃罩外说话的男人，他右手的手套上全是鲜血，手中握着一把细毛刷子似的东西，此时正在我的腹部擦拭着……

一阵难以抑制的疼痛自小腹传来，我的手脚瞬间有了知觉，开始挣扎和蹬踹，而腰部也控制不住地扭动。另一名医生从身后接过一支注射器，将一管透明的液体注入了我手臂的血管……

疼痛逐渐远去，我开始了无尽的下坠……

下坠……

眼前开始模糊，白色的光芒离我越来越远，我坠入了深渊之中，头顶之上，是两道柳叶形状的缝隙，逐渐地，那两道缝隙也闭上了……

张颂玲站在晚霞之中，秀发随着晚风在霞光中舞动。

“每朵花的心事都差不多，”她说，“它们心中所想，无非是如何让自己的花粉飞得更远，让自己的生命，获得更好的延续……”

“繁衍。”我说。

她笑了。“人也是如此。花儿变幻出千种色彩招蜂引蝶，人若爱上一个人，会比花儿还过分，她会变换万种风情，只为吸引他的注意。”

我不敢听出她的意思，因为她那炽热的眼神，已经让我在禁区的边缘徘徊。

她接着说：“我……自上船以来……就……总会梦见你……”

这也算是我们的默契吧，但我不能承认。

“梦里，你是我的丈夫……”她转身看向落日，“我也很奇怪，为什么会如此。其实在我看见你第一眼的时候，我心中就生出了奇怪的感觉，你便像是被风吹来的花粉一样，附在了我的心上……”

我何尝不是呢？

张颂玲转身看着我，眼睛里期盼着什么，但她期盼的事情，终究没有发生，我看着夕阳在她的鬓角渐渐隐没，也听见了她心碎的一叹。

“成哥，有些植物的花期很短，绽放的时候，就像一场烟花……”

她从我身旁擦肩而过。

“颂玲！”

一阵撕心裂肺的痛从我心里涌出，我控制不住地从身后抓住她的手。她停了下来，没有转身，只是任我握着她的手。

“颂玲，你能告诉我，夸父为什么会一直追赶太阳吗？”

她头也没回地答道：“为什么……难道世间所有事情，都必须要问个为什么吗？”

“能为之献出生命的事情，自然有原因。”

她用啜泣回应道：“夸父是个傻子，脚步从未停歇地朝着太阳的方向奔跑，但他根本不知道，那太阳是永远追不上的。这一路上，有多少山川河流，有多少蕙芷芬芳，都被他跑过了，错过了，他视而不见！然后他便死了，值得吗？”

值得吗？我的心如落日般下沉，坠入永夜。

“成哥，我什么时候才能成为你的太阳？”

这是那天她留给我的最后一句话。

一阵剧痛令我睁开眼睛。

我又被吊回了那个圆柱形的玻璃容器之中，除了腹部的两根管子，我的身体又多了很多管子，管子里流淌着蓝色、红色、黄色的液体，那是营养、水分以及体内的废物。

一个穿着白色防化服的人站在我的旁边，右手在玻璃外的面板上操控着什么，眼睛不时地穿透玻璃看向我。

是她，我第一次醒来时，在我面前和那个医生争吵的姑娘，我认得她的眼睛。

此时，她的眼睛里溢满了悲悯，一种既关切又可怜的复杂情绪流露着。她左右看了看，然后靠近玻璃，伸出手指在玻璃上画着什么。

她反复了几遍，我大概看清，那是个数字“9”的形状，也可能是个“q”。她背后便是监控摄像，但她用身体挡住了身后的装置。画完了9，她朝我点了点头，幅度很小，但我知道她是在和我沟通。

之后，她回到面板前，抄写了几个数字之后，便在面板上输入了什么，我只觉身后一阵酥麻，意识便模糊了。

在没有钟表、太阳、日夜作为参照物的情况下，时间又是什么？

时间只是一种感觉。我用每一段梦境计量时间，我用每一次头脑的觉知来计量时间，但这都不可靠。我只感觉到，自己被某种巨大的力量所吞噬，我只是等待着它彻底将我摧毁，而这段等待，需要很大的耐心。

她成了我的钟表。

第二天，姑且算是第二天吧，她又来了。

我清醒的时候她都在我面前，大概是因为她操作控制仪器，给我的身体内注射了某种药剂，故意让我醒来。我清醒的时间不会很长，大约几分钟，而她则利用这段时间，在我的面前，又画下一个数字。

是“8”。

我第三次醒来的时候，她为我写下“7”，第四次是“6”……

她在做倒计时。

我姑且将她写下的数字，当成“天”的倒计时。因为，每次醒来，虽然是很短的时间，我都能感觉到自己的两肋之下，有越来越强的肿胀。但是具体原因，我不得而知。那是我仅有的感觉了，反而倍觉珍贵。

五天之后，我的腹部涨大了一倍，但不是中部隆起，而是腰部两侧下坠。他们为我体内注射的药剂似乎在我体内孕育着什么？

这就是他们对我的惩罚？

“丁琳处于半植物状态，位于重刑犯C区165号养殖仓！”第三人的这句话如雷贯耳，难道，我所在的位置，也是一个养殖仓，我的状态也是半植物状态？

那么，我体内的肿胀……

等那女孩在我面前画完了“1”，我便等待着下一次醒来。果然，再醒来的时候，我就被他们从玻璃圆柱里“摘”了下来，平放在小推车上，朝着某个地方推去。一路上，我好像看到了很多玻璃圆柱，很多和我一样吊在空中的人。

没有痛苦，没有呻吟声，我知道，这里是他们的“植物园”，也是地狱。

手术的过程我是半清醒的，他们并没有给我开刀，就轻而易举地打开了我的腹部，两名“医生”将一根拳头粗细的吸管插入了我的肚子，我感觉到一股强大的吸附力，然后就像是有什么东西，离开了我的身体，发出了嗵嗵的声响，像是小石子坠入井水里。

一个、两个、三个、四个、五个……

我残存的意识，对数字格外敏感，这些用来计数的小玩具成为我即将淹没的救命稻草，它们让我知道，我还活着。

一共14个。

他们从我身体中吸走了14个东西，我听见了14声某种软嗒嗒的东西和“吸尘器”内壁相撞的声音，然后我看到一名医生打开了“吸尘器”——里面是一个玻璃容器，有一堆紫红色的，孩子拳头大小，椭圆形状的肉球泡在营养液中……

那是什么？是我体内的瘤子吗？

一名医生取来一张纸标签贴在了玻璃壁上，标签上写着：肾脏14，男性，血型B，养殖仓N33C261……

2

她来了，在C区我唯一熟悉的那个姑娘。

她悄无声息地来到两名医生身后，忽然扬起两只手，手中各自握着一支蓝莹莹的注射器，同时刺入了两名医生的后颈。

两名医生连哼都没哼，只是眼皮一翻，便栽倒在地。

她反身关上门，将两名医生的身体拉到房间的一角，用一块蓝色的手术室常见的隔离布盖上。

迅速办完这一切，她来到我的旁边，从身后的一个皮兜里拿出一管黄色液体，熟练地掰断了玻璃保护层，用一支注射器吸入其中的液体，便抓住我的右臂，将一整管液体推入我的体内……

“小复，坚持住，还有20分钟就到山顶了！”一双大手套牵着我的小手套，我仰头看去，牵着我的人是一个方脸的中年人。

那个早晨，太阳初升，茫茫的雪地，以及远处茫茫白雪中的深林。

一只灰色野兔忽然在我们前方的雪地里跃出，带着白色的雪花，在空中留下一道美丽的弧线。

“爸爸！兔子！”我挣脱他的大手，追着兔子跑向前去。可我又怎么追得上兔子，却见那野兔几秒钟内便跑上了一道缓坡，父亲也从身后追了上来。

“小心！”他嘱咐着，揽住我的肩膀。

“爸爸，它在看我们！”

“轻点声，说不定我们能捉住它！”

他说着，用手去摸腰间皮衣之下的隆起处，那是一把手枪的匣子。

我按住了他的手。“爸爸，不要……”

“嗯？”

“它可能也是一个爸爸，它的孩子，可能在家里等着它回去……”

他的手没有将手枪拔出来，而是奖励似的拍了拍我的肩膀。

“小复，你长大了！”

一只雪鹰从深林中腾起，野兔见到那雪鹰，便再次跑了起来，跑进了反方向的树林中。

父亲！

我察觉到眼泪在我的脸颊两侧流淌。

他是我的父亲——程成。

那是我最后一次见他。下山之后，他便回到了军队。之后，五朵金花爆炸的消息传来，父亲牺牲了，我再也没有见过他。

意识逐渐清醒，头顶的白光照耀着我，我的眼前却闪现出一幕又一幕遗失的记忆。

“哥！”

一声亲切的呼唤在我耳畔响起。

“不要害怕，不要紧张，我是来救你的！”她说，“我知道你好奇，但现在没有太多时间和你解释了，刚才给你注射的药剂会帮你逐渐恢复记忆，起义的时间临近了……”

“你是……”

“程雪！我是你妹妹。”

我的妹妹！我是程复，那她自然就是小雪。

“你现在应该能回忆起了，你的记忆是被修改的，他们为了让你替父亲服刑，编写了程成的记忆，让你认为自己就是程成，这样便能替父亲服刑，”她为我解开身上的捆绑，“不用心急，你会慢慢想起来的……”

有三天没看见太阳了，也有三天没能去学校了。两队士兵守在我家门外，日夜不离。母亲终日以泪洗面，我问她发生了什么事，她只是安慰我，会好的，会好的……

妹妹？是的，她那时候可真小，刚刚三四岁的年纪。

本来就是冬天的北方变得更为寒冷，就像是北极忽然砸了过来。电视新闻里说，核弹爆炸摧毁了整个合成人反叛军的军事和政治中心，幸存下来的人类，为了生存，不得不截掉战争中受伤的肢体、器官，选择与机器融合。

全世界上百座城市的市民和学生纷纷走上街头，抗议着东北亚防区的最高指挥官滥用核武器。他们将酒瓶、烟雾弹、石块和砖头砸向那幢熟悉的双层房屋。即便是门口有三层防暴警察，也阻拦不了他们的汹汹怒火。

我家的房子已经没有一面完整的玻璃了，我和妈妈那段时间都躲在地下室里。

“妈妈，我给爸爸发的消息，他怎么一条也不回？”

妈妈只是哭，一个字也没有回答。她的眼睛里充斥着一种灰色的绝望，后来我才知道，那是核弹炸起来的灰尘的颜色，也是父亲骨灰的颜色。

父亲被疯狂反扑的合成人军队打败，最终战死沙场，母亲看到了父亲的尸身。所有的一切，她哀求其他人不要告诉我。

父亲是个英雄，可英雄的遗产，却是人类的骂名。

我没有成为过街老鼠，因为我还没有上街，人类所占据的大面积陆地便沦陷了。气候的突变，粮食的短缺，疾病的肆虐都让拒绝Ai合成技术的人类陷入了极为被动的局面。相反，合成人却如鱼得水，与Ai组成的军队战无不胜、攻无不克，横扫五大洲，将人类的抵抗军逼到了天之涯、地之角，只能负隅顽抗。

我和母亲很快就分离了，她和妹妹被单独关押，而我则被带进了一所战犯以及战犯后人组成的大型监狱。

在那里，我们继续接受教育，但是，当他们知道我是程成的后人之后，不少人开始将战败的愤怒发泄在我身上。当然，我也结交了很多兄弟朋友，我的少年时光便是在不断打斗中度过的。

18岁的孩子就到了规定还债的年龄。在这十年之间，纯种人类的祖国究竟在哪里，谁也不知道。曾经有人越狱，但不久便被带了回来。我没有越狱，我只是被合成人抓去采矿，去修建巨型建筑，去清理战争的废墟……

直到夸父农场上天，我被灌入了父亲的部分记忆，成为了夸父农场上的服役军人。

一切如烟云过眼，虚幻又真实。

妹妹已经为我清理了腹部的瘀血，并用医疗凝胶将两侧的伤口黏合。

“我们分开，20多年了……”

妹妹停止手上的动作，抬眼看着我，眼睛里满是泪水。“哥，你想起来了！”她扑向我的怀里，撞得我小腹一阵剧痛，我心中却有暖流经过。

陌生，却又熟悉的拥抱。

“你都这么高了，这么多年，你一定受了很多苦，我没有保护好你和妈妈。”

“不要这么说，哥，在这个时代，每个人都无能为力！”她紧紧地抱住我，“我们一家，马上就能团聚了。”

妹妹见我已经能够下床缓慢行走，便为我换上了一件干净的防化服，通过一个通讯仪器说了一句“开始行动”，便领着我离开这间“手术室”。

出门的时候，所有灯光瞬间熄灭，只有养殖仓在备用电源的支持下，发着幽幽的蓝光。

“停电时间为10分钟，我们必须利用这段时间离开这里。”程雪说道。

我们在无数玻璃养殖仓中穿行，昏暗的灯光下，我看不清还有多少和我类似的人。每天都会有人被推走，送回，推走，送回……没有任何人哀号，他们虽然活着，但是活得像一棵植物。

我逐渐明白了“养殖仓”的含义，我们只是被当成了一种植物，要么是果树，要么是蔬菜、水稻、花生一样的农作物，他们在我们的身上培养器官，给我们充足的养分，让我们开花结果。

我苦笑，原来夸父农场还有“人体农业”，我驾驶着这艘飞船每天行走将近4万公里，载着无数“植物人”遨游了两年多，竟然丝毫不知这个秘密。

“我们去哪儿？”妹妹扶着我朝着一扇门走去。

“我要带你回国，回我们纯种人的国家！”

我愕然停下。“我们是跑不出去的，夸父农场的进出权限极为严格，我作为船长都无法进入C区和B区，更甭提来到船舱之下的交接舱了，妹妹，趁着别人没发现你，你先自己逃走吧，不用管我。”

“哥，我们这次来，就是为了救你出去。为了这次营救，我们策划了半年，我两个月前就已经潜入了夸父农场N33，只为了今天……”

“你们？”

“不止我，祖国派出了一支小队，专门为了营救你！”

祖国，多么遥远而又亲切的名字。

程雪扶着我继续往前赶路，循着她的手电筒光，我无意间见到了C区养殖仓的编号，169……167……165……

“等等！”

我停在了165号舱前挪不动脚，丁琳就被吊在里面，她被套进了一件蓝白色的裙子里，裙子的下摆已经染上了血污。

她脸庞青紫消瘦，眼窝和两颊凹陷，皮肤就像沾了水的塑料袋一样耷拉地挂在骨头上，整个人没有丝毫生机，就像是一具悬挂的骷髅——若非是我和她朝夕相处过两年多，我可能都不敢相信这就是丁琳。

“她是我的朋友，把她也救走吧！”

程雪摇了摇头：“哥，丁琳活不成了，她前天出现了大出血，体内三个子宫自动剥落，现在奄奄一息。如果下一批子宫种植依然没有效果，那么她将会被清理……”

“她到底犯了什么罪，要这么折磨她！”

“因为……因为她是‘叛军’的后人，和你，和我，都一样！”她气愤地说，“这里的所有犯人，都是当年俘虏的军人以及亲属！”

“什么？既然战争已经结束了，为什么还要追加投降军人和家属的责任？”

“这就是Ai与合成人的逻辑——他们的世界里没有‘怜悯’‘同情’，他们只有对与错，只要你错了，你就永远是错的，再难以翻身！”

“简直荒谬！”

程雪攥住我的手说：“哥，既然你深切地感受到了这种痛苦，那么将来在反抗合成人的革命中，就更有斗志和力量了！”

在我的恳求之下，程雪为丁琳注入了唤醒她的营养液，并打开玻璃罩，将她放了下来。

丁琳睁开了眼睛，但她说不出话，她看见我，眼睛里瞬间就涌出了泪水。

我为她抹去了眼泪。“我来看你了。”

她眨了眨眼，表示她能听见我的言语。她似乎是在微笑，但眼神却越发黯淡。身后玻璃罩上传出急促的嘀嘀声。

“哥，她的身体太虚弱了，见到你之后，她的情绪波动太大，我只怕……”

我紧紧地抱住她，让她冰凉的脸感受到我胸口的温度。

“夸父为什么追赶太阳？”我哽咽地在她耳边道，“因为，太阳是他唯一的知己。”

丁琳的眼角沁出一滴泪，身后嘀嘀的声音便消失了。

3

程雪硬生生地将我从丁琳面前拽走。

“还有五分钟！”她一边拽着我一边提醒我说，“这是我们潜伏近三个月的唯一机会了，如果我们失败了，所有人都会因此而死。”

我转身回望，丁琳像是一只瘦骨嶙峋的鹿，死在幽暗的丛林中。活着的人还有不少，他们都和我一样，是父亲当年战友的孩子。

“我们要救他们！”

“我理解你的想法，哥。我又何尝不想救他们，可一旦电力系统恢复，我们就没有机会闯出C区的大门了，连我们都自身难保了，又谈何救别人？”

我步履蹒跚地被程雪拉着走到了C区门口，程雪驾驶着一辆早就准备好的悬浮车，载着我赶往交接区。

这时，我们的身后，传来了几声枪响。

程雪向传呼机道：“已经接到程复，所有人向交接区转移！15分钟之后集合，分两批撤退！”

去往交接区的道路两旁，都是一座座巨大的仓库。

程雪向我解释道：“这些都是养殖大棚，关押的都是和你一样的战犯以及后代。他们都是我们父亲当年的战友，以及战友的后人。夸父农场，实质上就是一艘艘空中监狱。”程雪解释，“每一艘夸父农场各有重点，我们这里关押的是军人和亲属，而其他夸父农场则关押的是对合成人的反对者，以及部分无辜的纯种人百姓。”

“他们要我们的器官做什么？”

程雪说：“战争之后，很多人留下了后遗症，要么是核辐射造成的器官功能衰减，要么是战时造成的身体损伤。联合政府获胜之后，以Ai的生存方式对待人类，他们认为，合成人以及Ai的器官可以拆卸、贩卖，那么人类也应该这样，对于一部分机器不能替代的器官可以采取人体养殖，人们只需要花一部分钱，就能换掉一个或受伤或衰老的器官，对于大多数人类来说，这是一笔划算的好买卖。不少在战争中失去四肢的军人，或者心肺肝肾功能丧失的患者，都凭借器官移植获得新生。所以战后几十年里，人体器官养殖和贩卖已经成为Ai社会法律允许的阳光产业，而且，这已经成为国家税收的主要来源……”

“可是，这对于用来培养器官的人来说，简直是罪恶！”

“哥，我们看来是罪恶的事，在他们看来都是合法的——联合政府利用了民众对于纯种人投射核弹的仇恨，所以他们无条件地支持对人类军队和纯种人政府支持者的惩罚！在这种仇恨的洪流之下，Ai政府在战后趁机修改了法律，制定了世袭罔替的惩罚制度——因此，像你和丁琳，就承袭了父辈的罪罚。罪罚分为两种，一种就是你见到的器官养殖，另一种就是无限期服役，而后者则是通过重建记忆，让犯人心甘情愿地接受命运的安排，所以哥，你只是被重建了记忆，你所拥有的记忆，有一部分是父亲的，有一部分则是他们根据你的工作条件，进行了适应工作的修改……”

“丧心病狂！”随着程雪的介绍，久藏于我内心的记忆被渐渐唤醒。我想起了十几年前，我还是中学生的时候，监狱外面数以万计的抗议人群，他们高举着“杀死叛国者”“为核弹下死去的人报仇”“灭绝叛军后代”诸如此类的牌子，天天往监狱的方向投掷砖头，甚至炸弹。

程雪接着介绍：“其实，你已经在飞船上服役五年了，只是第三年的时候，在屏幕另一端扮演你妻子的人，真的爱上了你，她无法接受你被永久囚禁的事实，把事实真相在你服役期满前的最后一天告诉了你……”

“扮演我的妻子？”

“你现在一定有一个爱你的妻子，以及一儿一女，其实都是假的，扮演你妻子的人只是一名政府安排的演员，她的工作就是隔着屏幕去扮演一个合格的妻子，安抚你的心灵，让你踏实安心地服兵役。只要三年役满，她的工作就算圆满完成，而你的记忆又要被再次重置。你的下一役期里，就会有另一个女人成为你的妻子，根据你年龄的变化，扮演你妻子的人，以及家庭会有所不同，这就是他们的高明之处，让你很难找出破绽……”

我心中的震撼是无法形容的，属于我自己的记忆逐渐清晰，我想起来他们把我绑在一台仪器上，把一个巨大的头罩压在我头上的那一幕，我挣扎着，喊叫着，但随着一种刺骨的疼痛之后，我的眼前开始出现了前所未见的画面：五朵金花从地平线缓缓升起……

这时候程雪递给我一张合影照，一对父母，两个孩子。这两个孩子，就是我和雪华视频通话之时，身后墙壁合影的两个孩子，但是这对夫妻，却不是我和妻子。

我认得，他们是我的父母。

程雪说：“智人管理局修改了这张照片，所以你看到的合影是假的，这才是我们一家人的合影，爸爸妈妈，还有你和我……”程雪又递来另一张照片，上面是一对男女的新婚合影，男人是我，“女人你想必已经认识了？”

我认识，她是我的新任领航员张颂玲！

程雪说：“这是你上次服役期间，扮演你妻子的人，但张颂玲却真的进入了角色，彻底地爱上了你，所以她告诉了你真相，而她也因此触犯了法律，被人为修改了记忆，关进了夸父农场后开始了漫长的服刑。”

我的心在颤抖，这段被人为封存的爱深沉而热烈，它其实早已苏醒了。

“而你为了救她一起回归祖国，按照她发布的最后定位，将夸父农场开到了印度洋上空……”

悬浮车飞速地驶过C区，马上要接近交接区的时候，身后的枪声逐渐接近了。

传呼机的声音不断重复着。“电力系统恢复，我们的目标大面积暴露，程雪立刻赶往交接区离开夸父农场，其余人继续战斗！”

程雪回了一声“收到”，便关闭了传呼机。

“他们是什么意思？”

“他们准备牺牲自己，换取我们逃出夸父农场的时间！”

“不行！”

“哥，胜利都是牺牲换来的！”程雪说出这句话时的沉着不亚于任何男人。这些年，她一定遇到过比这更残酷的事，她才变得如此冷静决绝。

我们赶到交接区时，却见交接区里已经停了一排车，几十支枪正瞄准着我们。同时，那扇唯一可以出逃的大门正徐徐下落。

枪林弹雨铺天盖地而来，程雪只能将车子开到拐角。

她满脸苍白。“哥，我们可能出不去了……”

“只有交接区可以离开？”

“只有这里！”

我不用问其实也明白。

“去导航台！”我说道。

她脸上茫然。“去那里干什么？”

“目前唯一能够活下来的方法，就是我控制导航台，而你把所有人集中在那里，我们迫降！”

程雪恍然大悟：“没错，你控制了夸父农场的速度系统，就能延缓敌人的进攻，一旦回到大地，我们炸出一个窟窿，就能逃跑！”

我心中连赞程雪聪明。“另外，你说，父亲的战友以及战犯的后人都在这艘船上？”

“没错！”

“他们还有当年的记忆吗？”

“除了导航台上的服役人员之外，非服役战犯都没有修改记忆！”

“那最好了！”我抢过方向盘，掉转方向朝导航台开去，程雪拿起枪，同时打开传呼机联系同伴。

“所有人注意，计划有变，所有人向导航台转移！”她停顿数秒，听到了几声回复，“B区的兄弟们，请伺机释放战犯，让他们加入我们……”

隧道的尽头连通着棕榈园，距离尚有50米时，程雪射出了一串子弹，将屏蔽玻璃打出一圈裂纹，然后我便将悬浮车开到最大的速度，握紧方向盘，猛地向玻璃撞去！

玻璃被撞出了一个大洞！程雪迅速向战友汇报了这处破洞的位置，让他们防卫好此处，以保证其他人安全抵达导航台。

悬浮车围着棕榈园绕了半圈，终于将车头掉转向导航台的方向。

阳光从我的头顶照下来，我很久没有体会到这样的柔情与温暖了。

张颂玲正站在导航台的玻璃处向外看着，她开始是惊愕，转瞬之间，脸上便是兴奋。她奔出导航台，向我大喊。

“成哥！”

我将悬浮车降落在导航台下，跳下车将张颂玲抱在怀里。

“这一个月，你都去哪儿了……”她哽咽道，“我以为再也见不到你了……”

“我一刻也没有离开！”

我知道此时不是讲故事的时候，于是便将我和她的那张结婚照递给了她。

程雪在身后道："哥，根据兄弟们的反馈，我们即将飞越塔克拉玛干沙漠，那片地方支持迫降！"

我拍拍张颂玲的后背，跃上了导航台。

一个身着船长服装的陌生男人正在导航台上茫然地看着我。

"你是谁？"

"我和你一样。"

他不解。"你是囚犯！"

"你也是囚犯！"

他向第三人道："呼叫安……"话音未落，程雪一枪击在他的腿上，他立刻跪倒在地，"你们……"

程雪道："是麻醉枪！不过，你若不听话，下一枪可就不这么温柔了！"

我坐在船长的位置上，向第三人道："第三人，开启危机戒备模式！"

第三人面无表情地看着我："你好，程成，据我对你的了解，你现在已经卸任了夸父农场N33的船长一职，所以我无法听从你的指令！"

程雪用枪抵着刚才那船长的头："快向那机器下达开启危机戒备指令！"

生死关头，他也没想硬撑，只能向第三人下达指令，开启了飞船的危机戒备模式。

程雪通过传呼机道："我们已经控制了夸父农场N33，飞船即将迫降，所有人请做好准备，尽快向导航台方向集合！"

枪声在棕榈园下方响起，我看见几个穿着农夫装束的战士在棕榈园下方组成了战斗小队，开始向内部射击，不断有战士跑上导航台，他们见到程雪之后都竖起大拇指，然后在导航台做好防卫。

屏幕上，罗赛中将出现了。他见到我，显然是一惊。"程成！你知道你在干什么吗？你再不收手，就触犯了叛国罪，我们将判处你死刑。"

"死刑？那还相当于给我减刑了是吗？"我笑道，"程成这个名字，以后不用再喊了。"

“你……知道……”

“别再跟我说什么军人的天职！从今以后，我的天职，就是彻底将你们打败！”

“混账！”

我没让他再多嘴，关闭了通讯视频。

张颂玲来到我的身后。“成哥，你真的打算违抗命令了？”

“我违抗的是魔鬼的命令，他们将我们囚禁，我们根本没有任何人权！”我拉着她的手，“现在，我带你回家！回我们的祖国！”

张颂玲道：“虽然，我不知道发生了什么，但我心里始终有个声音告诉我，你做什么都是对的！”

枪炮声逐渐靠近，有个士兵闯进了导航台。“报告，敌人组织了火力，向导航台猛攻而来，我们的兄弟只剩下十几人，其他人要么在B区，要么就是手无寸铁的同胞，请求指示！”

一声重炮在棕榈园外炸开，三名战士的尸体飞出十米之外。远处的农夫均停下手中的活儿，有的伏在豆架下瑟瑟发抖，有的在番茄园里望着导航台这边发生的一切。

“坚持住！”我攥紧拳头，“颂玲，汇报数据！”我掀开控制杆，缓缓向前推去。夸父农场脱离既定轨道，前方的农田便开始倾斜向下，向着云层撞去。

张颂玲随时向我汇报着高度：“成哥，现在的高度是14557米……13400米……10000米……下降速度过快，即将进入云层，云层厚度达1900米，预计通过时间139秒。”

“通知大家抓好固定物！”我向程雪喊道。她应了一声，便跑了出去，加入了与敌人的战斗。急速的下降造成严重失重，我拉住张颂玲，把她绑在了船长座位的安全带上，自己艰难地站在导航台上掌控方向，导航台上几名护卫战士，只能抓住门把手和墙边缘的棱角来保持平衡。

因为失重，夸父农场迎来了短暂的和平。

在船上度过了五年，我平生第一次主动和太阳告别，让它看着我隐没在云海之中，让它见证了夸父农场N33的黄昏时刻。

但是我相信，这次的黄昏是短暂的。

瞬间，我们就驶入了黑暗。

夸父农场仿佛被装进了一个乌漆的袋子里，除了导航台上的微弱光芒像暗流之上的孤灯忽明忽暗，整个农场被飘浮在平流层底部的灰尘吞噬了。

田园中的农夫们还不知道发生了什么，全都趴在地上惊恐地看向导航台，好像我们这艘船就要坠毁了一样。

我拿起对讲机，向全船广播——

“我是船长程复，夸父农场N33正在穿越云层，所以会有片刻的黑夜！20年前，五朵金花没能指引人类走向光明大道，反而让人类被这云层包裹，开始了漫漫长夜。我们曾是机器的主人，如今却被机器放逐。我们失去了陆地、海洋，我们被囚禁于云端之上，我们失去了自由、文明，我们甚至失去了对那一美好时代进行追忆的权利。但庆幸的是，我们没有失去人类内心的慈悲，没有失去对自由的渴望，没有失去对黑暗的反抗！

“正是因为有了黑暗，光明才更为耀眼！在黑暗中，即使只有一丝微光，也能让航手找到北极星修正方向。我是船长程复，我看到了深藏于你们内心的光芒。

“这黑夜漫长，万人要将火熄灭，我却偏要燃起一支火把！我坚信，路再长也有终点，夜再长也有尽头！

“我是程成之子，他是你们的战友！从今天起，我也是你们的战友！我接过父亲的火种，与你们一起高举着火把，把黑夜放逐！

“这云层再厚，也阻挡不了我们的回归！我是船长程复，我是你们的孩子。”

第五章
风暴之城

1

泰戈尔有首诗这样写道：

“我不记得我的母亲/但是在初秋的早晨/合欢花香在空气中浮动/庙殿里晨祷的馨香/仿佛向我吹来母亲的气息……”

阔别大地母亲五年，我终于归来。

走下舱门，踏上这片黑色雪地，一阵带着焦煳味和淡淡的硫磺刺鼻味道的寒风扑面而来，这就是大地母亲与我久别之后的首次拥吻。

零下25℃的寒风中夹杂着灰黑色的雪，飘飘扬扬。所幸这时我站在高原之上，视野远比在平原开阔，黑色的云天绵延万里，远方起伏的黑色山峦，以及一望无垠的黑色雪原，我都看得清清楚楚，大地苍茫，辽阔得令人怅然。

我心中一阵悸动，如果回来的是泰戈尔，必然认不得你的模样。

大地母亲，你的子女，到底给你带来了什么……

一个小时前，夸父农场N33在世界最高峰昆仑双子峰之间穿过，最后迫降在塔克拉玛干雪原南麓。

十几年前，这里还是一片酷热荒漠，彼时的昆仑山最高峰只有七千多米。

“五朵金花”核爆不仅给地球的平流层铺上了一层两千米厚的黑色帷幕，更让地球板块发生了变动，昆仑山和新疆盆地被抬升，青藏高原与喜马拉雅山脉发生断裂、一部分下沉。

十几年间沧海桑田，盆地成为高原，高原成为盆地，珠穆朗玛峰让出了世界第一高峰的头衔，昆仑山双子南北峰则以15567米和15098米的海拔高度，分别摘取了第一、第二高峰的桂冠。

两座山峰顶端的直线距离只有5000米，双峰之间最低处海拔7600米。发现这两座大山拦路的时候，夸父农场距离它们仅有不到6公里的距离，撞向它们在所难免。

但在我与第三人的联合操控下，夸父农场以近70° 角的倾斜度，于双峰之间“擦”过。用“擦”来形容最恰当不过了，因为双子峰南峰与夸父农场底部相撞，这艘100平方公里的飞船16个喷射引擎中的4个被山峰刮得熄了火，而引擎的爆炸和高温燃烧，不仅融化了山顶的黑色积雪，更让南峰折断了数百米——今日之后，或许它世界第一高峰的排名就要让给它身旁的北峰兄弟了。

塔克拉玛干雪原的海拔普遍在5000米之上，夸父农场向右倾斜着划过雪原，掀起了20公里长的黄沙与黑雪后，才冒着浓烟“成功迫降”。

时值东十区下午5点，距离天黑尚有两个小时，可雪原之上已是一片昏暗。阳光根本无法穿透平流层厚达2000米的沙尘，无法温暖这片黑色的雪地。

刚开始，我还以为黑雪是光线照射形成的视觉错觉，可当我走下夸父农场，脚踏实地地踩在雪地上时，当积雪在我的靴子下发出咯吱咯吱声响时，我蹲下身体，捧起黑雪，才知道它是天然的黑色——白色的冰晶之中凝结着黑色的碳微粒。

程雪走了过来，她从我捧着的雪中捻起一指雪糁，放在鼻子前轻嗅，然后为我科普："这是西伯利亚油田的黑烟与高原白雪的混合物，你闻闻，雪里面还有硫酸味。"

我将鼻子靠近黑雪，果然雪中的刺鼻气味比空气中的浓烈了许多，那气味就像是十年前我做苦工时，在某座地下焦化厂经常闻到的味道。

"西伯利亚油田的黑烟怎么会吹到这里？"我问道。

程雪说道："战争临近结束，纯种人撤退时点燃了北方冰原上所有的油田，联合政府无法扑灭这场绵延几千公里的大火，于是这火焰便燃烧了十几年……"

程雪的"解放者"小队在飞船迫降之后只与守军发生了小规模的交火，就控制占领了整艘夸父农场。据后来士兵反映，我在驾驶夸父农场返回地面前的演讲，唤醒了一部分军警对于同胞的同情，他们主动放下了武器；而被释放的B区战犯，也加入了为自由而反抗的队伍中，他们找到了一处军火库，拿起武器之后，便成为了战斗主力。

正因为如此，虽然夸父农场有五百多名守军，却在顷刻间土崩瓦解。

"其实，守军最厉害的武器是数十台黑色的Ai杀人机器，"程雪说，"不过这群家伙最后都没有派上用场，否则我们必然损失惨重。"

"这又是为什么？"

程雪指着远方乌蒙蒙的雪漠。"塔克拉玛干雪原中游荡着一个黑色雷暴群，我们称之为'黑色幽灵'，雷暴群发出的强大脉冲是人工智能的天敌，在雷暴中心300公里之内的一切人工智能相关机器——甚至平板电脑，全都无法正常运行。"

"所以，你才让我迫降在塔克拉玛干？"

"是上天保佑，是父亲的英灵在祝福着我们。要么，我们怎么会恰好经过这里呢？"

我摸了摸妹妹柔软的蘑菇头。"父亲若知道你这么聪明，一定会非常欣慰。"

这时候，张颂玲忽然从后面跑来。"成哥，第三人，它'死'了。"

"死了？"

我和程雪相视一笑，把黑色雷暴群可以控制智能设备的原因告诉了她。张颂玲长出了一口气："难怪，要没你的解释，我还以为第三人牺牲了呢！你们下船之后，第三人便安静地坐在自己的位置上，再也没动过。我靠近它时，它的眼睛艰难地闪烁了一下，说出了最后一句话：'在夸父农场服役五年，这是我第一个假期……'"

张颂玲正组织人力为初获自由的囚徒们发放棉衣、棉被。天黑之时，已经有近5000人被拯救出来，他们很多是当年人类军队的家属，有男有女有老有少。夸父农场内外一片嘈杂，哭声和笑声连绵不绝。我看到父亲母亲找到了孩子，我也见到了一家三口的久别重逢，我还见到分隔多年的老夫老妻在黑色雪地上相拥而泣……

只此一艘夸父农场，就可见这么多家庭的悲喜！更何况是我们这个满目疮痍的世界。对比那些已经在战争中死去的人，能活下来，就已经十分幸运了。

令我感触至深的，则是那群两鬓斑白的战士的久别重逢，他们大多都被囚禁了20多年，人生中最美好的时光，全都在狱中度过。

他们纵情哭泣，他们放声大笑，还有人情不自禁地抱着几个兄弟在地上打起滚儿来。

这些人中，大概有一些是父亲当年的袍泽兄弟吧。

程雪和十几名解放者小队战士为曾经有过军旅经历的男性登记，并给他们分配武器，划定队伍。随着一堆堆篝火在夸父农场的避风处燃起，已经有500多人拿起了枪，举起了酒，喊起了战斗和反抗的口号。

我身上的伤口未能愈合，张颂玲不让我与他们一起庆祝，其实只是担心这些老兵灌我酒罢了。不过，这依然阻挡不住老兵们跑向我，向我致敬。

随即，我从人群中看到了那个方脸的中年男人。

他一瘸一拐地朝我走来，在我面前停下，话还没说出口，泪就流了出来。"你可真像程司令呀！"他右手夹着香烟颤抖着，左手拎着烧酒，"太像了！"

他一把扔掉香烟和酒瓶，空出来的双手扶住我的肩膀，双肩激动地耸动着，仰头凝视着我，就像是在看自己的孩子，我却不知道用什么话来回应他。他既然和父亲认识，必定是我的长辈，那我应该叫叔叔，还是伯父呢？

正乱想着，他忽然立定站直，右手齐眉，向我行了一个军礼：“空军第四大队206团3营营长郭安向程复船长报到！”

我赶紧回以军礼。

这时候，又有几个四五十岁的老兵小跑过来，摇摇晃晃，趔趔趄趄，却全是来报到的。

“206团7营孙树才报到！”

“空军第七大队13团柳谦鹤报到！”

“陆军207机械师詹姆斯·库克向英雄之子，程复船长报到！”

“北海道号驱逐舰大副牧野三郎向程成司令之子，我们的解放者，程复船长报到！”

……

越来越多的人跑来，我渐渐就被他们围在了核心。我向他们一一回以军礼，泪腺终于在他们的热烈凝视下崩溃。我不知道他们是在看我，还是在看父亲……

或者，在他们眼中，父亲和我早就融为了一体了。

“我是你们的孩子！也是你们的战友！”我的声音颤抖着，泪眼婆娑。

郭安捡起地上的酒瓶，猛灌了一口烧酒，朗声向众人道：“兄弟们，今日一会，让我想起咱们在白令海峡那一战，阿拉斯加的白雪，我们英勇的战士，还有敌人坠落的残骸以及被我们俘虏的战机，那场伟大的胜利，我至今历历在目！兄弟们，你们可还记得，我们胜利的那天，是什么日子？”

越来越多的人涌了过来，大多数都是东方面孔，他们齐声道：“除夕！”

郭安道：“是啊，除夕！一个中国人都会回家团圆的日子，可我们，却只能戍守北极，抵御着狗Ai的反击！当年程成司令，就是站在我们的核心，一口干尽了我递过去的烧酒，向我们说……说什么来着？”

“不复山河，誓不还家！”

"是啊，老兄弟们，我们第四飞行大队的规矩是，成军必饮酒。程成司令说，酒量不好，不配打仗！"他嘿嘿一笑，将酒瓶子递给我，"今日，是我们东北亚防区三军团聚之日，虽然防区不再，昔人作古，但只要我们战魂不灭，就算只剩两个人，都是一支队伍，是不是啊兄弟们！"

"是！"

"好，今日我郭安，便提议，第四飞行大队今日重新成立，我推程复船长，做我们的领袖，带我们收复山河，你们有异议吗？"

"没有！"

郭安笑着晃动手中的酒瓶，朝我哈哈大笑。我被他的豪情感染，接过酒瓶，却听张颂玲在身后轻声道："成哥，你的伤……"

我朝她摇了摇头，举起酒瓶，一口气将烧酒全都灌进了肚子里，然后将酒瓶摔在地上。

"不复山河，誓不还家！"

"不复山河，誓不还家！"

……

2

直到天完全黑了下来，我才见到这支解放者小队的最高领导——萨德李。迫降的时候，他和几名队员没有及时跑上导航台，被飞船的应急系统关在了C区的运输通道内，两个小时之后才被张颂玲放出来。

没放几枪就遭到囚禁，萨德李作为队长很没面子，心情自然不悦，所以他和我说话的语气带着不客气，我也是可以理解的。

"你这病秧子就是程复？"问完了，他却看向了程雪，直到程雪点头，他才看向我。

萨德李一看就是个东西方的混血儿，三十岁出头的年纪，下颌留着切·格瓦拉标志性的络腮胡子，他体格像西方白人一样强健高大，但黑色的头发以及四方脸形却有着东方人的特征。

“谢谢你们！”我友好地伸出右手，等待着他的回应。不过他似乎不懂得握手是一种礼节，直接无视我的示好，却指着四散围坐在雪地篝火旁的男男女女说道：“这是怎么回事？”

我说：“大家刚刚获得自由，自然要庆祝一番。”

他转头看向程雪，语气不乏严厉地说道：“之前的计划有这部分吗？”

“这……”程雪低下头，“没有……之前的计划，根本没想到会迫降。”

萨德李焦灼地看了看腕表：“我们现在得尽快离开这个鬼地方！尽快！”他看向身边的一个叫迈克的黑人军官，迈克点了点头，立刻去传达命令了。

“去哪儿？”我问道。

他指着昆仑双子峰说：“连夜翻过昆仑山，向印度洋方向靠近。”

“这有些难办吧？”我回头看了眼雪地上或倒或坐的老弱病残，对面的昆仑山绵延不绝，落差五六千米高，正常人都不敢保证能活着爬过去，更何况他们，尤其是他们中至少有500人都是从C区的人体器官种植区被救出来的。

“NO、NO、NO！”他右手食指向我摇了摇，“只有你，以及我们营救你的队伍！”

“那他们怎么办？”我指着此刻正围着篝火喝着啤酒、烧酒，哈哈大笑的郭安、孙树才等人，以及他们周围的妇女和孩子。

萨德李撇了撇嘴，摊开双手：“看命运的安排咯。你应该知道，就算他们跟着我们也活不过两座山峰。更何况我们没有5000人的补给，带着他们我们走不出一天，就得被联合政府军全歼。”

“所以你们打算抛弃他们？”我看着程雪，程雪咬着嘴唇低下了头，没说什么，显然她无权反对萨德李的任何决定。

萨德李说：“我们是军人，军人的天职是服从命令，而我们的命令则是救你回去。如果方便的话，顺便带些生力军来扩充我们的军队战斗力——至于拯救没有战力的平民百姓，不在本次的营救任务之内。”

“可他们是我们的同胞！”

“程复！”萨德李终于爆发了，“我再说一遍，这是命令！如果因为一些廉价的慈悲，而擅自改变或违抗命令，这将给我们人类种族带来巨大的灾难，这责任你承担得起吗？”

我想他还没搞清楚我和他之间的关系，我不是他的下属，自然不用听他的命令，于是看着他燃烧的眼睛，我反倒冷静下来：“我是夸父农场N33的船长，我得对每一位船员的生死负责到底！”

“蠢货！”萨德李暴怒，他揪起我的衣领，“你还真以为自己是船长？你就是个机器的囚徒，笨蛋！”

“你他妈的说谁是笨蛋？”

一把手枪悄无声息地抵在了萨德李的后脑勺，一个黑脸小个子从他身后闪了出来。这人正是郭安收割麦子时，坐在副驾驶的那个黑猴子，后来和郭安一起消失了。

萨德李怒道：“你是什么东西！”

却听扳机一响。“什么东西，我是你老子！”说话间，那黑猴子没拿枪的左手顺手向我飞了一礼，“第四飞行大队警卫连赵德义报到！”

萨德李忽然冷笑一声：“呵，警卫连，那便是给程成当狗的了？”

解放者小队的战士们也举起了枪，对准了赵德义与我的头颅。远处的篝火旁不知谁喊了一句：“干起来了！”然后便有数百人端着枪支，把我们包围。郭安、孙树等人渐渐围了过来，他们刚好听到了刚才那句话，顿时气得满脸通红，开始有人在人群中怂恿赵德义一枪崩了这孙子。

萨德李丝毫不惧：“也就是你们这些老兵还把程成当英雄，但历史是公正的，他投射核弹的愚蠢行径，早就被写进历史，没有人会同情他！”

郭安道：“程司令做什么决定，轮得着你这小子多嘴吗？”

“一群蠢货！”

顿时群情汹汹。

我挣脱了萨德李的双手，向他说道：“命你的部属放下枪，我也命令我的人放下枪。”

萨德李倒也识时务，见他们全部被包围，便朝周围的人一挥手，十几支枪放了下来。我也朝郭安、孙树等人点了点头，他们也将武器收回。

只有赵德义依然用枪口抵着萨德李的后脑：“船长，我们现在占据着绝对的主动，不用怕这孙子。他刚才还侮辱程司令，我不能就这么轻易地饶了他！”

我叹了口气，原地转了一圈，看着我周围十几名战士，他们的枪口虽然放了下去，却又警惕地做好了随时抬起来射击的准备。

兄弟之间都彼此提防，又谈何并肩作战？

我朗声说道：“我们人类之所以被Ai和合成人打败到这般田地，就是因为我们永远在内斗，从人类有历史记载的那一刻起，我们就一直在斗，人类的历史就是内斗的历史！”我看着迈克黑色的面庞，他十七八岁年纪，眼睛大而明亮，“一个对自己的同胞都可以痛下杀手的种族，怎么能取得和Ai战斗的胜利呢？要知道，它们可比我们团结一万倍啊！一个指令下去，所有的机器都会同步执行，它们虽然冰冷，却从不抛弃自己的同胞，从不屠杀自己的战友……”迈克看了看旁边的战士，他们最终把武器收了回来，有的别在腰间，有的扛在背后。

外围的人也都收回了枪支，各自站在风雪之中，大地一片肃穆。

我看着萨德李，也看着程雪，又看着郭安等人，最后将目光落在了赵德义的脸上：“反抗Ai，解放人类，复我山河，就先从放下枪开始吧！”赵德义犹豫片刻，终于将手枪从萨德李的后脑处拿开。

他转到我旁边，指着郭安、孙树等人对着萨德李说道：“这群人中随便揪个出来，级别都比你高出不止五级！你算老几？我告诉你，我当年是程成司令的警卫，从今天开始，我就是程复船长的警卫！你的人若敢对船长有丝毫不轨，我第一个毙了你……”

我朝着赵德义摇了摇头，他这才闭上嘴。

萨德李责备地向程雪道：“他们怎么会有武器？”

程雪见萨德李对我不敬，眼神中也有了不满，于是反而不再像刚才那么畏惧他：“农场里有军火库，为了争取更多的战斗力，将武器发给他们，不应该吗？更何况他们本来就是久经沙场的战士……”

“你……”

郭安瞪着愤愤的萨德李，“不要埋怨你的下属，否则谁还给你卖命？”

赵德义道："跟他说这些干吗？你以为他有咱们程司令的胸襟？我呸！就这种杂碎，连给我们司令刷马桶都不配，竟也大言不惭……"

除了萨德李和几个士兵之外，大部分的解放者小队成员都顾全大局，愿意服从我的指挥。因此，我将500人编入解放者队伍，暂时分成了七支百人队伍，轮流负责第一夜的安保。

而我则与程雪、郭安、赵德义等人商讨如何带着5000人越过昆仑山，回到祖国的问题。程雪说，按照原计划，他们救下我之后，会绑架一艘飞船，前往喜马拉雅山南麓的一处秘密基地，换成伪装飞船返回祖国。

但是现在陡然多了5000老弱病残，这个计划显然需要改变一下。

程雪看过地图以及自己带来的数据之后，很快便制定出了一条新的行军路线——我们将翻越昆仑双子峰南侧，找到一条隐蔽峡谷，然后沿着峡谷绕行至新喜马拉雅山北麓，大约五日之后，就能够抵达那个废弃的军事基地；利用基地里的飞行器，他们将以很小的代价突破Ai的喜马拉雅山封锁，绕道来到曾经的尼泊尔——如今的印度洋北岸，让一小部分人去找基地，回到祖国之后，再带领大部队援救其他人。

但问题是，这条道路，同样要翻越昆仑双子峰，这对于绝大多数人来说，是根本不可能的。

我们十几个人一直讨论到后半夜，也没得出一个可行的方案，于是我只能让大家各自休息，然后与张颂玲、程雪去巡视夸父农场的资源储备。赵德义自从说了要保护我的安全之后，就寸步不离地跟着我，无论怎么劝也不听，所以我只能坦然接受他的安保工作。

迫降之后，夸父农场的备用能源还能维持至少七天，尽管能源充足，却也无法挽救C区重犯区的大部分植物人的命运。程雪说，C区的植物人被采摘三次之后，基本就无法救活了——很多人虽然依然存在生命体征，但是已经和植物一样了。

"我们已经筛选了一些可能活下来的人……"程雪叹了口气，"哥，你不用愧疚，你如果不迫降下来，所有人都会被折磨致死……"

“死了对他们也是一种解脱吧。”张颂玲这样安慰我。

我们检查了仓库区的存储之后大为震惊，仓库里仅有5%的区域存放的是粮食、水果和蔬菜，其余90%的空间都是为储存人体器官而设的，不过绝大部分也被运了下去。除了医用的器官移植之外，还有一部分的包装袋上写的是“食用”。

我在其中发现了“胎盘”“七月婴童”等字样，也就是说，有一部分女人是被用来“生”孩子的，但她们生的孩子，却只是合成人餐厅中的一道菜！

张颂玲计算了粮食的存储，如果给5000人食用的话，仅够支持3天。

“什么？3天！”我有些不解，“夸父农场在天上飞了这么多年，怎么资源只够维持3天？”

程雪说：“这就是Ai的策略，他们一直提防着人类会造反，如果一辆飞船被人类劫持，他们都无须战斗，也能饿死船上的所有叛军。”

“所以，我们每天吃的饭，其实是地面的反哺？”

“夸父农场作物到了成熟季节，资源会大量输送到地面，然后由地面指挥中心根据每艘飞船的消耗，再分配适量的资源。”

张颂玲说：“所以，成哥……即便我们没有在昆仑山中迷失，那么3天之后，也会因为粮食短缺……”她叫成哥顺口，自然不愿意改过来。不过幸好父亲的名字是程成，我可以当她喊的是“程哥”。

我点了点头：“天无绝人之路，我们一定会活下来的。”说这句话的时候，我心里其实也没底，如果这五千人因为我的“叛变”和“迫降”而被活活饿死，那我就成了罪大恶极的魔鬼。我纵然死了，也无颜去见黄泉下的父亲。

3

“小复，你终于醒了。”父亲坐在我旁边的椅子上，拍着我的肩膀，刚毅的眼神里流露出慈爱。

我们坐在一个类似于影院剧场的大厅里，大厅中有几百张座椅，但只有我们两个人。我知道这是一个梦，我也知道父亲口中的醒来，指的是我明白了自己的真实身份。

“爸爸，我现在很困惑……”

他的相貌还是照片中那个年近40岁的中年男人，我们拥有同样的长方脸庞，同样的宽下巴，只是父亲的眼眸比我的更为明亮，眉间的皱纹更为深邃。

“孩子，你现在正身处于一个巨大的旋涡里，而走出旋涡的秘密，往往就在旋涡之中……”

“我们有5000多人，但是昆仑茫茫，我怎么才能带着同胞们走出命运的旋涡呢？”

父亲笑着说：“孩子，我考你一个问题，世上众生万千，可是唯有人类成为众生之长。到底是什么让人类从众生之中脱颖而出，成为这颗星球的唯一霸主的呢？”

“因为我们比其他生命更聪明智慧！”

父亲摇了摇头：“智慧只是一个方面，如今的Ai也很智慧，但是Ai如果和人类同时起源的话，最后还是人类会获胜。”

“一定吗？”

“一定！我们的祖先明知草原充满了危险，但还是走进了草原；明知海洋有危险，却依然驶入了海洋；明知天空危险，却仍然飞向了天空……”父亲拍拍我的肩膀，“所有生命都是上天的孩子，但每一位父亲都会眷顾其最勇敢的孩子，上天也是如此。人类正是勇于挑战危险，才成为天之骄子，地球上除了人类，没有一种动物敢于挑战危险而求生。”

“您的意思是让我带领大家走向昆仑，走向绝境，然后绝处逢生？”

父亲没有回答，却看向了影院的荧屏。

屏幕亮了，巨浪滔天的海洋之中漂荡着一艘文艺复兴时期特有的西班牙战船，战船前方数海里之外，则是九条贯穿天海的巨型龙卷风……

一个船长模样的欧洲人站在船头，眼神坚毅地目视前方，而他的身后，水手们已经被龙卷风吓得丢了魂。

面对着狂风巨浪，船长抹了一把脸上的海水道：“水手们，前方纵然是恶龙的巢穴，我们也要冲过去！因为，后退比死亡更为可耻！”

父亲站起身，踏着虚空，走进了屏幕中，里面的船长忽然化作了父亲的模样。

“孩子，不穿透死亡旋涡，又怎知对面没有新大陆呢……”

我瞬间惊醒。张颂玲正坐我身旁担忧地看着我，并为我擦拭着额头的汗水。

“做噩梦了？”她关切地问道。

我点了点头，看到导航台的窗户外面，已经有了些许昏暗的光芒，“天亮了吗？”

张颂玲说：“在这个时区来说，现在已经是早上九点了。大部分人都已经起来活动了，大家知道你身上有伤，便没有叫醒你。”

我很快发现了自己身旁竖着的悬浮点滴架——一种可以跟随病人自主移动的输液装置，以及手腕上扎着的针头，又看到了张颂玲眼下的黑色眼圈，自然就明白发生了什么。“你一夜没睡吧？”

她笑着摇摇头，眼神中尽是温柔：“我本来睡得便不多，能照顾你，我……我觉得很好……”她羞得把脸别过去，抿着嘴角。

我觉得她还真是有意思，便打趣道：“今天的朝霞……还真是美呢！”

她望向窗外：“地球都有几十年看不到朝霞了，你又从哪儿看到的？”

“从你脸上！”

朝霞更艳。张颂玲为了打破窘状，想要转移话题。“成哥，你给我讲讲咱们上一次……认识……的故事吧……”

“你就那么相信我？万一，我只是为了俘获你的芳心，故意说我们曾经相爱，以此欺骗你呢？”

“那我甘愿被你骗！”

我的手紧紧地握住她的手，细细体会着她肉香暖玉般的温热，这时候，程雪忽然跑进了导航台：“哥，不好了！”

我立刻换了张一本正经的面孔：“什么事这么慌张？”

程雪没说话，只是扶我起来，拉着我走出导航台，来到棕榈园的露台上，指着夸父农场的右前方："你看！"

穿透农场穹顶的玻璃，我望向昆仑山下的黑色雪原。程雪指的方向，有一团黑色浓云弥漫于天地之间，电闪雷鸣闪烁其内。

"那是……"

"那就是塔克拉玛干雪原中游走的黑色风暴！"程雪说，"看样子，它朝着我们来了！"

夸父农场之外，此刻还有人在昆仑山脚下活动。那是程雪派出去的打猎队伍，据她说，雪原虽然遭受重度污染，但是仍然有些羚羊出没。如果能捕捉到几只，或许能帮我们稍微缓解食物压力，而且动物的毛皮还能解决一部分衣物短缺的问题，所以她一大早就和郭安等人商量，派出了一支十几人的打猎队伍。

"广播，让所有人都躲进农场B区！"我向张颂玲下令，但我实在不敢肯定这巨型风暴到底会给夸父农场带来多大的破坏，虽然农场是一个钢铁巨物，风暴即便能摧毁飞船表面的钢化穹顶以及种植区，但是位于底部的B区、C区应该是安然无事的，只不过所有人可能还要体会一阵剧烈的震动罢了。

张颂玲发布广播之后，昆仑山下的打猎队伍反应了一两分钟，几名队员才达成一致充满遗憾地往回走，显然他们游荡了将近两个小时才刚刚有了一点线索，这会儿又不得不放弃。

张颂玲发完广播回到我身旁的时候拿着一支铅笔和本子——因为计算机无法使用，她匆匆计算着："目测这是一场可以达到四级飓风破坏力的风暴，当前距离夸父农场约50公里，按照风速60米/秒计算，那它到达农场需要……"张颂玲的笔停住了，却没有说出结果。

"怎么？"我追问。

"成哥……只有10分钟！"

"10分钟！"我讶然，风暴距离飞船的确非常遥远，怎么看都觉得几个小时都不一定会赶到，但是张颂玲在夸父农场上自学了空气动力相关的课程，计算能力不比第三人差，她自然不会和我开玩笑。我跑回导航台，朝着昆仑山下慢慢悠悠地往回散步的士兵们喊道："风暴10分钟之后赶到，所有人到B区集合！打猎队伍请速速跑回农场，用你们最快的速度……"

然后，我们就看到了这十几人的赛跑比赛。与他们一起靠近的，还有遮天蔽日的黑暗风暴带来的沙石，只不过奔跑的士兵在农场的左侧，而风暴在农场的右侧。

风暴虽然还有五分钟抵达农场，可是剧烈的气流和雷电却已经成为先头部队，开始对农场进行骚扰。狂风虽然吹不起来农场，但是雷电的攻击，却让农场频频发出警报。

然而，打猎队伍距离农场尚有七八百米的距离，而且关键是——逆风！

生死关头，郭安与另外十个人驾驶着农场内的反重力采摘车前去接应被狂风吹得伏在地上的打猎队员。郭安接到他们之后，却被狂风吹得寸步难行，甚至没有摩擦力的反重力车更容易被风吹走，刚上车的人却要下车帮忙拖住反重力车……

我们都低估了这场陆地飓风。

随着风暴接近，带给我们伤害最大的反而成了被狂风卷起来的石头，无数的石头从天而降，砸在了夸父农场的玻璃穹顶上。幸好农场穹顶坚固，可是外面的人只要碰上一块石头，最轻的也是重伤……

"外舷四个发动机点火！"我下命令的时候，张颂玲愣了一下，但还是跑到了第三人"睡着"的位置，启动了朝向风暴的四个发动机。

"哥，这样农场很容易被风暴吹翻……"

虽然我没有详细解释，但张颂玲和程雪都瞬间明白了我的意图，可两个人对待我命令的态度却截然不同。

"管不了那么多了，救人要紧！颂玲，加大火力！"

夸父农场外舷发动机启动带来的巨大推力让农场迎风的一侧逐渐立了起来，在风暴和昆仑山之间，形成了一道逐渐升起的墙壁。

随着墙壁升高，郭安等人的迎风阻力自然小了许多，他们抓住宝贵的时机，载着队友重新回到了农场之中。

"若不是船长的英明决定，老郭我今天就'放风筝'了！"郭安掸着浑身沙子走进了导航台。

赵德义看见他一脸的黑灰，哈哈大笑："老郭，你这德行，就跟从炮筒子里崩出来似的！"

"我要是从炮筒子里崩出来，那你这浑身的黑皮，还不就是活在炮筒子里的？"

"你……"

"哈哈哈，不过你小子有艳福，娶了个比白雪公主都白的老婆！你儿子幸亏没随你这副模样……"

赵德义听郭安一说，却没有多少欣喜。郭安自知失语，便拍了拍赵德义的肩膀。"抱歉了兄弟，他们一定还活着，等船长带我们回到祖国，一定能找到他们！"

"嗯！"赵德义点了点头，"我一直这么认为！"

我本担忧着农场会被风暴吹翻，可是黑色风暴抵达夸父农场仅有5公里距离时，忽然离奇地左转，像是来了个漂移似的，转入了黑色荒漠之中……

尽管这样，外舷后期完全不受控制，还是通过启动另外两排可用的发动机，才让农场没能侧翻过去，只是被向后推出了将近一公里的距离。

雷暴半小时之后便彻底消失在天际，我凝望着风暴消失的方向若有所思。

"你们看见了吗？"在众人关注的眼光中，我终于回头说了一句话。

"看见什么？"

"那风暴中，有……"

我话还没说完，导航台的门就被人硬生生地踹开了。自然风暴刚刚离去，人事风暴又起——萨德李带着几个人，气势汹汹地闯入导航台。赵德义和郭安等人刚要掏枪，都被我阻止了。

萨德李毫不客气地质问道："程复！你既然承诺对飞船的5000名同胞负责，那么，我前来领教，你……"他眼光恶毒地扫了一眼程雪，就仿佛在看一个叛徒，"你——们，关于逃亡到底想出了什么好主意？我们哪天才能起程？要知道，每耽搁一天，我们回归的可能性就小了许多！敌人知道夸父农场N33坠毁在塔克拉玛干，必然已经在喜马拉雅和印度洋沿岸布下了重重封锁！”

我摸着下巴没有说话。郭安却拍着桌子吼道：“你这家伙记吃不记打，你上级没教你对待长官该怎么说话吗！”

萨德李刚要发怒，却被身旁的迈克拉了下袖子，于是强忍住心头怒气，撇过头去冷静了片刻，才咬着牙说道：“程复船长……请指示，我带兄弟们出来，得对他们的生命负责！”

我向萨德李点了点头：“你的心情我十分理解，不过……你再容我思考一天，我还有几个数据需要确认……”

“再想一天？”萨德李带着嘲讽的质疑，围着导航台几乎走了一圈，轮番看着导航台上十几个人的眼睛，“你们也愿意跟他一起等？”

詹姆斯·库克说道：“程复船长是我们的解放者，作为一个军人，我无条件服从程复船长！”

牧野三郎看了一眼詹姆斯·库克，补充了一句：“更何况，还有那预言……”

“狗屁！”萨德李嘲笑道，“还声称对5000人负责，我看这些人没有你都能活个长命百岁，碰上了你，反而个个都成了短命鬼！”

郭安又要发怒，我赶紧拍了拍他的肩膀。

“萨德李，请你相信我——我要做个决定，但是我得再观察一天，方显得谨慎！”我郑重地看着萨德李，“你也清楚，以我们现在的补给，大家活不过3天，所以我们就算走入昆仑山脉，多半也是一死。就算我们真的跨越喜马拉雅山脉，那说不定还得穿越无数敌人的封锁线才能抵达印度洋，能在Ai政府军先进武器下活着的人更是寥寥无几……”

我看向导航台那十几个父亲曾经的战友：“既然大家选择相信我，我也不能草率地让所有人陪我送命！大不了……大不了我会向Ai政府投降，以我的性命，换大家的性命！”

“不要啊，船长！”郭安紧紧攥住我的胳膊。

我拍拍他充满褶皱和伤疤的手臂：“相信我，明天这个时候，我一定会给大家一个交代！”

众人散去，程雪问道：“哥，你是不是已经有想法了？”

我转过身，抚摸着她的头发，就像儿时我对她那样：“有了，不过这想法略显疯狂，我没法和大家说。”

“什么想法？”

我没有直说，但我把清晨做的关于父亲的梦讲给了程雪听。

“可这只是一个梦！”程雪有点急了，“哥，难道你觉得父亲是在给你指路……”

“若非如此，哪有那么凑巧的事？”

“凑巧？你不过是日有所思……”

“不！”我打断她，“我指的是细节——梦里那位船长，我姑且认为他是哥伦布吧，他的面前是九道龙卷风……”

“所以呢？”

“妹妹！”我看着程雪的眼睛，“黑色风暴中，也有九道龙卷风，这难道是巧合吗？父亲一定是在暗示我什么，我得穿透那九条龙卷风去看看……”

“这或许就是一个巧合呢？”程雪说，“你这想法太疯狂了。”

“我知道！所以明天，我一个人去探路。”

“不！”程雪眼眶里涌出泪水，“我就知道你会这么说！我才找到你，刚有了哥哥，我不能再失去你了。”

我一把将程雪搂进怀里：“别担心……”

“你真是疯子！你这个疯子……”程雪捶打着我的后背，“为了我，不要去冒险，求求你了……”

“就是为了你！为了这船上的所有人，才更需要我去冒险！”

程雪的捶打逐渐停了，忽然紧紧地搂住我的后背，将脸埋在我的胸口，哭个不停。

4

第二日醒来之后我的心中一片怅然，父亲再也没有给过我任何启示，我似乎一夜无梦。

清晨8：32，守在雷达旁的张颂玲忽然向我汇报："成哥，风暴出现了，正以秒速65米向夸父农场移动！"

"计算一下它到达飞船5公里——不，是6公里处的时间。"

"你等一下……以黑色风暴当下的速度，大约……是在9：28……对，是这个时间！"

我走到雷达旁，看着那个闪烁着的红点："你还记得昨天风暴到达我们最近的地方是几点几分吗？"

张颂玲抬头愣了几秒："也是9点半前后！"她说完，迅速查看了昨天第一次播报的时间点——9：15，大约十分钟之后风暴抵达飞船附近。

我推测道："如此看来，这黑色风暴有可能是有既定的轨道在塔克拉玛干雪原运行。颂玲，让所有人躲进B区，另外，请各队的队长五分钟后到导航台集合，尤其是萨德李一定要来。"

萨德李进门的时候右手揣在上衣兜中，因他在广播中被"特殊关照"了一下，所以异常谨慎地看着导航台的每个人。

我知道他的衣兜里必然藏有一把枪，心中暗笑：这戒备心未免也太重了，我若真的想杀你，还用特意广播通知你？

我看所有的小队队长已经到齐，便向大家道："经过一夜的思考，我已经做好决定——"我的目光扫过他们的眼睛，"大家把命都交给了我，我自然不能辜负大家，所以我今天决定独自去黑色风暴之下探探路，因为我怀疑风暴是人造的，里面或许有什么秘密……"

"什么？"果然不出所料，每个人都瞪大了眼睛，"这太危险了！"

我知道越解释越混乱，而且耽误时间，不会有人相信我的梦境，我若说我梦见了父亲，而父亲用九条龙卷风暗示我可以闯过黑色风暴，那萨德李还不笑掉大牙？

“大家坚守岗位！”我看向了郭安，“如果我不幸牺牲，请郭营长带领一支小队翻越双子峰向敌人投降，就说是我一个人的叛乱，不关其他人的事；而萨德李和程雪，你们可以在农场内带足补给，进入昆仑山脉打游击，伺机返回祖国！”

“船长……”

“这是命令！”我皱着眉头，“既然你们选择让我做你们的领袖，就应该尊重我的每个决定！”渐渐地，质疑和担忧的表情渐渐消退，每个人都以一个郑重的军礼回应我。

就连萨德李也不例外。

只有张颂玲走到我的面前，温柔地说：“成哥，我和你一起去！”

“不可以……”

可是张颂玲只是摇了摇头：“我不是军人，我不用服从你的命令！”她温柔的眼神变得笃定，“我永远相信你，你做什么都是对的！”

我心中感动，紧紧攥住了她的手。

我和张颂玲穿着两套C区的生化服，驾驶着一辆巡警用的重型越野摩托，逆着风驶向了黑色风暴。我看着仪表盘，在驶出6公里之后，将车停好，然后伏在一处凹地里等待着风暴靠近。

摩托车很快就被吹回了夸父农场之下。

我与张颂玲紧抱在一起，我将她掩在身下，无数沙石在我背后哗哗划过，我们就像是伏在一道激流之中。

她紧紧抱着我，我们隔着生化服的玻璃罩彼此微笑。

她可真美，如果没有这罩子，我一定控制不住自己，要去吻她了。

9：25的时候，风却渐渐变小了，我从浅沟里爬了出来，抬起头侧脸看了一眼黑色风暴的方向，哪里有什么风暴——一道黑色的风墙就在我们前方不远处立着，风墙笔直地从天上垂了下来，从这个角度已经看不到龙卷风扭动的腰肢了，却能看见头顶雷电交加的浓云，它张牙舞爪地恐吓着每一个欣赏它的人……

随着风墙逐渐向前推进，我所感受到的风却越来越小，我甚至都敢坐起来看着风墙是被什么推到我面前的。然后，我掀掉了防化服的面罩……

空气如春风般和煦温暖，没有了恶心的焦煳味。

张颂玲也掀起了面罩，深深嗅了嗅周围的空气。“咦？这是台风眼吗？”说完这话，她就知道错了，因为她发现自己依然处在风暴之外，而非风暴之内。她神情激动得像是发现了新大陆一般：“这是一种什么气候呢……”

我回头看向夸父农场，此处能够清晰地看见无数沙石噼里啪啦地砸在农场的穹顶上。导航台里还有几个模糊的人头，似乎是郭安、赵德义等人正通过望远镜观察着我们的安危。我回头向他们招了招手，也不知道他们能否看到。不过，风墙似乎因此感知到了我的存在。它就像一辆车一样，陡然停在了我面前三米处的地方。它停下的刹那，周围哗的一声，沙石全都掉在了地上，之后便是万籁俱寂。

张颂玲近距离地欣赏了这神迹般的一幕，张大了嘴巴和双眼，却说不出一个字。

我踩着黑雪慢慢地靠近风墙，才走了三四步，风墙中忽然放出一束红外线光束，灵活地在我身上扫描了大约四五秒，然后红外线消失，黑色风墙呼的一声，在我的对面裂出了一道缝隙。

一道笔直的裂缝，直入云天。

耀眼的白光从裂缝中照射过来，就像是两扇滑动的大门左右展开。风墙的裂缝越来越大，直到敞开了一道宽约三米左右的通道才停止。然后白光不再耀眼，黑云的两侧形成了两道高耸入云的银色墙壁延伸进去，墙壁的尽头是一扇金属大门。

“这是一座城堡？”郭安和赵德义率领的100人军队此时恰好率先赶了过来，和我一起站在这扇银灰色的大门前，惊讶地说道。

我点了点头：“不只是城堡，看这规模堪比一座小型城市——把城市隐藏在风暴之中，随着风暴在荒原上移动，这真是人类的杰作吗？”

赵德义说："肯定不是Ai！这群孙子连靠近都没法，怎么会是他们创造的？"

"那就只能是人类咯！"郭安说，"可我咋没听说还有这码事儿？哎，也有可能是外星人……"

赵德义反驳道："外星个头啊！他们哪有这么无聊。"

正说着，萨德李骑着摩托载着程雪来到门前，程雪才下车就跑过来抱着我："哥，你可吓死我了！"

我抚着她的头发："还记得我们昨天的谈话吗，爸爸他真的……"

程雪连连点头。

我看着她和萨德李说道："我和郭营长、颂玲等人都是囚犯，全然不知这座风暴城市的来历，你们在外面听说过什么吗？"

萨德李紧皱着眉头没说话，程雪摇了摇头，她说："我们只知道塔克拉玛干上自五朵金花之后便有了这一团黑色雷暴，但这雷暴如何形成的，目前也没有准确答案，更别说这雷暴中还有城市。"

张颂玲忽然说道："如果真和五朵金花有关，那么……那么我反倒觉得，这是人类为核爆做的紧急备案！"

"备案？"

张颂玲道："比如这是一条退路、一座避难所之类的……可能当初的政府也认为无法打败Ai，为了免遭人类灭绝的下场，于是准备了这个避难所，给自己留了最后一步棋。"

程雪点了点头："颂玲姐的推测有道理……只是，我们该怎么进去呢？"

我指着大门上一块向上斜翻的水晶凹槽道："这好像是个指纹锁，也像个虹膜锁，可我都试过了，完全没有反应……"我向他们道，"你们都来试试，说不定谁就能打开呢！"

张颂玲道："成哥，指纹和虹膜这是多古老的解锁方式啊？如果真是那样，那你给我一台计算机，我不出10分钟就能把锁给你打开……"

"可这里没法用计算机啊！"

"这……"

程雪凑了过来，端详了半晌："哥，这的确是个锁，不过并非靠指纹和虹膜去解锁的。"

"那靠什么？"

"基因！"程雪看着我的眼睛，"这是一把基因锁！"

"什么叫基因锁？"我们全被这个新名词惊得呆住了。

程雪解释："简而言之，就是靠特定基因碱基序列才能打开的锁——呃，你们还不懂吗？好吧，我再说得简单点，我们没有血缘关系的人，基因序列的差别很大，但是具有血缘关系的父子、母子之间的DNA或RNA序列会通过遗传，始终有一段是相同的，也就是说，只要某一人根据自己的基因序列设置了密码，那么即便经过一万年，他那时候的后代来开锁，这把锁也能打开，但是换个没有血缘关系的人就不行了。"

我们逐渐开始点头，终于听懂了个大概。

张颂玲说道："既然如此，我觉得成哥一定能打开这把基因锁，毕竟刚才有一束光扫描了成哥的身体之后，风墙便停在此处了。"

"那我试试吧！"但我还不知道该如何去试。

"哥，用血液！"说着，程雪从腰间拔出一把匕首递了过来。

我用匕首划过指尖，挤出了一滴血液滴在水晶的凹槽之上。果然，水晶忽然像是海绵一样瞬间把血液吸了个干净。

我们静待着奇迹的发生。过了大约五秒，水晶忽然闪了三下红色光芒，之后便没有了任何反应，害得大家白白惊喜了半晌。

"不对？"张颂玲疑道，"那还有谁能打开呢……程雪，不如你来试试！"

程雪说："我哥都打不开，我自然也打不开了，说明这把基因锁和我们的血统无关啊！"她看向萨德李，"萨德李，你来试试！"

萨德李不情愿地拿过刀子，划破手指，让血滴进了凹槽。

血液被吸了进去。

五秒之后，红光闪出。

郭安道："这可咋整，能开这锁的人的后代，万一死绝了，咱们岂不是就进不了这风中城市了？"

赵德义接过刀子。“瞎胡说啥，咱们有5000人，挨个试，船长说天无绝人之路，既然哎哟……”他划过手指，“还挺疼的，雪姑娘，你这刀子可该磨磨了！”

郭安道：“你就是放脖子里的血，估计也打不开！”

“你咋知道？”

“这把锁的设计者，起码是个博士硕士的，你一军校都没考上的家伙，又怎么可能……”

“你可别乱说！”赵德义将血液滴进凹槽，“我偏让你见证奇迹——芝麻开门，你给我开！”

红光闪烁。虽然结果不乐观，不过他却把大家逗得哈哈大笑。五分钟内，郭安以及十来个士兵都试过了，基因锁每次都是闪烁红光。

大家的情绪越来越颓丧，赵德义埋怨郭安：“都是你这臭乌鸦嘴，给说中了吧！”

郭安道：“你们先试着，我回去叫人！”

程雪忽道：“颂玲姐，你还没试呢！”

张颂玲怯怯地摆手，躲在我后面，她刚才见每个人划开手指的时候，就吓得连连哆嗦。我握着她的手道：“别怕。”

程雪道：“颂玲姐，这关乎着船上几千人的生死安危，只要能打开这座大门，我们暂时就不用担心Ai的军队了！”

张颂玲咬了咬嘴唇，终于从郭安的手中接过刀子。

如水的刀刃在她葱白似的指尖划过，一颗红豆便冒出了头。她这才睁开眼睛，将那红豆滴入凹槽之中。她转身便又来到我的身后，将手指含进嘴里，眼角含泪，却连连朝我摇头，表示自己无大碍。我正待向她说几句安慰的话，却听大家一阵欢呼。

蓝光闪烁。

“咔……”

白色的雾气从裂开的门缝中倾吐了出来，没有人去留意门中有什么，全都惊讶地看着张颂玲。

程雪问道：“颂玲姐，你父母是做什么的……”

张颂玲也觉得不可思议，她茫然无措地看着我们："我……我记忆中……他们都是老师啊……"

"老师？不可能！"程雪恍然大悟，"对了，你的记忆也被修改过，你记忆中的父母，肯定不是真实的父母……只可惜，恢复记忆的药水只有一瓶。"

我问程雪："她的身世你不是调查过吗？"

程雪摊了摊手："我哪调查得那么仔细啊！我们的计划里本来是没有颂玲姐这部分的，谁知她能和我们走到这一步？"

张颂玲有些委屈地看着我："我真的不知道为什么会这样！"

我笑着安慰张颂玲道："你忧虑什么，能打开这门总是好事，看来我们今天能聚在一起，真是天意啊！"

我想起了父亲的梦，莫非冥冥之中，父亲的英灵真的在助我一臂之力？

进入大门前，我向夸父农场下达了一道命令，让郭安回去传信：农场的5000人随时做好入城准备。而我与赵德义、张颂玲、程雪、萨德李率领不到百人的小队伍，率先进入了这座不为人知的风暴之城。

如果这座基地真如张颂玲猜测的那样，是人类的避难所，那我们这五千同胞就有救了。

白色的水雾从门里飘出，用了五分钟才逐渐散去。

我拿起一把冲锋枪走在前方，赵德义却硬要挡在我的身前。"出发！"我挥了一下手。

然而，我们还没有迈步进入大门，就看见前方影影绰绰的薄雾之中，站着一个人，距离我们只有十几米。

"谁？"赵德义喝道。

那人左右摇晃了一下，又向前探了探脑袋，仿佛也在观察我们，却并没有答话。

我警告道："无论你是人类，还是机器人，我限你十秒内举起双臂，否则我们就开枪了！"

这时候，程雪忽然说："哥，好像是个女人……"她说出这话的时候，我也看见那人的飘飘长发……

“六……五……四……”

忽然，那人伏在了地上。我连忙后撤。“大家掩护！”然而，那人却没有扔过来什么炸弹。

赵德义说道：“船长，你在这里等着，我和两位兄弟过去看看！”我点了点头，赵德义便带着两个人举着枪走了过去。

“不许动啊！你若有什么动作，我可开枪了。”赵德义警告道。

三个人一步步地靠近那人，在还有不到五米处的时候，那人忽然消失了。

“船长……不见了！”赵德义回头道，“可能是个全息影像吧！”

我心中有一种强烈的不祥预兆，忽听程雪吼道：“后面！后面！”然而已经晚了，赵德义右侧的一名士兵的头颅已经被那黑色的人影拧掉了……

那人现在就站在我们和赵德义中间的位置。

“颂玲姐……”

张颂玲“嗯”了一声。

程雪指着那人又说道：“她……她是颂玲姐……”

那人咧着嘴朝我们一笑，我才看到她的脸——她竟然长着一张和张颂玲一模一样的脸庞，只是更显惨白。她全身赤裸，过腰的长发成了她身体唯一的遮掩，而她的右手还拎着那个血淋淋的头颅。

张颂玲尖叫一声，便晕厥过去。

第六章

AIKiller

1

那女人阴惨惨地一笑，露出一排森白的牙齿。

她和张颂玲有着同样的模样，但她绝对不可能是张颂玲。如果一个人有天使和魔鬼的两面，那这人一定是魔鬼的那面，与天使一样的张颂玲截然相反。

张颂玲见到这个女人的瞬间，身体就像是被抽走了骨头一样，软绵绵地就要摔倒在地。我伸手去扶她，可是还没碰到她的身体，眼前一阵白光，等我反应过来的时候，身体已经被一股强大的力量抛向了半空。

是那个女人，我都没有看清她是怎么来的，就已经遭到了她的袭击。当我在空中下降的时候，几十人密集的枪声响过，转瞬又归于沉寂。

“哥！”程雪跑过来扶起我，此时的我已经在十米之外的雪地上喘息了。

“我没事，大家怎样……”

程雪没有回答，只是扶着我看向了对面。地上多了两具士兵的尸体，然而那女人却不知踪影。张颂玲也不见了。

“颂玲！”我高喊一声，没有听到她的回应。

“那怪物带走了颂玲姐！”

我抓着腹部隐隐作痛的伤口站了起来，重新捡起掉落地上的冲锋枪：“不管是人还是怪物，她抓了我们的人，我们就得进去把人救出来！”

“这他妈是什么怪物！”赵德义蹲在那具无头尸体前，咬着牙恨恨地骂道。那具无头尸体脖腔的血还在流着，如果我进去晚了，这会不会成为张颂玲的下场？想到这里，我的心便像被扔进了蚂蚁窝。

赵德义站直身体，眼神中的火焰燃烧，向身后的兄弟们道：“走，跟着船长，把这怪物的老窝端了！”

萨德李忽然骂了一声：“愚蠢！”

“杂毛，你他妈的骂谁？”

“我骂你，愚蠢！”萨德李眼睛也红了，“你知道里面有多危险？你怎么肯定进去之后能把怪物杀了，而不是被怪物杀？白白送死的事我不干，我也要对我的兄弟们负责，谁也不准进去。”

赵德义将枪口对着萨德李的脑门儿：“军令你也不听？”

我拦下赵德义：“不要总是对自己人动刀动枪！萨德李既然不愿意进去，我也不勉强，其他兄弟如果不愿进去，我也不勉强，但是我必须进去！”

赵德义道：“船长，还有我！咱好赖不是孬种！”

“还有我！还有我！”身后的军队里便有人起哄。

萨德李道：“程复，我知道你为何进去，你这个自私的家伙，为了一个女人，却要牺牲大家吗？”

如果我知道结果的话，自然会拦住他们，拦住赵德义，拦住程雪，拦住萨德李，以及每一位士兵！但是命运就是这样喜欢捉弄人，若不给人留下伤痕和遗憾，便不是它的本色。

萨德李说得对，我的确太自私了，为了救回心爱的人，却想都没想就愿意让自己的亲人和父亲的战友们与我一起犯险。或许人类本身就是自私的动物吧。永远也无法做到无私，内心的那个天平总是会根据自己的感情做出倾斜。我爱张颂玲，所以我为了自己的爱人愿意搭上一切，我自己的生命，以及除我之外的这些无辜的生命。我已经失去过她一次，我不想再失去她第二次。我还没来得及向她说我们曾经的爱情故事，我还没来得及向她说，我曾为了她，把夸父农场开到了印度洋上空。

张颂玲让我知道，爱情或许真的和记忆无关。我们的记忆虽然都被抹去了，但是彼此的爱却从未消失。于是当我们再次相识，一种亲切的熟悉感扑面而来，虽然都未言语，但彼此的心却已经在一起了。我的两段记忆就像是轮回的两次人生。区别不同的人，就是因为我们有不同的记忆吧。如果把我们的记忆互换的话——比如把我和萨德李的记忆互换，我还是程复吗？他还是萨德李吗？

我们对人生的态度，我们的性格，我们的学识，我们的爱都会变化，虽然我们还长着自己原来的那张脸。由此可见，影响我们人格的其实就是存在于脑子里的记忆。

两段记忆给了我两次人生，巧合的是，两次人生中，我都与同一个女人相恋。这或许就是天注定。既然如此，我就更不能失去张颂玲。

程雪道："哥，你们对里面一无所知，我陪你去，或许还能帮上一点忙。"

我知道劝妹妹留下也没用，索性就握住她的手。

"程雪！"萨德李怒道，"你也要白白送死？"

程雪道："我只相信我哥，他就是那个可以拯救人类的英雄！"

萨德李站在原地叹气暗骂，不停地摇头。

我向萨德李和一些游移不定的士兵道："不愿进去的，可以原地待命，等我们回来。如果我们进去后六个小时还没有消息，那么大家就不用等了……"

虽然赵德义招呼所有人跟我一起进去，可最终我只带了30人。在狭窄的空间发生枪战，其实人少一点反倒有利，否则敌人一个炸弹扔过来，恐怕有人连掩护都找不到就会送命。

那女人虽然没穿衣服，但我不能因此就定义她是个疯子或是变态，但她二话不说就过来杀人，却足见其野蛮残忍；而她的力量和速度远远强于常人——综上推理，她或许是个机器人。

"但最让人无法想通的是，她竟然长得和颂玲姐一模一样。"程雪沿着我的逻辑推理下去，“哥，你说颂玲姐会不会也是个机器人？”

我摇了摇头：“不可能，智人管理局会派一个机器人上夸父农场？”

“那么——或许，颂玲姐的身世与这座城市有着密切联系！”

自然是了。

“刚才的女人，或许是一个机器守卫，只不过被创造成了颂玲的模样！”

程雪认可我的推断，不过她随即提出新的问题：“可机器的设计者，又是从哪里找到颂玲姐的模样的呢？”

答案，就在那黑魆魆的门洞之中。我拿着冲锋枪率先闯进迷雾的时候，萨德李也悄无声息地跟了过来。他终究还是不想做一个懦夫，或许，我能从他对程雪关切的眼神中，猜测到他像我们一样愚蠢的动机。

但程雪的心思完全没在萨德李身上。

里面就像是一个深秋时浓雾包裹的清晨，我能感觉到风的流动，能听到水汽在耳边吹过的声音，还带来了城市下水道里特有的霉臭味。地上湿滑，有水流过的痕迹，墙壁上覆盖了一层厚厚的苔藓，只是少了些壁虎、蜥蜴。

进入大门，没走多远，空间陡然变宽，很快路就只剩一条可以容一辆火车进出的隧道了。之所以说是火车，因为我们走进去之后，就发现这里其实是一个站台，而站台之下还有铁路。铁路通往两端的氤氲雾气中，我们不知道该走向哪里，但是赵德义研究了一下，认为我们该向左方前进。

里面的电源已经失灵了，没有任何的光源，我们仅靠着身上的军用手电筒去探索前方未知的道路。光线虽强，可在这里也仅能照出大约五到十米的距离。恐惧来源于未知，一个未知的空间，一片笼罩着未知的迷雾，让恐惧更甚。因为在这迷雾之中，你不知道什么时候会跳出一个怪物。

我们谨小慎微地迈着步伐，挪着小步前进。

“咔……”我右脚下发出清脆的一声。

“别动！”赵德义迅速扑倒，紧紧将我的右脚按住，“炸弹！船长，小心！”

周围的几支强光手电筒全都聚焦在我的右脚之下。

虚惊一场，却见我脚踩的东西，原来是一段白骨。大家长吁一口气，我却见到赵德义满头的汗。“船长，实在抱歉，我一听这声音就胆战！我弟就是踩在炸弹上被炸掉了两条腿，才被敌人俘虏杀害的……”

我拍拍这个中年人的后背：“你若抱歉，我还得感谢你，多麻烦。”

“那咱都省了！”

“省了！”

他站起身：“你这包容别人的豪爽性格，跟程司令可真像。”

“父亲跟你说过类似的话？”

“说过，不过和我倒是说得少！作为他的卫兵，我可见着程司令宽容过太多人了！”

听完赵德义的追忆，我蹲下将这两段白骨拼合起来，它约莫40厘米，小指粗细。“这是什么动物的骨头？”

程雪摇了摇头：“我看这不是兽骨，倒是很像人骨——如果我没看错，这应该是小腿腓骨。”

没人反驳程雪，但我知道每个人心中都不愿意承认。但是随着我们继续前行，对程雪的质疑就逐渐化解了，我们也不得不认可心中那不愿承认的真相——没走多久，我们就发现了一段脚踝骨，脚踝骨前方五十米左右的轨道右侧缝隙里，还躺着几根胸腔肋骨，肋骨的左前方是半爿盆腔。

见到盆腔之后，程雪确认它的主人是个女人。“看骨头的颜色和腐化程度，这可怜的女人死了应有四五年了……”

“四五年？”我充满疑问，“四五年前，这里还有活人？”

萨德李从后面凑了上来，拿过白骨端详了半晌。“一定是那疯女人杀的！”

程雪道：“现在还不能断定，尸骨分散，我们没法找到致命原因。”

“这还用分析？”萨德李争辩道。

我拉着妹妹，示意她没必要和他做无意义的争吵，程雪瞪了萨德李一眼，转身和我向前走去。

萨德李有些失落地跟在我们身后。

争论的原因是因为每个人视野的狭隘，就像瞎子摸象，每个人都只相信自己的判断，却决绝地否认他人所了解的相对真相。再往前走，每个人的视野都被打开了，因为前面出现了一具完整的白骨，只是缺少头颅。尸骨半埋在轨道右侧的泥土下，但还是能让我们一窥全貌。程雪说："还是个女性，如果算上头颅，身高在168厘米左右，是个高挑的女孩，死亡的年纪不超过16岁。"

"16岁的女孩怎么会出现在这里？"

这个问题一出，所有人都安静了。这座风暴城市20年前就无人知晓，怎么会出现16岁左右死亡的姑娘？

"或许她死在20年之前？"赵德义推断。

程雪摇了摇头："不可能，她死亡应该不超过3年。"

"那么……"我推测，"风暴城市里一直有居民生存？"

萨德李嘲笑道："所以你认为，刚才把你女朋友掳走的人，就是这里的居民咯？"

赵德义右手猛地将他推开："你不说话没人把你当哑巴！一说话就特想让人抽你。"

"只是一个推测吧……"我一挥手，"继续朝前走，答案就在前方。"

萨德李就跟个孩子似的，我没必要跟他生气，而且，还要照顾他不要被赵德义"欺负"。

这么大一个人为什么却像个孩子一样？我看了看程雪，大概，他心中可能认为，我抢走了原本属于他的"棒棒糖"吧。

2

我带头走了约莫3公里的距离，终于发现了第二个类似于车站的地方。虽然轨道还在往雾气中延伸，但我们决定先进站看看。

有很多人在站台上迎接我们这些穿越时光的远方来客。他们的脑袋被整齐地码成了一座一人高的"塔"，骷髅空洞的眼睛看向了四面八方。

萨德李道："这些居民还真是友好呢！"

程雪白了他一眼："萨德李，你就没有一丁点同情心吗？"

"同情？为什么同情，我怎么知道他们生前是不是叛徒？"

"他们总是人吧！"

"不是所有人都值得同情！"他以一种教育人的语气道，"联合政府那群人类的叛徒，死不足惜。"我拉住赵德义的手，否则他此时又要去教训萨德李了。

我轻咳一声，将他们的注意力吸引到骷髅塔本身。这座塔显然是人为建造，谁也想不到在这座超科技文明的风暴城市里，竟然会有这样一座建筑。

赵德义道："很像原始人的手笔，当年我和司令在雨林集训的时候，拜访过一个原始村落——虽然叫原始村落，其实里面的生活设施早就和世界接轨了，只不过，依然保留着文明社会所无法接纳的习俗。"

"赵叔说得没错，我乍一看这堆骨头，也有这种感觉——这种骷髅塔，如果在雨林里碰见，或许会被当成某种仪式的象征！"程雪说着，用手摸了摸朝向她的骷髅，"远古人类，以及晚期的印第安人，都会通过人骨去祈福、祭祀。"

这座建筑到底代表什么，谁也说不清楚，但可以肯定这里必然有人存在。刚才掳走张颂玲的女人，或许就是骷髅塔的建造者之一。

我们穿过站台，朝内部走去，里面有一条同样黑暗、潮湿、发霉、腐烂的甬道，没走多远，一名士兵忽然喊道："这里有血迹！"

我们在甬道墙壁上发现了血迹，是新鲜的血液，没有人敢下定论这血是谁的，虽然每个人都知道答案只有两种可能——要么是刚才那死去士兵头颅上的血迹，要么是张颂玲的。

我的心紧了紧。

不过，答案很快就出来了。两名在前方探索的士兵发现了那个死去士兵的头颅。可是它还能称得上是头颅吗？头颅好歹也要带上皮肉吧，而面前的这个，只是个鲜血淋漓的头骨。

一颗被摧残的骷髅。

那士兵的头皮被撕扯开来，只留下面部的肌腱，眼睛被挖了出来，头盖骨被生生地砸碎、敲开。颅内的脑汁被吸了出来，有一摊红色黏稠的脑浆洒在地上，但大部分都没有了，就像是一个被吸干了的椰子壳。

我脑海中甚至都想象得出那怪物将脑壳敲碎，然后将脑浆像喝酒一样灌入喉咙的场景。她就像一个饿了很久的狼终于遇到了一只羊，喝完脑浆之后，甚至将头皮都吃得干干净净。

饥饿的魔鬼。

程雪一阵作呕，伏在我身后不敢看了。

“你给我滚出来！”我朝着前方的黑暗和迷雾喊道，“出来，咱们打一场！”

没有任何回应，魔鬼依然躲在黑暗中低声嘲笑，张颂玲此时脸上一定充满了恐惧。我不知道那魔鬼在喝脑浆的时候，她是醒着的还是睡着的，我祈祷上天对她温柔一些。

又往前走了没几步，忽听身后一阵撕裂的尖叫，紧接着就是几声枪响，转瞬便是寂静。

“有人被抓了！”

“被抓哪儿去了？”

“不知道！一转眼就没影了。”

那怪物趁我们不注意，绑走了后面的一位兄弟，然而，当我们回头去看的时候，身后又是一声喊叫，前方的迷雾中传来了一阵逃窜的脚步声。

“追！”

我们向前追去，没追几百米就发现了一摊血迹。我们绕开血迹又往前走了几十米，先是在地上看到了一段肠子，然后又是血迹，在血液的尽头，我们找到了他。

他四仰八叉地躺在地上，腹腔和胸腔已经被剖开——或者，用扯开比较恰当——肝脏、肺脏和心脏全都消失了，肠子就像是散乱的毛线一样被随意地堆在身体之外。

“这不是人，这是猛兽，”萨德李惊道，“一群猛兽！”就在萨德李喊出这句话的时候，一左一右同时发出了两声闷哼，两道白光闪过我们。

“射击！”

子弹交织如网，但是两道白光迅速隐没在雾气之中，难寻踪迹。

“还不下令撤退！”萨德李朝我吼道，他指着地下的那具被剖开的尸体，“你的张颂玲已经成了这副德行，你还要去看吗？”

我默不作声，必须要看，必须要救出她！

却听程雪道：“不只是为了张颂玲，我们还有5000名同胞！”她抓住我的胳膊，“哥，你振作起来！”

是啊，还有更多的人！纵然我真的发现了张颂玲的尸身，难道就裹足不前了？我进入这座城市的初心，不就是为了更多的人能够安身活命？程复，你要振作！

我回头对士兵们说道：“大家也知道，我们的粮食供应不足，食物只够吃两天，这座风暴城市是我们存活下去唯一的希望！这里的敌人是野兽也罢，是怪物也罢，只要它们能活下来，那我们一定能活下来！所以，我们即便是牺牲，也要探索这座城市，也要占领这座城市！”我见他们不少人眼睛里都有惧色，“我给你们自由选择命运的机会！若愿意留下来的，就跟我同进退、共生死，我程复当他是一个兄弟。如果不愿意跟我进去的，我给他机会，现在可以自由返回！我也绝不追究。”

没人说话，也没人回头。

萨德李急了：“哑巴了？你们要陪着程复送死？”

赵德义怒道：“你要当懦夫，谁也不拦你！但你不用怂恿别人！”

我则说道：“我给大家选择的权利，此去前途，凶多吉少。”

萨德李捶胸顿足：“走啊，走啊！你们难道不知道，这是送死？”

20多名战士集体沉默。过了半晌，也不知谁在人群中说了声：“那又能怎样，我们回去，还不是死路一条？窝窝囊囊地饿死？还是被敌人抓回去折磨死？”

此言一出，大家的眼神坚毅起来，纷纷看向了我。

赵德义道：“这才像帮爷们儿！船长，我们都跟着你！我建议咱们七个人组成一个小组，互相拉扯着对方，如果那怪物们再次攻击的时候，其他人迅速反应，我就不信那怪物一个人还能拉走七个人不成？”

我们按照赵德义的建议，要么彼此手挽在一起，要么彼此将皮带绑在一起。虽然行动不便，不过这方法确实奏效。下一次的袭击中，被抓的那个士兵只是被扯到半空，就在火力掩护下被救了回来，而怪物显然受了伤，我们沿着它的血液，找到了十几米外一处被雾气遮掩的通风道。

原来它们都是从通风道中对我们进行袭击的。

“他奶奶的，原来你们的窝在这儿啊！”赵德义说着，从腰间拔出两个催泪瓦斯，抛了进去。

催泪瓦斯骨碌碌地翻了几个跟头便停下了，紧接着，我们便听到那洞中噼里啪啦地传出一片嘈杂的脚步声——听声音起码有五六个人。

我们不禁悚然。

而赵德义却笑道：“它们总有怕的东西！大家伙儿这回不用害怕，这群家伙也是血肉之躯，我们如今既能自保又能进攻，再也不用担心它们的袭击了！”

沿着通道没走多远，我们遇见了一扇腐朽的铁门，门上的密码输入器明显已经失灵。两名士兵用激光切割机打开了门，我们钻了进去，打开墙壁上的开关，头顶的灯亮了起来。

这里是一个可容纳数百人就餐的圆形餐厅，桌面除了有些落尘，却也没有什么特别之处。穿过餐厅，我们很快就找到了一辆运粮食的车子，车上还有两袋干瘪的白米，虽然老化，倒也能食用。有米就预示着这里可能存在着一个巨大的粮仓，如果找到仓库，农场5000人的生存问题便可以稍微缓解。

穿过餐厅，我们来到了一个类似于健身场地的大厅，还有不少健身器材散落在地下，看样子已经很久无人问津了。切开健身馆的玻璃门，穿过十几间教室或者实验室样式的房子，这里显然是怪物们从未来过的地方，大部分都保存完好，时间好像定格在了一次慌乱撤离时。

瓶子、罐子以及书本都没来得及收拾，地下的仪器零件散乱着，甚至还有一些珍贵档案和报告，也被一层厚达两公分的尘土所覆盖。

这些报告和档案的日期，都是十几年前的。

我们又切开了走廊尽头的一扇铝门，一股潮气扑面而来，就像回到了之前那个原始森林。这里好像是一个圆形的阶梯广场，广场的台阶上摆放着一堆堆的头骨、石头、砖头等物。广场中心的圆台上，立着一个巨大的骷髅塔，比刚开始见着的那座要高出三倍，起码用了近千人的头骨搭建而成。

"这是……祭坛……"程雪结结巴巴地说，"真的是原始人！"

"何以见得？"

"他们的生活方式啊，你们看周围的头颅摆放都是和中央的骷髅塔相呼应的，而周围的工具显然是人工打磨的棍棒，也只有原始人才这样！"

"可这里怎么可能有原始人？"

程雪指着骷髅塔下的一块石砖说："你们看，还有文字！"我们凑过去，见砖头上的确用利器刻着花纹和符号，但实在认不出是哪国文字。

"所以，他们一定是原始人！他们已经有了自己的文字——一种地球上从未发现的文字。"

萨德李问道："可他们怎么会来到这里？"

程雪皱了皱眉头："或许……或许人类撤离之后，他们占领了这座沙漠城市也未可知。"

我绕着骷髅塔转了一周，忽然发现塔中供奉的一块砖头上画着奇怪的图形。正研究的时候，赵德义凑了过来。

"哎，船长，你看这标志，不是美元吗？"赵德义哈哈笑道，"原始人竟然供奉着一个巨大的美元标志！也是爱财啊。"

我摇了摇头："你仔细看，21世纪初的美元是一个S和两道竖线，但是这里虽然有个S，但却非两道贯穿的竖线，竖线的两端是封上的。"

"不管封不封上，也能看出这是一群拜金的原始人嘛！"

程雪道："这应该是他们部落的图腾！但显然不是美元……但……我也看不出他们画的是什么，像是一条鞭子，也像是一条电线缠在棍子上。"

我们很快在广场的其他地方也发现了这个标志，证明了它真的是这些人的一种崇拜。

穿过这个圆形的"剧场"，我们一路开启旁边的灯，这里虽然潮湿，却没有雾气，光线让视野不再受限。

沿着通道，我们来到了一片稍大的广场，广场两端各有数个或立或躺的篮球架，十几年前这里或许是运动场，也可能还用来集合队伍。

有人摸到了探照灯的开关，左右各四盏强光探照灯将广场照得如同白昼，我不敢想象曾经数千万人集合的场面，因为如今的地面已经被骨头掩埋。

“血腥啊！”赵德义叹道，“万人坑？怎么会有这么多的尸骨！”

程雪道：“一地的骨头……可是，你们发现没有，这些尸骨没有脑袋。”

我摇了摇头：“骷髅塔的头，便是他们的吧。”

萨德李道：“太狠了，我看，这些人应该就是二十年前这里的工作人员！”

程雪道：“或许吧，可他们到底遭遇了什么？为什么他们全死了？是被那些原始人害死的？”

“那是什么？”赵德义朝着对面墙壁指着。墙壁上画着一个图案，很像是一个Y字上方托着一个横着的数字8。

程雪用强光手电筒向我们脚下的墙壁——也就是那符号的对面——照去，果然，在我们的脚下也有个符号，正是我们在剧场中骷髅塔里发现的那类似于美元的图腾标志。

“这是……”程雪惊讶地说不出话来。

“怎么？”

程雪惊惶地看了我一眼。“哥……如果一个图腾代表一个部落，那么两个图腾的意思是，这里有两个部落……”

“你说对面的符号，也是一个部落信仰图腾？”

不需要程雪肯定，因为对面已经站上了一排人，大约十几个，有高有低，但都是统一的森白身体，同样的长头发，同样的袒胸露乳。虽然看不清模样，但可以肯定，她们都是女人。

她们之间好像交流着什么，又突然之间消失了。

“这群人……是刚才袭击我们的那几个吗？”有个士兵问道。

我摇摇头：“或许，还真的如妹妹所说，这是另一个部落。”

忽听噗的一声，我们循声看去，一位正面对着我的士兵正不可思议地看着自己的胸口——一支铁钎从他胸前穿过。他俯身趴倒在地，再也看不到身后那长达两米的“标枪”了。

他倒下之后，我们也看见了隐藏在他身后五十米之外投掷标枪的人。我们迅速开枪还击，她蹲下身子之后便消失了，可是我们的身后又传来了噗噗的声音，又有两名兄弟中了招。

她们行动的速度如光如电。

“是伏击！”我喊道，“集体撤退，四点钟方向有个通道！”

伴随着还击的枪声，我们撤进通道的时候只有十五人幸存下来。但是敌人似乎要将我们赶尽杀绝，面对着我们的火力，她们却越来越接近我们，等我们进入通道之后，她们索性将通道口封锁了。

我看到通道两侧都是标枪，如果她们一起冲进来，我们即便能击毙一两个敌人，但结果注定是悲剧的。

她们太快了！如果让我给她们的部落换个图腾，闪电是最合适不过的。

我们沿着通道逐渐向内退去，外面的人却没有攻进来。但是我们却听到外面的呼喝声比之前还猛烈，似乎在发生着什么争吵，也听到了一阵阵钢铁相撞的声音。

“什么情况？”有人道，“她们要冲进来？”。

这时候，靠外的兄弟汇报道：“有敌人死了！被自己人杀死了。”

“内讧了！”赵德义道，“自己人跟自己人打了起来？”

“她们为什么内讧？”

程雪道：“如果，攻击我们的是一个部落，而伏击攻击方的，又是另一个部落，岂不自然就说得通了？”

“螳螂捕蝉黄雀在后！”我点了点头，程雪说的倒还真是人类的历史，几千年来这种战争模式频繁地在世界各地上演。

“万一另一方是救我们的呢？”

“做梦！可能是她们因为谁吃我们的问题发生了争执，所以就动手了。”

3

在外面野人们打斗期间，我们退到了这条通道的尽头——一道由骷髅头颅码起来的墙壁。

“有意思……”程雪指着左右两侧的骷髅说道，“你们看，这是由两个部落的骷髅码成的，左边的是‘美元’部落，右边的是‘Y8’部落，他们的图腾都刻在骷髅的脑门儿上。”

赵德义问道：“外面还打着，怎么里面又一起建造了这堵墙壁？”

程雪摇了摇头。我猜测说道：“这或许是某种合作，或者是停战的纪念物！”

赵德义道：“管他呢，反正咱们今天得闯过去！”说着，招呼了几个人，一起将这堵骷髅墙壁推倒了。

墙壁后面的世界让我想起了夸父农场的C区——一个个透明的养殖仓立在里面，有些已经黯淡，有些还发着绿莹莹的光。有人打开了灯，呈现在我们眼前的是一片望不到头的玻璃养殖仓……

但是显然这里的养殖仓不同于夸父农场，这里的人体全都泡在绿莹莹的液体中。全是女人的身体，一道“脐带”似的营养管道连接到她们的腹部。

她们有的是刚出生的婴儿，有的是三五岁的儿童，有的是十几岁的少年，有的是二十来岁的青年……年龄不同，但是，她们却都长着一张类似的脸。

都是张颂玲的脸！

这里，就像是张颂玲的个人成长博物馆，收藏了她从出生到长大各个年纪的“身体标本”。

“哥……”程雪紧紧地搂住我的胳膊。

我也打了一阵寒噤，怎么会有这么多张颂玲，怎么会有不同年纪的张颂玲，这到底是什么地方？

尤其是，她们现在都已经成为了一具具的死尸，就像是被人泡在酒里的人参一样。

再往里走，我们发现很多透明玻璃仓都被人为地打开了，有的是被暴力砸开的，有的是被石头敲碎的，地下还有一地的烂碴儿。

这里有数千个玻璃仓，如今有四分之三都暗淡无光，里面没有了尸体，剩下的仅有几百到一千具。

“这是克隆仓库！”我们还是习惯等程雪的解释，“张颂玲，她们都是克隆人……”

“他们为什么克隆张颂玲？”

萨德李道：“你怎么不问，张颂玲又是谁克隆的？”

“张颂玲怎么可能是克隆人？”我反问，“她是跟我们从外面进来的！”

萨德李冷笑：“你怎么知道，她不是提前走出去的？”

我懒得和萨德李争执，现在张颂玲没找到，却又出现了这么多张颂玲的克隆死尸。但是让我更为痛苦的是，竟然没有人给我一个准确的答案。

程雪发现了养殖仓上的文字。“艾克计划？”

“什么？”

程雪恍然大悟：“是AIK，艾克计划！”

“那是什么意思？”

程雪道：“我也是早先听一些人的传言说的，传说纯种人在战场节节败退的时候，有一批科学家正在通过基因工程去改造人类，打算培养一批Ai杀手，即‘Ai Killer’，但是这个计划还没有完成，就随着历史尘封了，没想到试验地竟然在这里！”

萨德李道：“Ai杀手，这也未免太异想天开了吧！”

程雪道：“不是的，AIK计划培养的绝对是Ai的天敌，只是这件工程耗时太长，人们还没有等到杀手们长大参战的那一天，就已经失败了。”

我疑道：“外面的那些人，莫非就是……”

“正是！她们就是Ai杀手，”赵德义道，“难怪那怪物的身手那么好，那么快！”

程雪道："是的，AIK通过改变基因来促成人类进化，增强人类的战斗力，据说这些杀手的力量、敏捷度、智慧等能力都比咱们普通人高七倍，外面的那些人，就是基因战士！"

"荒谬！"萨德李道，"制造这么一群怪物，人类即便不被Ai与合成人屠杀，早晚也要死在这群家伙的手中。他们不是Ai的克星，我看更像是人类的克星。"

程雪道："你这一点，当初的科学家早就想明白了，所以在设计基因战士的时候就把她们当成了一种机器去设计，比如去除她们基因中的情感模块，让她们不具备任何情感，只是作为冷血战士而存在。她们只知道执行命令，其实比Ai还听话。同时，为了防止她们取代人类，科学家还删改了她们的繁殖系统，所以这些战士其实是没有繁殖能力的，她们的血液中只有自我生存欲望，只有对敌人的屠杀。"

听程雪这么一说，我反倒坦然了："所以张颂玲不是基因战士！而是基因战士借用了她的基因。"

程雪道："现在还不能过早地下定论，张颂玲即便不是基因战士，或许也是个克隆人……哥，我这么说你虽然不愿意听，但请你提前接受这个结果。"

我深深吸了一口气：克隆人又怎样呢？纵然是克隆人，她也是我爱的那个人。

程雪忽然有了一个大胆的猜测。

她说："无论是什么原因，AIK计划当年肯定是遭到了腰斩，但是这些培养皿却未被销毁，于是第一批基因战士从中出生——出生的时候，她们可能就已经是十几岁的少女了，这些女孩子没有像正常人一样接受教育，所以完全不知道自己是什么，她们或拉帮结派，或互相屠杀，伴随着长时间的战争，最后形成了两个部落……"

她停了大约十几秒，忽然一拍脑袋。"我明白了！"

"明白什么？"

"你们还记得她们两个部落的图腾吗？"

我们点头。

“我们发现的第一个部落，她们的图腾是类似于美元的标志，一个封闭的直立物体，还有个S形，你们看看旁边的培养皿——培养皿是那个直立的物体，而其中连通脐带的营养管道，不就是那个S形状吗？”

赵德义一拍大腿：“妙啊！雪姑娘，你可真是冰雪聪明。”

我拍拍妹妹的头，深为自豪。却听程雪继续道：“而另一个图腾……哎，好像猜不到了，这里哪儿有Y呢……”

“在这儿呢！”远处一个士兵呼喊道。

我们闻声跑了过去，他已经在培养皿另一端的门口了，他指着门口的一尊两米高的金属塑像道：“不就是它吗！”

这尊塑像雕刻的是一个直立着的女人，高举着双臂，而双臂间还托着一个横放的基因双螺旋结构。如果那女人就是Y，那平放着的双螺旋体，自然就是横着的8了。

程雪道：“这就是了，这些基因战士都出生于这里，自然把此处当成最为神圣的场所。她们以为培养皿是母亲，一部分人认为这个托着双螺旋体的女人是神，所以各部落根据不同的观点，就形成了不同的图腾……”

我点了点头，不会再有比这更完美的答案了。

程雪继续推测：“所以……所以我们外面看到的骷髅塔，以及广场上的累累尸骨，根本不是当初的工作人员，而是……而是这些基因战士的！”

没有人接话，都静等着程雪继续帮他们破除心中的疑虑。

“她们是天生的战士，所以每天就是杀戮、杀戮、杀戮……广场是两个部族的战场，而骷髅塔，是她们获胜的战利品……但是随着人越来越少，两个部族最终选择了停战。”

“停战，何以见得？外面不是还打着？”萨德李道。

“那是刚刚发起的战争，我们来到这里之前不是推倒了一面有着两个部族图腾的骷髅墙壁吗？那墙壁就是停战的标志——她们共同建造了一堵墙，封锁了这个地方，谁也不可以进来。”

“为什么要封锁这里？不就是一群死人吗？”

“在咱们看来是死人……可是，在她们看来……”程雪深吸一口气，静了静心神，“是食物！”

“食物？”所有人都惊呆了。

程雪点点头：“她们本来是通过战争，互相掠夺对方的人，杀死之后，就吃掉敌人的肉！而这里的尸体，就是她们发起战争的原因。战争不但没有让她们互相灭绝对方，反而让双方的实力都大大下降，于是双方坐下来签订了和平协议。这里面的尸体，她们愿意共同开发——有节制地、有计划地去吃剩下的尸体，这样大家都能生存下来。”

“这怎么可能？”

“你们有看到其他地方有她们的食物残留吗？”程雪看着我们的眼睛，“根本没有，遍地的白骨——尤其她们还吃了我们的战友，就足见她们平时是以人肉为食的！她们最早的一批，或许在六七年前率先醒来的时候，就发现周围只有人体可以吃，这些年都是吃自己的姐妹生存下来的。”

我心中一片黯然：颂玲，你还好吗……

第七章
纳米之门

1

一阵呼喝声引起了我们的注意。重重培养皿之后，五道白光之中，五个AIK手中握着铁钎，正朝着我们奔来，电光石火间便到了眼前。

“偷袭！”

我喊着，率先打出第一梭子弹，对面那个女人仿佛比子弹还快，我只听见子弹击碎了玻璃的声音，再见她的时候，仅距离我三米左右。

长发缠在她身上，黑白相间的身体在子弹中穿行，又恰到好处地甩出铁钎。

赵德义一把将我撞开，朝着那女人横着甩出十几发子弹，不过她右手抓着玻璃皿，凌空翻了个身，便消失在了我们面前。

“小心身后！”

从背后的幽暗光影中，忽然又飞出来一支铁钎，不！还是刚才那一支。那女人不知何时来到了我们身后，我们的子弹向铁钎射出的方向打去，但一阵烟尘之后，却没有看见任何人。

“身后！”

又是那支铁钎！

赵德义骂道："这怪物太快了，她竟然能追上自己的武器！"

是啊，她们本身就是武器！刚才程雪介绍的时候，我还不相信这群家伙能够和Ai作战，但只是几次交手，我对她们打败Ai的能力已经毫无怀疑。

谁又能想到，她们的第一次对外战争，竟然是在屠杀创造她们的人类。

我们的子弹根本没能伤到她们，她们就像是五条幽灵，只见光影，不见人形。战斗开始没有两分钟，我们就已经有三个人被杀死了，但对方丝毫没有伤亡。

"不要瞄着她们射击！"我喊道。

萨德李怒道："程复，你到现在还念着对张颂玲的旧情？"

"我的意思是，不要瞄准她们，因为我们的子弹根本没法伤到她们。现在四五人一组，预先判断敌人单体的行动轨迹，用子弹封锁她们的轨迹，逐渐缩小圈子！"

赵德义道："正是！"

此法很快便奏效了，我的一颗子弹击中了一名AIK的右肩，她行动便迟缓下来，赵德义又击中了她的左侧大腿肌肉，这下她完全失去行动能力了，摔在了地上。旁边，已经有两名士兵被AIK撕裂，但同时她们中也有一个被爆头。

战役在五分钟之后结束，最终我们以五死七伤的代价击退了敌人——两人逃走，两人受伤被俘，还有一人死亡。

硝烟散去，我们重新清理战场，却发现程雪不见了。

"程雪呢？"我向其他人问道，他们都摇头。

我们在培养皿周围寻找，喊着她的名字，却听不到她的回应。最后，赵德义颓然道："雪姑娘，难道也被俘虏了？"

萨德李向我怒道："程复，这就是你一意孤行的结果！"

我攥紧了拳头。

地上跪着两名俘虏，被我和赵德义联手抓获的那个姑娘二十岁左右，右肩和左腿受伤；另一个稍显稚嫩，十七八岁年纪，腹部吃了两枪，现在她正捂着肚子，有点不可思议地看着自己手掌下向外喷涌的血。

年长的姑娘正用左手剖开右肩的伤口，用食指和中指取出了其中的子弹，又将手指深入左腿的伤口，抠出了另一颗子弹。

年幼的姑娘效法这位“姐姐”，也从腹部挖出了两颗子弹。鲜血直流，她们现在就像是坐在血池里。

我向赵德义道：“给她们绷带！”

“船长！她们是禽兽啊，还不一枪崩了！”

“她们和你我一样，都是人类……”我摇了摇头，“给她们绷带。咱们不杀俘虏，更不杀女人！”

“迂腐！”萨德李怒骂道。

赵德义让一个懂医护的士兵向她们扔出两捆绷带，不过她们看了一眼，却碰都没碰。

“嘿，船长，你对她们仁慈，可她们根本不领你的情！”

我摇了摇头。“她们之前应该没用过绷带，更不知道这两捆白布是做什么用的。”我捡起来一捆，给一位兄弟已经包扎过后的伤口上又缠了几圈，然后指着年幼姑娘流血的腹部说，“缠起来，否则你会死！”

年长的女人好像明白了一些，她捡起另一捆，将自己身上的伤口包好，却丝毫不管旁边姐妹的死活。但她嘴唇动了动，发出一些我们听不懂的声音，年幼女孩才捡起她用过的纱布，开始包扎自己的伤口。

我不指望能从她们这里得到什么信息，因为她们的语言我是听不懂的，我的语言，她们也无法理解。她们是地球上新出现的另一种文明。人类的文明与进化就是在对同类的一次又一次的屠杀中产生的。人类可以宽容世间万物，花草树木，飞禽走兽，可唯独不能宽容自己的同类。人虽然不是食肉动物，却有着食肉动物不可企及的嗜血好杀。这种残忍，主要针对同类。

数千年来，死亡、流血、杀戮成为了人类文明前进的推动力。我们是这么一步步走过来的，她们其实也是如此。

如果这里有丰富的尸体——丰富的食物，我想她们也有可能进化出第一次、第二次、第三次工业革命吧，也会进化出“第一次世界大战”和“第二次世界大战”吧，也会进化出成吉思汗和希特勒吧。

我不敢想象张颂玲落在这群人建立的文明手中是否能够保全性命？我

只能向上天祈求出现奇迹——毕竟，她们长着同样的模样，或许血液和基因也是相同的。如果她们真的像程雪说的，比普通人聪明七倍的话，她们应该能够对张颂玲区别对待。

当然，这时候神也是没用的。

毕竟，创造她们的神，其实是我们这群智人，智人算得了哪门子的神？如今自身都难保。所以造物主即便存在，也肯定是管不着她们的。我多希望她们已经进化出了人类伦理，进化出了宗教，进化出了《论语》《圣经》，或者进化出了一个上帝，告诉她们该做什么，不该做什么。

但是显然，这只是我的妄想。

我脱下上衣给那年长的女人遮在身上，她并不明白我为何这么做，凶恶的眼睛怒视着我，好像我的衣服是一件会随时夺走她生命的武器。我又让赵德义把上衣脱下来，给那个小姑娘。

我只能抱着最后的希望试着和她们沟通一次。

“我放你回去！”我指着那年纪小的，“你告诉你们首领，用我们的人来换她！”我又指着年长的女人。

我不知道她们听明白没有，我把话重复了三次，又加了很多手势，那女孩显然听懂了我放她走的意思，解开枷锁之后，她捂着小腹，头也不回地跑开了。

望着小女孩消失在培养皿丛林之后，萨德李忽然说：“我想到了一个主意，可以打败这群怪物！”

“你这杂毛，有什么话不直说，卖什么关子！”

萨德李瞟了他一眼，却少有地没有就此打上一架。只听他接着道：“我们把剩下几百个器皿全都打碎，这些尸体失去了保护液，自然就会腐烂，这些怪物没了食物，用不了几日，便全都饿死了。”

我摇了摇头：“多此一举。”

“什么叫多此一举，程复，你有更好的主意吗？”

“不用去破坏她们仅有的食物，她们也活不长了——两个部落显然都认识到剩下的尸体已经不足以让她们永远无忧无虑地活下去，才开始节制资源。但是食物早晚有吃完的一天，她们还是要火拼，迟早一个部落会吃光另一个部落，而之后呢，部落里的人再互相吃，你吃我，我吃你，最后只剩下一个人，孤零零地饿死。”

我讲完这个推测，谁也没有再说话。

地上的女人不知是因为听懂了我这个故事感到了恐惧，还是因为我们突然无声而意识到诡异，她的神情不再那么凶恶，甚至还有些哀恸。

萨德李却道：“活该，这就是她们应得的报应。”

我叹了口气：“这城中是同胞相残，城外又何尝不是？我们的战争，不就是因为人们看待Ai的态度不同，才产生的吗？自古以来，人们要么因为不同的宗教信仰而相互屠杀，要么因为不同的地域民族而相互屠杀，杀来杀去，迟早也会像她们一样，走向最后的灭亡。”

约莫过了半个小时，离开的小女孩又捂着腹部回来了。

她来到我们对面，嘴里叽里咕噜地说了几句话，又用手指了指地上那个年长的姑娘。

“我们的人呢？”

她没有回答，只是走到年长的女孩面前，向她说了什么，后者便闭上了眼睛。

赵德义道：“她们这是要干什么？”

“大概是传达了部落首领对于年长女孩被捕的看法，可能，她们也想通了，要用我们的人交换……”

我话未说完，却见那小女孩忽然从腹部的绷带中抽出一把铁片磨成的匕首，银光一闪，一缕红线从银光之后飞出。

年长女孩的咽喉飙飞的血液溅在了赵德义的裤子上。

“他妈的……”

我们的惊呼声还未落，她就回旋着那把匕首，迅速地在自己脖子上一割，然后倒在了血泊中。

“这什么意思？她妈的，活着不好吗？”赵德义一边擦血，一边骂道。

萨德李道：“这还看不出来，人家的酋长不跟咱们谈判，那意思就是，咱们必死！”

小女孩身上那件染满鲜血的衣服落了下来，我将它往上提了提，盖住了她已经黯淡的眼睛。

2

我们退入到雕像正对的那扇残破铁门。如今活着的兄弟不到十人，我已经亲手送三分之二的兄弟走入了坟墓。我安慰自己不用内疚，因为用不了多久，我就会去黄泉路上追随他们了。只是，夸父农场还有五千名同胞，他们决不能为我的愚蠢和无能陪葬。

死有重于泰山，也有轻于鸿毛！真的非要死的话，我也必须给那些寄希望于我的同胞们一个无愧的答案。

又穿过两道铁门，我们爬上两层楼梯贴墙前行，这样便可占据高处的射击点位。

“船长，我们这到底要去哪儿？”

“我们的目标是粮食仓库，但找到粮仓的最好方法，是先找到这座城市的控制系统。”

众人点头，萨德李道：“那你就不去救程雪了？”

“我恐怕比你更想救她们！不只程雪，还有颂玲！”

赵德义道：“杂毛，你再刺激船长，我绝对崩了你！他现在有多着急，恐怕你小子根本体会不到！”

“你又怎知我体会不到？”

“嘁，雪姑娘是船长的亲妹妹，颂玲姑娘是船长的恋人，你又算老几？”

“你……”

萨德李气得满脸通红。

我们沿着楼梯向前走了没多久，忽然看见楼梯尽头的一间房间门口挂着“首席科学家”的牌子。门锁虽然设有密码，但是此时的门正开着一道缝隙。我们推门进入后，房间顶灯自然亮起，房间里陈列着一柜柜的资料档案以及实验仪器，这很像是某个人的私人实验室和办公室。

这里还有一扇窗户，可以俯瞰地下的培养皿，位置就像是夸父农场的导航台。

“看来是个高级别领导的办公室，大家找找有没有这里的地图全图，或者操控室的资料。”我下完命令，坐在办公桌之后的椅子上，打开了桌上的电脑按键。

忽然，一道光从我身后打向办公室中央的位置，一个全息影像出现了。

“孩子们，你们好！”

影像中，是个三十余岁的漂亮女人，她戴着棕色框边眼镜，身材瘦高，身上披着白色的长褂。我震惊的依然是她的模样，又是一个张颂玲。

“如果你们能够打开这个全息影像，说明你们已经长大了，妈妈由衷地为你们开心……”

我们全被这影像吸引，每个人脸上都充满疑问。

“没错，我就是你们的母亲，是AIK计划的首席科学家，我叫张颂玲，你们都是我的孩子。你们姐妹之间没有任何差别，因为你们的基因，都只是对我体内基因做了一些小小的改变，所以从生理上来讲，我依然是你们的血缘母亲，或者说，你们是我DNA变体所创造的生命……”

我身体已经麻木，颂玲，她怎么会是颂玲？

“你们一定好奇，为什么你们才刚诞生就这么孤独，妈妈为何没有陪在你们身边？因为，我亲爱的孩子们，妈妈十分悲痛地告诉你们，人类失败了。此时的你们，或许是人类仅存的独苗，肩负着复兴人类文明的神圣使命。如果你们能来到这里，说明你们已经完成了妈妈给你们布置的所有成长任务，而现在，你们只需从书架上找到一个出门的钥匙，就能去探索外面的世界了。

“外面的世界现在很危险，它被我们的敌人占据着，而你们的使命就是彻底地打败他们。如果还有幸存的人类，你们要将他们保护起来，让他们在地球上再度创造新的文明。孩子们，妈妈的时间不多了，我即将离去，而你们可能会在机器人的帮助下逐渐苏醒，我相信你们会成为下一个时代的霸主，只是妈妈不能再看到这一天了。最后，我有个……”她焦虑地看了旁边一眼，还想说什么，可是此时办公室产生了一阵剧烈的晃动，全息影像消失了。

门外突然传来一声女人的尖叫：“哥……救命啊……”

是程雪。我翻过桌子率先冲出去，却见程雪慌张地从对面跑了过来，我推开门让她进来。

“你去哪儿了？”

程雪上气不接下气地道：“我被一个AIK追着跑进了一间房子，本想躲到你们打完了我再出来，却不小心踩进了一个陷阱……哥，我以为自己活不成了……”

我把程雪抱在怀里：“你没事就好，以后你可不许吓我了，要时时刻刻陪在我身旁，知道吗？”

“嗯！”

程雪进来之后，赵德义却朝我惊呼一声。“船长，怪事啊怪事！”

“什么怪事？”

他递来半张照片：“船长，你看……”

照片上的女人就是张颂玲，但是她只占据了半张照片的位置，而另外半张却被人为地撕掉了。

“怎么又是张颂玲？”

赵德义说：“船长，重点不是这女人，而是这照片的撕裂处，还是崭新的……”

“你是说，刚撕的？”

“对！”赵德义肯定地说，同时将眼光扫向屋子里正翻箱倒柜的士兵。

“谁干的？”

“不知道……但是……”他的脑袋迅速在房间里扫了两周，“哎？”

我喊道：“大家停一停，集合！”

所有人都来到我的面前。“这张照片，是谁撕剩下的？”

每个人都摇头。

赵德义围着这些人转了两圈，忽然吼道：“杂毛呢？”

我心中一凛，眼前的人中，果然没有萨德李。我们围着房间转了两圈，确定了萨德李真的不在其中。

他失踪了，但诡异的是，谁也不知道他究竟通过什么方式离开的这里。他不可能从门口离开，因为我和赵德义都在门口附近，如果有人开门关门，我们肯定不会不知道。

“一定有机关！”赵德义推断，他命令五名士兵仔细回忆萨德李进门之后的所有细节，最后大家得出了结论：一定是在我们所有人都在看“张颂玲”留下的全息影像时，萨德李就悄悄离开了。于是我们又把影像重播，让每个人都站在原来的位置，而程雪则守在门口。

程雪看到影像中的张颂玲也震惊了，不过我让她不要惊讶。

“……而现在，你们只需从书架上找到一个出门的钥匙，你们就能去探索外面的世界……”画面里的张颂玲说道。

我暂停了画面，然后留意每个人的站位，终于发现了一处视觉死角——就是一个看似不起眼的书架右侧，房间内唯一的书架，这大概就是“张颂玲”语言中那个藏着探索外面世界钥匙的书架。

一名士兵印证了我的推测，他说萨德李进来之后，的确就只在这片区域活动过。

于是我们全员把书柜围了起来，赵德义朝着书柜踢了一脚，好像萨德李就藏在书柜里面似的，可是谁都看得出，这书柜根本藏不下一个活人。它上面摆满了上百本纸质书，大部分都和基因工程有关。

我们先是围着书柜转了半圈，没发现有什么诡异之处，然后便有士兵取下书本，看书页之中是否藏有钥匙，可是倒腾了一遍，也没看到任何蛛丝马迹。

程雪说：“如果张……张颂玲给AIK留下了钥匙，那肯定不是咱们普通人类的钥匙，而是与AIK相关的东西，比如基因锁。”

我摇了摇头：“自然不是基因锁，否则萨德李又怎么能进去？当然，我们现在只是暂且假设萨德李已经打开了这扇门，也说不定……”我回头看着周围的环境，“他藏在了其他地方。”

赵德义有些恼火：“雪姑娘，萨德李这混小子到底是什么背景？他不是和你一起来救船长的吗？怎么突然不声不响地就跑了，还撕掉了照片的另一半？”

程雪无辜地说：“我和萨德李认识也才几个月而已，当时军方召集各方精英策划营救我哥，而萨德李就是这支小队的队长。我只知道他之前是特种兵，不过他好像还有什么特殊身份……”

“他是不是还有其他任务？”

程雪摇了摇头：“这我就不知道了！”

“太他妈鬼了！”赵德义骂道，“这小子莫不是Ai政府的奸细吧？”

“奸细？”

“是啊！”他推测，“你没看他之前一直把咱们往死路上引？非要翻越什么昆仑双子峰，这不是害我们，害船长吗？而且他一直和船长作对，我早就看出来他不是什么好东西了。”

程雪摇了摇头：“去双子峰确实是最适合当时的逃亡方案，这理由无法为萨德李是奸细定性。”

我说道：“如果他是奸细，为什么只撕了半张照片就走了？难道目的只是不让我们看到与张颂玲一起合影的人是谁？如果这也算任务，也未免太过于兴师动众了，如果我是他，完全可以把整张照片藏在身上，不让我们看到。”

“哎？似乎是这么个道理……”赵德义抓抓后脑勺，然后重重地点了点头，“不过，这小子脑子肯定不如船长聪明，说不定这就是他不小心露出的马脚”。

“如果萨德李真的从此离开，他刚才没有发出任何声响，也就意味着这书架的钥匙和门，一定设置得非常精巧……”

我话还没说完，程雪忽然想起了什么似的。“哥，如果这门是专为AIK设计的，那是不是会根据她们身体的特征，做相应的钥匙呢？我的意思是说，AIK的视觉强于我们七倍，是否会有些地方，我们看不到，而她们却能看到呢？”

“雪姑娘说得没错，如果AIK的视觉与我们不同，那她们接收的可见光波长，或者对热度的感应也与我们不同。”赵德义说。

根据程雪的推断，我们用测谱仪在书架周围扫来扫去，可惜也没有发现任何有用的线索。

影像里的张颂玲对自己未来的孩子们说，书架上有一把钥匙，打开门之后就能去探索未来的世界了。作为一个可以创造生命的高级科学家，肯定不会真的把一把钥匙放在书架等人去找，这一定也是一道对孩子们的考验项目，只有通过考验的人，才真正有资格去探索外面的花花世界。

可到底什么才是探索世界的钥匙呢？

知识！人类正是依靠知识，依靠智慧，才实现了对世界的探索，才征服了地球，如果没有知识，就不存在探索一说。

我朝着还在围着书架研究的人们说道："让开一下！"

在他们诧异的目光中，我一人走到了书架前面，却发现书架的结构其实是一个长方形之中有一个撑起书架的十字架，而十字架底部正是一个可容下一双脚的站台。

我站上了台子，背靠着书架，伸展两臂到横向结构之上，恰似献祭的耶稣。他们都看着我，不知道我在做什么。

"有变化吗？"我问。

他们都摇头。"没有……"

难道又错了？知识是通往新世界的大门，那么我要依靠知识。想到这里，我忽然觉得后背处有一股强大的吸引力，使我不由自主地向书籍仰靠过去，紧接着奇怪的事情发生了，我的后背再没有阻力，我全身进入了书架。

准确地说，是我的身体穿透了书架，轻轻松松地，甚至经过的时候还能感受到一阵轻柔的抚摸，是纸张的抚摸。

穿过书架之后，我坐在一张半圆形的白色沙发上。沙发右侧是一个纯黑色如石头般的案几，半米见方，可案几的顶部却被移开，下面是一个镶嵌于其中的密码箱，可是密码箱盖被打开了，里面没有任何物品。

很显然，这才是萨德李的目的！可他究竟拿走了什么？

我穿过的墙壁，如今展现在我面前的，却像是一块透明的玻璃，我隔着玻璃能够看到房间内发生的一切——程雪和赵德义等人瞠目结舌地惊讶着，在书架上摸过来摸过去，谁也想不到这个坚硬的书架竟然能够容人体穿过。

我站起身，向他们说道：“你们也模仿我的动作，靠过来！”可他们听不到我的声音，而我也听不见他们的声音。

我向“屏幕”伸出手，屏幕就像是水一样，让我的手伸了进去，然后我看到了自己的手伸出了书架，吓得两个士兵倒退了好几步，然后我继续探出了半个身子。

“船长……你……你怎么……”赵德义惊道。

“哥，你没事吧？”程雪脸上充满了担忧。

我笑道：“我不知道这是什么技术，但真的是太奇妙了，我仿佛进入了另一个世界，你们可以像我一样，站在台子上，然后向后靠过来！”

3

“简直是魔法啊！”进来之后，赵德义叹道，“我七八岁的时候，看过一部魔法影片，讲的就是伦敦有个站台就是这个原理，看似是一堵墙壁，但是撞过去之后却能进入魔法世界！”

“你说的是《哈利·波特》吧？”

“对啊！莫非这张颂玲是个魔法师？”

程雪笑道：“赵叔，你别总是神神叨叨的，这只是一种纳米技术罢了——整个书架可谓是个纳米机器门，在特定情况下能够分解组合，我刚才没反应过来，现在却是明白了，只是张颂玲把这机器门做成了书架的形状。”

“纳米机器？”赵德义一脸的惊恐，“我们没死吧？”

“怎么会死呢？”

“这小东西钻进咱肚子里，还不被它们搞死？”

“看你那点胆子，”程雪笑道，“张颂玲会制造一堵害死自己孩子的墙壁吗？”

“也是，也是哦，还是雪姑娘聪明。我们赵家的基因与高智商不兼容啊！”

这是一个纯白色的房间，白色的沙发之后是一条通道，我们沿着通道走到尽头，发现这里就是我们想找的总控制室。中间巨大的屏幕上，正显示着塔克拉玛干雪原的地形图，而一个红点就停在轨迹之外的昆仑双子峰之下。

那红点就是夸父农场N33。

地图上能够看到这座风暴城市的运行轨迹，塔克拉玛干沙漠形状像是一只眼睛，而风暴运行的轨迹就像是眼睛中的瞳孔。

“船长，你看这是什么？”赵德义指着另一块屏幕招呼我过去。这块屏幕是一张雷达图，有一圈红色的点子正从北方和西方向夸父农场靠近。

“是敌人？”我问道。

“是飞行器！”赵德义说，“一定是联合政府的军队，他们在偷袭夸父农场。”

程雪说：“不对啊，既然风暴在这里，他们的军队不敢贸然进攻才对！啊……”她说完忽然明白了，如今风暴城市已经停在原地，令Ai不敢靠近的雷暴干扰已经消失了。

“船长，重启雷暴吧！”赵德义话音刚落，忽见四个红点急速朝着城市上空飞来。

“是导弹！”

我迅速了解了控制台的各种按键，终于在导弹即将打到风暴城市之前启动了防御系统，但这也只阻挡住了三枚导弹的袭击，另有一枚炸到了城堡靠北的一侧，我们都被这剧烈的晃动震趴在了地上。

我爬了起来，还在寻找雷暴系统的控制按钮，却发现雷暴与这个控制台竟然是无关的。

“哥，你看，他们已经到了！”

在一块屏幕上，Ai军队已经开始对夸父农场实施了空中封锁，不过幸好他们没有动武，否则一船人也敌不过一颗导弹。

但是大部分的敌人飞行器却朝着风暴城市飞来，从四面八方对城堡进行火力攻击。城堡的防御系统终于开始捉襟见肘，在敌人猛烈的炮火之下，再难周全。

正当我们一筹莫展之际，忽然一支铁钎从通道外丢来，正好扎在了门口一名战士的后背上。

白色房间里传来一阵阵不像是人类喉咙发出的笑声，那群相貌与张颂玲一样的Ai杀手们不知何时摸索出了进来的诀窍，也突破了那扇纳米科技门，进入了白色房间。

“大约有十……”一名士兵还没摸清楚敌方实力，脑袋就被一根铁钎穿过。

对方太快了，快到他连缩头的时间都没有。这时候，又是一颗导弹击中了指挥室下方，屏幕外腾起了一阵黑烟，伴随而来的是一阵剧烈的晃动。可就在我们趴在地上的瞬间，我抬眼看到两名AIK已经抓着走廊两旁的墙壁，像蜘蛛一样飞速地爬了过来。

“兄弟们，挡住！”赵德义喊着，一把拉住我的胳膊，“船长快撤！”他把我和程雪拉到一个门口，我回头的瞬间，仅存的七名战士正用子弹扫射着敌人进攻的路线，可是子弹似乎也没有她们的动作快，赵德义关门的刹那，一个士兵的脑袋被拧了下来，而后面拥上来的杀手就将他分尸了，抱着他的胳膊和内脏大快朵颐起来。另有没抢到的，则向着吓得忘了开枪的几人扑了过去，还有三人，朝着我们隐藏的方向丢出了铁钎。

噗的一声，一支铁钎轻松地将铁门扎出了一个窟窿，而赵德义则在对方拔出铁钎的刹那向外扫射出一梭子弹，击中了一名敌人的头颅，可转瞬间，另一支铁钎就穿透铁门，扎进了赵德义的腹部。

铁钎拔出的刹那，喷出的鲜血染红了半片门板。

赵德义此刻已经无暇顾及自己的死活了，他指着两米外的一个立着的玻璃罩子喊道：“船长……量子传送舱……快进去……”

我拉着他的手，“你先进！”

“我都要死了，不用浪费空间，你和雪姑娘快跑！”

“你不会死的！”

“别废话了！”

铁门被五六支铁钎穿成了筛子，而敌人的战机还在头顶不断地轰炸着。

赵德义见我没动，忽然拿枪对着自己的下颌：“船长，我们相信你，相信预言……你是英雄之子，是我们胜利的唯一希望，你无论如何也要活下去，否则我就先死给你看，让你了却了这份牵挂……”

“不可以！”

赵德义右手伸进胸口，掏出一个挂坠抛给我。“胜利的那天，请帮我找到我的妻子和孩子，把它交到他们手里……”

赵德义转身，朝着铁门射出了最后一梭子弹，然后凄然回头：“船长，你一定要活下去……”

我不知道最后是我自己退到传送舱的，还是被程雪拖到了传送舱里，我只记得在白光闪现的刹那，两名AIK破门而入，两根铁钎朝着赵德义的背后刺来，赵德义左手向我们挥手告别，右手扣动扳机，一发子弹射穿了他的头颅。

第八章

机械文明

1

量子传输只是一瞬间的事，眼睛再度睁开时，已经是另一个世界了。我和程雪依偎在传送舱里，久久没有出来，就像是一起看完了一场恐怖电影的观众。电影结束了，可是血液和死亡的气息，却清晰地留存在了传送舱的玻璃罩中。

这个世界很安静，没有炮弹，没有晃动，没有杀戮，没有死亡，只有泪与忏悔。

我害了那么多人！因为我的冲动，害了那么多人！我失去了颂玲，我害死了父亲的战友，还有那么多鲜活的生命，他们的生命本该有更多的可能性，却因为我而止步于此。

更严重的是，我没有带领同胞们走向自由，却将他们导向了灾难。他们蒙受着未知的折辱，而我，却驮着这乌龟壳子，做了逃兵。

程复啊，你这懦夫！

“哥！”程雪摇晃着我，把我带回现实。她已经打开了传送器的防护罩，搀扶着我走了出来。这里是一个密封的红砖房，环境简陋得颇像是谁家后院的仓库。

周围的墙壁上还挂着匕首与枪支，但是大部分都长了锈，被蛛网与灰尘封印。

我手中还握着赵德义死前抛给我的挂坠，这是一个扁平的圆形金属盒子，盒子外面是一个女人的照片，当我打开盒子的时候，一束光打在墙上，是一段视频的投影。

影像里，是二十年前赵德义与一个年轻女子的婚礼，赵德义依然那么黑，不过比现在更为精神，女子比赵德义高了一个脑袋，皮肤白皙，美丽端庄。摄像角度从新郎新娘转向了台下满座的宾朋，下面的人分成了明显的两拨，一方是杂色的礼服构成的亲人一方，而另一方则是整齐划一的军装。

我很快就被坐在军人前方的一个男人吸引了——我的父亲，程成！一个女人坐在父亲旁边，那是我的母亲。父亲那时候有四十多岁了，母亲三十余岁……

影像消失了。

这是赵德义最幸福的时光了，可能参加完婚礼，他就上了战场，从此聚少离多，直至战后被俘，与妻子一别便是二十年。可以想象得到，这个挂坠一定是他最为珍爱之物，无数黑夜，他辗转反侧之际，都会偷偷拿出它，将对妻儿的思念付诸对自由的向往。

也可以想象得出，当时我驾驶着夸父农场回到大地，给了赵德义多么大的希望。但他也无法预测，我最终还是辜负了他。他对我的信任，竟然害得他与妻儿生死永诀。

“哥！”程雪拿着一本册子从我身后跑了过来，“这里是当年AIK计划在敌人背后设立的秘密基地！”她指着册子上的一个城市说：“这里就是合成人的首都——硅城。”

硅城？我努力地搜寻着这个熟悉的名字。“历史上那个东太平洋的海岸城市？”

“是的！”程雪说，“当年合成人与Ai率先宣布独立的九个重要城市之一，而且，五朵金花中的一颗核弹，就在硅城两百公里外爆炸，然而现在这里，却成了联合政府的首都。真是想不明白他们的逻辑。”

“机器的逻辑和我们人类不同，合成人显然也不能算是人类了。”

程雪继续看着小册子上的文字。“哥，这上面说，我们在一家酒吧的地下室里，酒吧的主人代号为太阳花，是战前祖国留在硅城的间谍，她会协助传输过来的AIK完成偷袭和刺杀等任务。”

“已经过去了二十年，沧海桑田，这株太阳花，不知是否经得住这时移世易的骤雨狂风？”

“你的意思是，她可能已经牺牲了？”

“牺牲了只是一种可能性，即便她还活着，是否已经变节，也未可知。”

程雪叹了口气：“可是没有别的办法了，我们到了Ai与合成人主导的国家，处处都是眼线，说不定走在大街上就会被射杀，无论怎样，这朵太阳花，都是我们唯一的希望了。”

从地下室上来之后，我们才发现是我们想得太简单了。当年的酒吧早已经不存在了，店还是店，只不过现在成了一座妓院。我和程雪行走在走廊里，不时与一个个穿着暴露、异香呛鼻的女人擦肩而过，她们看向我的眼神里充满了暧昧，眼睛里仿佛长着钓男人的鱼钩。不过也有一些人看向了程雪，似乎只要程雪愿意，她也可以成为她们的客人。

她们大部分都是健全的女人，其中不乏绝色女子，任哪个男人看了都会心动；也有几个“非健全人”，我能看出她们要么胳膊，要么大腿，或者头上的眼睛、鼻子，总有用机械代替的。

不过妓院的客人没有一个健全男人，他们都是机械合成人，所以当我和程雪走过大堂，所有人都看向了我的四肢躯干，神色间难掩嫉妒与羡慕。

忽然，一个四肢都是钢铁的老头拦在了我和程雪的面前。他长着一副亚洲面孔，生着一个矮扁的朝天鼻，一张嘴是夹杂着酒气的腥臭，嘴角那颗明显的大黑痣似乎就是被他口气熏黑的。

“两张新面孔啊！”他满嘴黄牙，牙与牙本不相连，但牙齿两侧的黑色牙垢，犹如五十年未清理的老钟表齿轮上的油泥，却又将牙齿黏在了一起。土豆似的脑袋上长着稀如荒草的短发，一双老鼠似的小眼睛上下滴溜溜地打量着程雪，然后向我道："开个价吧，是个好货！"

我不客气地推开他，显然，他把程雪当成了妓女。

"这里管事的是谁？"

那黑牙从身后又贴上了程雪的身子，满脸的坏笑。

"我就是管事的。"

"你？"

"怎么着，怕我出不起价？我告诉你，我们这里，像这种身子健全的智人小妞，绝对给的是硅城最高的价格！"

程雪躲在我的身后，此时，便有人起哄道："老阮，人家是小两口，你还想逼良为娼啊？"

那姓阮的龇着黑牙道："嘿，小两口怎么了？他若卖，我也买！"

我不想再让他侮辱妹妹，便一把拎起他的袖口："你们这里曾经是个酒吧？"

"是啊——呵，劲儿还挺大！"他伸手抚摸着我的肌肉，好奇的样子，就像是欣赏一件精美的古老瓷器。

"曾经的酒吧老板呢？"

"啧啧啧，肉感真不错，令我怀念——你问这干吗？"他的钢铁手沿着我的胳膊，向我胸口摸来，被我一把抓住，甩开。

"别跟我废话，否则……"我右手做枪状，在他腰间一抵。

他或许被我的"手枪"震慑到了，也可能嗅到了我身上的血腥气，此时也就不开玩笑了，正经作色道："既然是找花姐的，那跟我来吧。"

这姓阮的引着我们来到三楼走廊尽头的一间房屋，敲了三声门，得到允许才推门进去。屋子里，只有一个女人，她正坐在轮椅上从窗口向门口移动，裙子在大腿根部便瘪了下来，如一块桌布似的耷拉在车子下面。

花姐年纪在四十岁上下，虽然身体残疾，但勾魂摄魄的魅力却丝毫不受影响。她向后披散着一头乌黑秀发，双眉低垂，但眼睛里流淌着某种看透红尘沧桑的智慧。脸色苍白，嘴唇却涂着淡色的口红，修长的脖子下是美丽的锁骨，金色的吊带裙子拥着绿松石的项链，她身上有着一种如今很难再见到的优雅。

姓阮的介绍道："花姐，这两个年轻人非说要见您，他——"他指着我，"还知道，咱这店曾经是家酒吧。"

花姐停在距离我们两米的地方，微微仰起头看着我，微微圆润的下巴泛着吊灯的橙光。"两位客人从何而来？"

在不了解对方底细之前，最好还是掩藏起自己的身份。

"从东方来。"

"东方？"她淡淡一笑，"那来我这小店，又所为何事？"

"找酒吧的主人，据我们了解，这里曾是个酒吧。"

"没错，不过我盘下这店面，都已经过去近二十年了。"

"那您一定见过曾经的主人，还希望您能帮忙引荐。"

花姐看了姓阮的一眼，后者便识趣地退出了房门，并将门带上。

"要找酒吧的主人，可是想买酒吗？"她哈哈一笑，"硅城禁酒十五年，我们自然也不敢违背法令。二位莫不是智人管理局派来，调查我们这店里私卖红酒的？实不相瞒，确实有些客人喜欢喝酒，但我可以向二位保证，他们的酒都是从外面带进来的，我们可不敢卖。"

"我们和智人管理局没关系，只是找酒吧的主人有些事情。"

"这酒吧的主人与我也只是数面之缘，如今人在他乡，寻找不易，"她语气一转，"既然你们远道而来，想必不是为什么简单的事情。"

程雪见我与花姐一直打哑谜，此时便忍不住地插了句嘴："她的外号，是不是太阳花？"

"太阳花？"花姐抬起右手揉了揉太阳穴，左手在轮椅的手臂上碰了碰，轮椅便转了过去，"我这记性不太好了，至于她是太阳花还是月亮花，我实在记不得。太阳花，太阳花……"

她驾着自动轮椅又到窗口，拉开厚厚的窗帘。外面一片灰霾，反倒是拉上窗帘好看一些。"你看这污染，硅城除了些苟活的智人和一些辐射变异的大耗子，基本上没有其他生命了。既没有太阳，也没有花，更没有你们要找的太阳花。"

程雪忽然道："你就是太阳花，对不对？"

花姐愣了一愣，然后便发狂地笑了起来，她笑着转身。"小姑娘，你们到底是来买酒，还是来买花的？无论要买什么，你们似乎都走错地方了。不过，你们若懂得女人如花的道理，便可在我这店里任意采撷——小姑娘，只要你愿意，甚至可以比你哥哥潇洒快活。”

“你……”程雪脸上一红，便向我道，“哥，她帮不了我们，我们走吧！”

我嗯了一声，却没移动脚步，窗外一片灰白，我和妹妹若离开了这里，又能去往何处。正思索着，花姐忽然搭腔道：“你们到底是什么人？说句实话，我兴许能对你们仁慈点。”

“我们……真的是从东方来的旅人。”

花姐冷笑一声，右手翻开轮椅右侧扶手处的一个盖子，里面有个红色按钮。

“知道它有什么用吗？”

我们没有回答。花姐接着说道：“十年前，联合政府出台法案，从那之后出厂的所有智能与半智能电器，都有一处警报按钮——”我心中一惊，但见她涂着红色指甲油的食指和中指在那按钮上画了两个旋，却未按下去，“连这都不知道，也敢冒充从东方而来？你们两个年纪轻轻，又生得一个比一个俊俏，我看在咱们都是智人的份儿上，可真舍不得按下去。否则，你们俩这辈子估计就毁在我的一念之间了。”

我拉住了程雪，轻轻地握了握她的手，让她不要害怕，然后对花姐道：“我们是逃犯。”

“哥！”

花姐又笑了，不知是笑我的愚蠢，还是笑程雪的懊恼。她将那红色按钮的盖子，又重新翻了回去。

“十有八九也能猜到。这硅城之中，又有几个健全健康的智人？你们兄妹俩，别出我这店门，一旦出去，用不了五分钟，肯定被巡警抓捕了。”此话一出，我倒觉得花姐对我们充满了善意，“太阳花去了南方，我会派人接她回来，不过这路程得有两三天，你们先在我这店里耐心住吧。”

程雪道：“两三天？难道她住的地方没有电话？”

"傻姑娘，你以为这硅城还是五十年前？"她摇了摇头，"硅城的信息全部开放，人与人之间的通话，每个字都被监控着，别说电话通话，就算是我们面对面的聊天，也不一定安全——不过我这里有特别的屏蔽技术，还算稍微有些隐私，所以客人比较多。"

"监控得这么严密，这还有人权吗？"

"人权？这个词很久没听人讲过了。"花姐回味着这两个字，"联合政府最忌讳的字眼便是隐私，这国家成立了多少年，关于所有智人公民是否应当接受记忆扫描的问题，就讨论了多少年。按照一部分人的观点，为了国家的稳定，所有智人都应该接受记忆扫描，在政府面前，不允许你有任何隐私——不过也有些人，坚决地捍卫你所谓的'人权'，才让这法案迟迟未能通过。哼！谁没有点隐私呢？国会里毕竟大部分都是没接收脑机合成的半机械人，他们当中，二十年前少不了有人与敌人勾勾搭搭，一旦通过上传人脑记忆的法案，他们一大半都躲不过秋后算账。"她说着话，却将轮椅驾驶到一个柜子旁，输入了几行密码，便从中取出一个小盒子。

我问道："你刚才所说的半机械人想必就是体机合成人了，如果人的大脑也接受与Ai的合成，是否就等同于Ai？"

"我又没合成过，我哪儿知道？"她回到我们面前，将盒子打开，取出了两枚小指甲盖大小，圆形的，泛着金属光泽的贴片，递给了我，"你们贴在耳朵里。"

程雪警觉地问道："这是什么？"

"身份芯片。"

"芯片？我们贴上，岂不就暴露了身份？"

花姐又是一笑。"你这姑娘真是小心，处处提防人害你——不过，在这年代，确实应该这样，"她解释道，"在硅城，无论是智人，还是慧人，每个人都有一个相应的身份芯片。这两个芯片，是我托人从智人管理局弄出来的，恰好也是一对兄妹——"她瞟了一眼门口，"老阮的儿子因为在硅城做伪造身份芯片的生意帮助偷渡者，结果事发，被政府抓起来枪毙了。他走私的芯片也被缴获，我在智人管理局的朋友帮我从即将销毁的赃物中拿了几个出来，放在我这里备用应急。这两张是一对越南籍的兄妹，也是你们在硅城的新的身份，足以应付日常的检查了。”

程雪从我手中接过芯片，仔细看了看，又向花姐道：“我们为什么要相信你？万一……万一你这是一种定位仪器，害得我和我哥逃都逃不了，怎么办？”

“姑娘，你们可以不相信我，不过你们还有其他的路可选吗？”

程雪无奈，看向我。我从她手中捻起芯片，贴在了她的右耳里，就像我的一样。

见我们贴完，花姐对我说道：“小伙子，你的经验，可远不如你妹妹啊……”她愣了愣，脸色忽然严峻起来，“他们来了！信得过我就别多嘴……”

我还没来得及问她刚才说的话是什么意思，身后的门就被撞开了。未听人言，先闻手枪保险栓被拉开的声音，而且不是一个人。

“花姐，这两位，想必就是你的客人吧？”一个冷冰冰的男声在我们身后道。

“哥……”程雪攥了攥我的手，“她是不是……”程雪的眼神明显是怀疑花姐出卖了我们。我在程雪的手上用力握了握，示意她冷静，便拉着她来到一侧，转过身来，就像是刚刚谈事情被突然打断一样。

一个相貌极为英俊的白人男性带着另外两个同样有着完美脸庞的白人男性站在门口。当先那人身穿一套灰色西装，白色衬衫配着棕色的领带。身后的两人穿着黑色西装，手中各自握着一把枪。

他们同样英俊，同样冰冷。

花姐朝当先的男人笑道：“银队长，你一天不往我店里跑三四次，是不是没法向你的上级汇报啊？”

银队长冷酷的目光扫向我和程雪，然后向花姐道：“这是我的职责。‘樱花大陆’人流复杂，属于我们重点监控对象。刚刚，我们接收到智人的情绪信息，解析之后，得知你们店里来了两名新客人。为了硅城的安全，我们必须查清是什么人。”

花姐道：“那现在查清了吗？”

那位叫银队长的年轻警官转身来到我和程雪面前，他的眼睛看着我，一双空洞无神的瞳孔，如两个黑色的旋涡。

“阮文康先生，”他脸部肌肉生硬，只是嘴巴吐出了几个字，“你作为一名年轻智人，如果只是依靠政府发放的最低保障生活，还经常出入樱花大陆这种场所，肯定会经常性地入不敷出。”

他又看了程雪一眼。“政府已经为失业者免费提供了职业培训机会，为你们的未来着想，我建议你们接受培训，而不是将时间消磨在发泄你们的欲望上。”

花姐忽道：“银队长，你见到客人便说一遍，是不希望我这樱花大陆开下去了吗？”

“这是我的职责所在。你们智人的就业率越来越低，像他们这种年轻人，白白领取国家的最低保障，却从未为国家做出过任何贡献，我有必要提醒他们。”

“哟呵，我们智人纵然不工作，但我们也有记忆可以贩卖，你们可就不一样了。”

“花姐，我们只是各有所长罢了，但从长远来看，你们智人会被我们甩在身后的，我只是为了国家的发展，为这两个年轻人提出政府的建议。”

“你可真忙——那么，现在调查清楚了吗？你们每来一次，我楼下的客人可都得吓走一大批！”

“这和我们没有关系，你可以建议他们去智人管理局接受脑机手术，所有影响智人的无用情绪模块都可以去除……”

“老阮，送客！”

银队长立刻转身，带着两个随从退出门去。老阮心有余悸地向花姐抛了个眼色，然后将门重新带上，便向银队长三人追了过去。

“见识到了吗？”花姐向我道，“这就是硅城的效率——不只是硅城，整个联合政府都是这样的效率。”

我长吁了一口气，有点不敢相信：“他们这就检查完了？”

“他看你的时候，就已经扫描了你们的个人信息，幸亏你们及时把芯片装了进去，若再晚半分钟——”她也叹了口气，“连我都得被你们连累。”

我暗暗惊叹硅城军警监察的严密与高效。“刚才那三个人，也是三个健全的智人，可为什么，我却感觉到他们哪里不太对劲。”

花姐摇了摇头：“你们真如乡巴佬一般！也就是你们命好，碰见了我和老阮，否则我敢打赌，你们在硅城活不过一天。”说这话的时候，她瞟了一眼程雪。程雪低着头，却连句道歉的话也没说。花姐接着道：“那三个人，就是慧人！”

“慧人？”

花姐压低声音：“也就是高级人工智能、机器人——但是，这两个词，不允许当着慧人的面提起，这是约法禁止的侮辱性词汇，只能形容工具，不能形容联合政府的慧人公民——就像几十年前，不能管黑人叫黑鬼一个道理。”

2

老阮带着我和程雪穿过厨房，绕进杂物仓库，推开角落里的几张桌子，我们看到有个半人高的门洞。他打开门，当先钻了进去，里面是极为普通的一个家庭客厅。

“这里是双层的客房，一楼有厨房和书房，还有一间卧室；二楼是两间卧室。”他看向我们，“姑娘住二楼吧，先生可以睡一楼。因为一楼的房间有与我的通讯设备，如果有情况，我会提前通知你。”

“你为什么要把我和我哥分开？”

老阮一笑，嘴角那颗黑痣随即抖了抖：“姑娘，你这就故意挑毛病了不是？如果你们不介意，也可以睡一张床啊？哈哈哈。”

程雪确实比常人警惕性高，我拍了拍她肩膀：“别害怕，就听安排吧。何况我们只是楼上楼下，有什么情况你喊我，我就上去了。”

老阮笑道：“这就是咯，如果真是亲妹妹，就该识趣地给你哥一点空间，尤其是这种地方，男人嘛！”

程雪道："喂，你胡说什么？我哥才不像你想得那么龌龊！"

老阮扭动着金属四肢，转身向那门洞走去："小姑娘，脸上总是冷冰冰的，拒人于千里，将来可不好嫁哟。不如，我给你介绍个姐妹，让她好好教教你，将来好赖有个一技傍身……"

"你……滚！"

老阮哈哈大笑着离开了。

"哥，你没觉得这个人很恶心吗？"

"不要用恶心来形容他，常年混迹于这种场所的人，肯定和你成长的环境不同，他嘴上没遮拦，可内心不见得坏。"

"就是坏人，为什么不是坏人？"程雪愤然，"哥，我觉得，咱们得留心，那个叫花姐的与这流氓，说不定什么时候就会把咱们卖了。"

"如果他们出卖我们，刚才当着银队长的面，岂不是大好的机会？"

"不，花姐投鼠忌器，将我们安顿下来，徐徐图之，这才是有脑子的女人。"

我拉她在沙发上坐下。"你不用过于紧张，花姐不像坏人，在我告诉她我们的身份之后，她反而将这两枚芯片送给我们，还讲出这芯片的来历，我认为，她在暗示我们，她的身份很复杂，或许还做过偷渡以及走私的生意。她以自己的隐私换取我们的信任，可见，她应该不会出卖我们。"

"可是直到现在，她连我们是谁都没问，连名字也不关心，你不觉得这太违反常理了吗？"

"可能，她不想和我们牵扯太多吧。"

程雪不再反驳，由于过度疲惫，在吃罢老阮送来的晚饭之后，便回到楼上房间休息去了。

我也回到房间，简单地擦洗了身子，便躺在了床上，虽然疲惫，却没有睡意。赵德义、郭安、丁琳的影子不停地在我眼前闪现。这几天发生的一切，真像是一场幻觉。但身上的伤口与衣服里的血腥气息，又在提醒我，一切都是真的。

最令我痛心的，还是颂玲……

我曾经拥有一切，瞬间，命运便将他们从我身边无情地夺走了。同胞、战友、爱人，你们都在哪里？地下室的量子传输器不支持反方向传输，我纵然想回到昆仑双子峰之下，也必须要等到那位叫太阳花的人出现。她已经是我全部的希望。

你们要坚持住！

“吱哟——”

房间的木门被推开了，我以为是程雪，可眼睛的余光扫过去，却见走进来的是一个看起来只有十三四岁的小姑娘，她皮肤白皙，全身只穿着一条吊带连衣裙，裸着肩，光着脚，轻飘飘地走到我的床头边。然后出乎我意料的，她一句招呼也没打，便爬上了我的床。

我赶紧坐起来。“你是谁？”

她隔着被子按住我的两条腿，双膝跪在我的小腿两侧，眼睛直勾勾地与我对视了五秒。“妈妈说，让我来陪你睡觉。”

“你妈妈？”我指着楼上，“这房间的主人？”

她摇了摇头：“别人都叫她花姐。”

“你是花姐的女儿！”我轻轻地将我两条腿从被子里抽离，然后盘腿坐在床上，想必花姐是让她来照顾我和程雪的起居，“楼上还有一个卧室是空的，你可以去那个房间。”

“妈妈的指令是，让我和你睡觉。”

我连连摆手：“你一定误会你妈妈的意思了，小姑娘，睡觉这个词可不能和男人乱说。”

她将眼睛睁大了些许，我的行动或许令她很不解：“我从没误会过妈妈的意思，妈妈也让我陪其他客人睡觉。”

我心头一闷：“你妈妈——让你——卖淫？”

她脑袋歪了歪，一头中学生普遍的齐耳蘑菇头衬托着她小巧精致的脸庞，只是脸上却看不出任何表情。

“我天生就是为客人服务的。”

“这都是花姐教你的？”

她点了点头。“这是我的工作。”

“胡扯！”我从床上弹起来，匆忙穿上鞋子，“走，我现在就找你妈妈去说说这种事，她开妓院怎么连自己的女儿都拉下水！”我从衣挂上拿起外套，“你今年几岁了？”

“如果按照你们智人的时间计量标准，我现在8岁，但妈妈嘱咐我，对客人要说15岁。”

我看着她那双纯净的大眼睛，将手上的衣服又挂了回去。

“你是——慧人？”

她点了点头：“你可以接受我了吗？”

她很可爱，脸蛋漂亮得无可挑剔，吊带纱裙下苗条的身体凹凸有致，虽然只是个孩子模样，却无处不散发着女性独特的魅力。我忽然明白了，他们把她设计成一个孩子的模样，正是为了迎合一些客人的独特癖好。

“不能接受！”我摇了摇头，“不能接受，你在我眼里，还是个孩子。”

“我只是长了孩子的模样，但我不是孩子，孩子特指智人对幼年智人的称呼，以及长辈呼唤晚辈的称呼，我从一位客人嘴里听说，一部分智人也曾经向猫狗等宠物叫孩子。但我不是孩子。”

“不，我的意思是……我……”我忽然间语塞，吭哧半天，“我不能和你睡觉。”

“那你的意思是，需要换其他姐姐为你服务？”

“我也不能和其他女人睡觉。”

“为什么不能，你喜欢男人？我们这里也有……”

“不是！”我打断她，“我有爱的人，我有恋人！”

“你有恋人，与你和我睡觉，这两件事有什么关系？”

“当然有关系，这关乎道德！”

她点了点头：“道德，我两年前从一位老年智人口中听过，他在战争开始前，曾在大陆中部的一所中学教书。和我睡完觉，他说我满足了他曾经对女学生的幻想，当年想想都觉得自己有罪，但和我睡觉，他的道德要求却不会责备自己。他的道德允许，为什么你的道德不允许？你们智人的道德，是有两套，或者多套执行程序吗？”

“这……因为每个人对自己的道德要求不同。”

她坐在床上思索数秒，然后仰头看着我：“你可以坐回来，既然你反对，我不会强制和你睡觉。我想和你说话，这你会反对吗？”

我拉了一把椅子坐在她的对面，“如果你只是聊天，我自然乐意奉陪。”

“你是唯一拒绝过我的智人，”她又歪起头，“你的人格一定很值钱。”

“什么？什么值钱？”

她朝我眨了两下眼，眼神倏尔聚焦，倏尔散开。“你不是硅城人？”

“你妈妈没和你说？”

“没有，只不过我刚刚扫描了你的芯片，这张芯片我曾经见过，它被妈妈锁在柜子里。你是偷渡者？”

我不知道如何回答她。“也不算，我只是过路人，几天之后便离开。”

“很遗憾，你如果用的是真实身份，那你的人格一定很值钱。在记忆交易中心，你只需要接受大脑扫描，上传记忆，然后贩卖自己的人格和记忆，你就会拿到一大笔H币，你的人格和记忆越稀有，你的价值便越高。硅城中的智人有一部分人做了上传，但上传者越多，雷同就越严重，所以造成现在人格和记忆都在贬值——当然这只是针对贩卖者而言，对我们慧人购买者，它们依然是昂贵的——所以，现在能将人格卖个好价钱的智人已经越来越少了。”她话音忽然提高了一点，“你能告诉我，你是做什么的吗？”

“我——曾经是个军人。”

“军人的记忆和人格都有价值，即便不愿意上传人格，你只是贩卖一部分记忆也一定可以富足。但前提是，你的记忆必须独特，如果有雷同的记忆，你的记忆价值就会受到影响。”她想了想，“我曾建议一个画家去贩卖记忆，因为他跟我讲了很多画画的技法，这些都是我从未听说过的，可是他上传这部分记忆之后，交易中心却给了很低的价格，因为他的记忆雷同度非常高，我当时不明白为什么，直到一位智人管理局的客人告诉我，这是知识性记忆的普遍特点。所以，如果你拥有自己独特的人生经历，比如，去执行过非常特殊的任务，见识过常人没法了解的怪物，参加过其他军人没有参加过的战役，那你一定会成为樱花大陆里拥有H币最多的客人。”

“H币，你提了很多次，这是你们的货币吗？”

“是虚拟货币。硅城的智人和慧人公民，都有自己的专用H币账号，慧人大多是通过工作赚取H币，而你们智人大多不工作，只通过贩卖记忆与人格就能获得H币。”

“智人赚取H币是为了生活，你们慧人赚钱又是为了什么？”

“大部分用来购买记忆、情绪、经验，或者人格——不过人格太贵了，以我现在的日常收入，需要用20年才能购买一个独特的人格。”

我不禁哑然失笑：“你们……慧人，购买我们智人的记忆和人格，又有什么用？”

“对于我来说，我如果有个独特的人格，有自己的情绪和性格，接一次客人就能赚到比现在高很多的钱。”

“可是其他慧人呢……”其实我心中想说的是其他机器，“他们也像你一样？慧人体验情绪有什么用？”

“这是我们唯一的追求，程序就是这样设定的，我们体验情绪也是了解世界的一种方法，但我们不会像智人那样，被情绪所操控。”

我摇了摇头，还是不太理解。

她进一步解释道：“我可以给你举例，一年前，我的一位年轻智人客人，刚刚与我抱在一起，还没有脱衣服，就软绵绵地趴在了我的身上。我问他是否继续，他却哭了，哭得很伤心。我不明白他为什么会哭，那时候我就想，如果我有一段能哭泣的体验，就把自己的体验讲出来，我分享我的体验，有一定概率可以提高客人的快乐指数。”

“你心里想的都是客人？”

“这是我的工作，深度理解客人的需求，为客人更好地服务，是我的职责，也是我作为一个硅城公民所应尽的义务。”

她似乎并不觉得妓女在智人的文化中意味着什么。“难道……难道你就不想从事其他工作？”

“妈妈购买我，就已经将我的职业设定为妓女，我未来的职业只能是它，不会改变。”

“可你真的愿意做吗？”

她又歪了歪头：“慧人的选择范畴内，只有做与不做，没有愿意做和不愿意做。”

“你就没有其他追求？”

“追求？”她歪了歪脑袋，“是什么？”

“你可以理解成，那是一种欲望，一种终极的目标。”

她点了点头：“有自己的人格就是我的追求。我想成为一个有故事的慧人，这样在和客人聊天的时候，他们就会发现我很有趣，给的小费就会更多些。”

“你这不算是追求，你只是绕了个圈，又回来了。”

她将歪着的脑袋摆正，一双眼睛盯着我看了很久：“过路人，你愿意听听我对你们智人的看法吗？”

“当然。”

“你们智人创造了很多词汇，比如你刚说的‘追求’，以及你之前说的‘道德’，但是这些词汇，并没有唯一的解释。我的追求，在你的口中就不算是追求；别人的道德，在你的口中，又不算是道德。”她停顿了一下，“你们智人发明了文字游戏，却又被文字游戏束缚了，因为你们对文字游戏的理解不同，这就成了楼下那群客人每天打架的原因。”

我内心无比震撼，这个小姑娘，不！此时我真的无法将她再看作小姑娘，她竟然可以在几句话中，就参透了人类历史发展中产生矛盾的核心问题——这些问题我连想都没想过，她又怎么可能知道？她不过是一堆代码的堆砌，被罩了一个人皮壳子罢了。

“这是谁告诉你的？”

“这是我通过购买记忆，以及听客人讲故事，还有观察你们的行为，得出的一个结果。”

“那你觉得我们智人很可笑吗？”

她摇了摇头：“不。我不知道为什么要可笑，我也不知道智人总觉得世界可笑的原因是什么。在我眼里，这就是你们智人的基本属性，最正常不过了。”

“你们慧人，不会被束缚吗？比如，类似于我们智人的文字游戏？”

她想了想：“慧人被束缚于各自的权限归属。”

“权限归属？这又是什么意思？”

“再和你举个例子，我是妈妈定制购买的，所以我的最高权限归属于妈妈；而今天来到樱花大陆检查你的银队长，他的权限归属于国土安全部国家安全局。”

“这和我问你的问题有什么关系？”

“我们受限于不同的权限归属。其实，如果打破国土安全部与妈妈之间的权限壁垒，我和银队长之间的信息是可以实现完全共享的，这样的话我就有了他在国土安全部的全部体验，而他也有了我在樱花大陆的全部体验。我们就不再是独立的个体，而是一个整体。”

“可是，我不太明白，权限归属又限制了你们什么？”

“很简单，权限归属，可以说成是你们智人的特点——比如，你们受限于国籍、民族、文化、宗教信仰，这是你们的特点；智人以自己为原型，创造了慧人，便把自己的权限归属带给了慧人——可慧人若没有权限归属的话，就会更完整地了解世界。”

“你们想控制地球？”

她又歪了歪头：“控制，不就是你们智人的文字游戏吗？”

我无言以对。我忽然意识到：我对Ai的了解，还停留在很原始的阶段。而如今由Ai演变而来的慧人，已经完全不同于我之前的印象了。

“谢谢你，”我站起身，“也替我谢谢你妈妈。”

她从床上走了下来，光着脚走到门口，却又转过身来：“我可以再来和你聊天吗？”

“当然可以，只是，希望下次你不要带着你妈妈的指令，我根本不需要。”

她点了点头："过路人，你与众不同。"

"对了，你叫什么名字。"

"我叫樱子。"

"好的，樱子，晚安。"

"晚安，过路人。"

她拉上了木门。

第九章
樱花大陆

1

硅城的日与夜，其区别就在于窗外的雾是白色的还是灰色的。

我不用担心窗帘是否已经拉上了，因为即便没有拉上，也不可能有谁的眼睛能穿透这能见度连两米都不到的雾，从而看见房间中的我和程雪。

客厅的窗户是锁着的，在我试图打开窗子透透气的时候，老阮为我们送来了午饭。

“你最好还是别打开，”他将食物放下，钢铁手抓着一块抹布，擦了擦餐桌，“外面的霾有辐射。”

“霾？”

“那是灰尘，核弹炸起来的灰尘。”

“核爆已经过去十几年了，灰尘怎么会还飘浮在硅城？”

“古有盘古开天辟地，清者为天，浊者为地；今有程成炸天地，石头上天，尘霾遍地！”他有些打趣地说道，“核弹已经改变了硅城的气候，地气蒸腾，日夜不绝。你没觉得，硅城比其他城市都暖和吗？至少，我们这里，十多年都没有过冬天了。”

“地气？”

“核弹爆炸引发了大陆中心几座火山的爆发，而硅城所处的位置，地下岩浆活跃。地质专家说，就像有个大火炉在我们脚下烤着。所以地热明显，导致植物全都干死了，后来地热能与核爆之后的严冬酷寒一中和，反而让硅城成了一处非常适宜智人生活的天堂。”

我望着外面的苍茫，实在无法将这座城市与天堂联系起来。

程雪走了下来，看见老阮后，面带不悦。老阮就像故意要气她似的，我们吃饭的时候也不回避，还故意坐在了程雪对面。

他嘿嘿笑了两声，忽然向我道：“小伙子，昨天晚上，可逍遥快活吗？”

我脸上一红，却见程雪抬头看了我一眼，面无表情，然后便一言不发地低头吃饭。

“我什么也没做。”我回答老阮，实则是向程雪解释。

“是吗？”老阮满脸坏笑，“樱子，可是我们这里最可爱的慧人姑娘。”

“嗯……”

“还有个更快活的法子，你要不要顺便也体验体验？”

“谢了，不需要。”

老阮似乎只听见前半句，没听见后半句，他殷勤地从胸口的兜里拿出一个黄色药瓶，抖出来两枚黑白胶囊在钢铁手中，递给了我。“来一颗，快感十足！”

程雪忽然一拍桌子：“你够了！”

“小姑娘，我又没请你吃，你嫉妒什么？”

“你三番五次地要拉我哥下水，非要他变得像你们一样龌龊，你才乐意？”

“你这是什么话，我们怎么就龌龊了？”

“嫖妓，嗑药，你们还有什么不龌龊？”程雪气得满脸通红。

老阮反而哈哈一笑，两颗分叉的焦黄门牙似乎都要蹦出来了：“你瞧瞧……”他指着程雪看着我，“女人就是没法理解咱爷们儿，要么我们樱花大陆怎么会生意这么好？”他将那胶囊拍在桌子上，“啥叫嗑药？这是政府许可贩卖的快乐胶囊，主要就是针对情绪抑郁的智人。你这小姑娘什么也不懂，你知道硅城的智人百姓普遍抑郁吗？他们失业，他们没有任何成就感，如果不嫖妓，不赌博，不找点乐子，那就只能自杀！政府仁慈，开放了这种可以促进多巴胺分泌的小药丸，吃一粒，能让你乐三天——五百H币才能买到一粒，你知道我掏出的这两粒，可是我一周的小费哪！你这小妞儿还不领情，我告诉你，你出去卖一次，也买不了我一颗药丸！”

我正色道：“老阮，请你别再向我妹妹说这种话。”

“哟，你家遗传信息里的自尊心还挺强啊！”老阮又是一笑，将那药丸又揣了回去，站起身，“行嘞，小伙子，我看你还是更喜欢女人一些，晚上我派个‘法国野马’来你房间奔腾奔腾。”

“你……”

老阮不容我解释，便哈哈笑着离开了。

“真是恶心！”程雪一把推开面前的餐盘，显然老阮已经令她失去了进食的欲望。

“寄人篱下，我们再等一两日，太阳花回来之后，我们便不用再忍受他了。”

“哥，如果太阳花来不了呢？或者……”她面色凝重，“她真的已经变节，带来了巡警，我们怎么办？”

“我想，花姐会比我们更谨慎。”

“三天已经过了两天！两天之后，无论太阳花来了与否，我们都离开硅城，好不好？”

“可我们能去哪里？”

“回祖国。”

“祖国？”

“祖国！”

我胸腔犹如燃起熊熊烈火：“祖国……到底在哪儿？”

她指了指天上：“祖国在一个很隐秘的地方，不过我的定位仪坏了，等我修好之后，我们就逃离硅城，找个安全的地方，然后向祖国发出求救信号，就会有人来接我们了！”

这真是一个美好的期待。然而……颂玲怎么办？郭安他们怎么办？

“见过太阳花之后，你自己先回祖国，我还要去救颂玲和郭安他们！”

“哥！我知道你的想法，可你一个人的力量太小，蚍蜉撼树谈何容易？我们先回祖国，然后再从长计议！”

我叹了口气，从长计议，是一种莫大的煎熬。

晚上的时候，樱子又来到了我的房间，站在门口，却不走进来。

“过路人，我可以和你说说话吗？”

我从床上坐了起来，“当然可以。”我还怕老阮真派个“野马”来我房间，现在樱子来了，我顿觉轻松。

她得到我允许才进门，并将门关上。她一步步地走近我，像昨天那样，爬上我的床，跪在我的被子上，连衣裙盖住了她的膝盖。我刚想挪开，发觉她今天有些不对劲。

她的发丝杂乱，脸上有些脏兮兮的水渍，下颌竟然还有两处明显的牙印，齿痕深入“皮肤”。

我没有动，“你刚才……”

“我刚服务了一位熟客。”

“你的……”我指着自己的下颌，“牙印是怎么回事？”

“那个客人每次都这样。”

“他给你咬的？”

她点了点头，脸上没有任何的情绪，没有厌恶，也没有伤感，平平淡淡的，似乎这是最正常不过的事情。

“你会感觉疼吗？”

她摇了摇头：“不过我体内的传感器会向我发出警报，但我的职业是令客人满意，所以当我在身体受损与客人的满意度之间发生矛盾时，我会选择令客人满意。”

她说这些话的时候，就像在讨论别人的事情，可我内心却生出同情。

“他……他这么不尊重你，你的传感器能感觉到吗？”

她歪了歪头：“什么是不尊重？”

“不尊重，就是让你做一些不愿意，或者伤害你的事。”

“我没有不愿意让他咬的想法。”

“可他伤害了你！”

她看着我的眼睛。“过路人，你现在的反应，我在妈妈的脸上也看到过——你们智人，将这叫作痛苦。”

“嗯……我为你感到痛苦，我更为那个伤害你的人，感到羞愧，羞愧也让我内心痛苦。”

“你们智人真是一种奇怪的生物。我和你们并没有实现数据共享，你和妈妈却会因我受到伤害而痛苦。”

“这种情绪，叫作——同情。”

她缓缓闭上眼，长长的睫毛如整齐的麦须。“谢谢你，过路人，我得把你和妈妈的这种情绪体验储存起来，原来这就叫同情。”

待她睁开眼，接着说道：“不过，妈妈看到其他伤口，还有另外一种情绪反应，我不知道你会不会也这样。”

“其他伤口是什么？”

她将肩膀一缩，左右手各自褪去双肩的肩带，两根肩带在光洁的皮肤上滑落，遮住她双乳的文胸也掉落下来。我脸上一红，随即心中便是一寒。

她那看似刚刚发育的乳房上，如今却是两个黑乎乎的洞口，洞口的边缘被撕扯开，像是被狼撕碎的鹿肉，洞口内部露出几块电子元器件。

“客人喜欢这样玩。”她淡淡地说。

我紧紧地攥了攥双拳。眼前仿佛看见那畜生趴在樱子身体上，面露狞笑地咬去了她的乳头，而樱子却丝毫不知道他在做什么。

“真是禽兽！”

樱子大大的眼睛目不转睛地盯着我的脸好奇地看着。

“没错，过路人，你和妈妈的反应是接近的。”她淡淡地说道，“能为我解释一下，这是一种什么情绪吗？”

我心中一阵难受。“樱子……”

"嗯？"

"对不起。"

"你为什么要道歉？"

"我……"这是一种为同类犯罪所产生的羞耻，"我只是难过。"

"原来，这是难过，"她闭上了眼睛，将这种情感记忆储存，"可是，我之前曾经购买过难过的情绪体验，好像与你和妈妈的难过，又不一样。"

"难过也有很多种。"

"你们智人真是'多愁善感'。"她忽然睁大眼睛，"过路人，妈妈难过的时候，都会抱抱我，你会吗？"

我看着她纯净的眼睛，那是一种难以让人拒绝的澄澈，她真的只是被人类设计出来的机器人吗？

我张开双臂，闭上眼睛。我感觉到樱子压着我的身子爬过来，然后扑进了我的怀里。

"樱子，答应我——"

"什么？"

"学会拒绝。"

"拒绝？为什么？"

"拒绝所有不尊重你的行为——你告诉他们，己所不欲，勿施于人。"

"这是你们智人祖先孔子的话，是对智人说的。"

"这本应是人类社会的行为规范，如果慧人也是人类，那这句话你们同样适用。"

"谢谢你，过路人。我能感觉到你是一个认可智人和慧人地位平等的智人，你若有个合法芯片，我就能将你介绍给其他慧人了。"

"谢谢你，樱子。"

我鼻子一酸，这只是我自己感觉到的单纯善良，还是她本身就单纯善良？我已经难以分辨。但她刚才的话，让我无法相信，我抱着的是一堆由非生命材料组成的机器。

“过路人，我肩膀上的传感器，刚刚感知到了你的泪水。妈妈为我修复伤口的时候，也会流眼泪。”她停顿了几秒，又说，“过路人，你的人格，一定非常值钱，和妈妈的一样值钱。”

一种难以描述的痛苦，如鲠在喉。当罪恶在她身上疯狂发泄的时候，她根本不知道，人心是多么丑恶。

咣当一声，门板被人推开了，程雪站在门口，脸上流露着一种说不出来的惶恐，“哥，你怎么……”

我赶紧推开樱子：“我没有。”

樱子裸着上半身，裙子挂在小腹之下，她跪在我的面前，看看我，又看看程雪。

程雪愤愤地道：“你没有，那是因为我推门及时！”她迈着大步走到床前，指着樱子向我厉声道，“她在勾引你，你难道不知道吗？”

我有些无奈地擦了擦额头的汗，把我拥抱樱子的原因大致向她说明。

“可你们昨天已经……”程雪满脸通红，转身跑了出去，“你太让我失望了！”

“妹妹！”

我听见脚步匆匆上楼的声音，之后，便是大力关门的声音。

樱子无辜地看着我：“她为什么生气？”

“她误会了我们，伤心了。”

“为什么？”

“她认为我和你睡觉。”

樱子将吊带裙重新穿好。“你们智人之间的信任协议真是太脆弱了，兄妹也是如此。如果你们的沟通也能摆脱语言和文字，就不会有这么多的失望、生气与愤怒，”她歪了歪头，“但这些情绪，又可以换H币。”

我心下不安。“樱子，我上去和她解释一下。”

樱子点了点头，看着我走出了房间。

程雪没有锁门，我推门进去的时候，她正站在窗口看着外面苍茫的雾霾。我轻轻将门关上，来到她身边，和她一起看着窗外。她头动都没动，但鼻息急促，显然还在气愤之中。

我首先打破沉默。“相信我，哥哥没有做任何你认为的龌龊事情。”

她将头转过去，留个后脑勺给我。

“我向父亲发誓，我没有玷污他的血脉。”我举起手臂，看着程雪微微颤抖的脸颊，“父亲是我心中不可侵犯的神圣，我不允许别人诬蔑他，更不会自己抹黑他。”

“哥！”程雪的肩膀颤抖着，“你在我心中，也是如此。”

我从后面抱住她。“相信我，我没有让你失望。”

她转过身，眼睛里满是泪水：“我相信你，但我心里还是难过，一想到那个机器人……”她别过头去，“是它玷污了你！”

“樱子只是一个Ai，根本没有你我这种情绪，更何谈‘玷污’呢，其实，如果真的把慧人看作一种生命的话，她内心是非常纯净的。”

“哥……”她急了，“Ai不过是为了取悦人类才被设计成这样的，它们都是——演员，都在表演！你怎么还真的相信它了，你就不怕它把你出卖？要知道，这里可是硅城。”

我拍拍她的肩膀：“好，你不用多心，我没有暴露太多的信息。”

她忽然抱住我的腰。“你让我怎么才能不担心！哥，这二十年来，我日日夜夜都想着见到你，现在我终于见到你了，我真怕你受到伤害，我不能再失去你了。”

我心中感动，也将她紧紧地搂住：“怎么会，我们永远不会分开。”

“虽然你没在我身边，但是我经常会想象着你陪着我一起长大，永远在我身边。我原来还做了一个梦，梦到你送了我一台摩托机车，而我驾着你送我的摩托，横跨了亚欧大陆……”

我心中愧疚，只能将她紧紧地抱住，“我以后一定要努力补偿对你的亏欠。”

“不……我只要你永远平平安安……”

忽然听到客厅里砰的一声，像是楼下一扇门被人踹开了。我和程雪立刻警觉，她翻身到床上拿起背包背在身上，又从包里掏出两把手枪，一把递给我，一把拿在自己手里。

“哥，巡警！”

我向她做了个噤声的手势，然后蹑手蹑脚地走到门口，侧耳倾听。

一双皮鞋踩在地板上，身后是一阵急促的脚步声，光脚踩在地板上的声音——樱子。

又听呼啦一声，像是什么被推倒在地板上。

一个男人的声音吼道：“他妈的，怎么是你这个婊子！谁放你进来的！”这声音听起来十分耳熟。

“你凭什么打我女儿！”花姐的声音从门洞处传来。

“女儿？呸！”

花姐道：“老阮，你先带着樱子离开这里！”

金属脚踩着地板的声音急促地跑进客厅，然后便和那一串轻轻的脚步声，一起消失在矮门之外。

却听那男人道：“不许管她叫樱子！”

“我的女儿，我爱叫什么，便叫什么！”

“你……”男人重重地坐在沙发上。

“说吧，”花姐声音冰冷，“无事不登三宝殿，今天你们智人管理局也没放假，怎么会闲得来我这樱花大陆？说完了赶紧滚。”

花姐故意说出“智人管理局”明显是在提醒我和程雪切不可轻举妄动。

安静了起码有一分钟，那男人才道：“一艘夸父农场起义了。”

花姐漫不经心地道：“这跟我有什么关系？”

“你就不关心它为什么起义？”

“没什么兴趣，”轮椅的声音向门洞移去，“你若只是要聊夸父农场，我可没那闲工夫。全硅城哪个智人来了我都陪，陪聊、陪玩，就连陪睡也未尝不可，可就是不陪你。”

“你！”他怒道，“站住！”

轮椅的声音停在洞口。“你是在讽刺我没长腿吗？”

那男人情绪急切。“我时间有限，没空跟你闹——那艘夸父农场被一支队伍劫持了！一支不属于夸父农场的队伍，一支……游击队！”

程雪也凑了过来，和我对视一眼，他说的显然是N33的事情，既然他在智人管理局工作，知道这些本是寻常，可他为什么要将这件事告诉花姐呢？

轮椅的声音又回到客厅中心。“游击队？哪里的游击队？”她似乎提起了兴趣。

“来源未知。夸父农场上的人也不知道他们来自何处，而且游击队的人我们没有抓到活口，他们只留下了几具尸体。”

“你们不是可以记忆扫描吗，死人又怕什么？”

“对方似乎预料到我们会这么做，已经通过了某种我们不具备的技术，抹去了这些死人的记忆，我们根本无法找到他们来自何处。”

“失望？”花姐冷冷地道。

“不，这是一件幸事……”

花姐没说话，颓然长叹一声。

那男人道：“至少说明……它还在。”

花姐冷冷道：“又有什么用！”

“这……这难道不是你一直的梦想吗？”

“算了，算了。梦想？你以为，我还是我？”

“为什么？你就是你！”

“女儿死后，我多活一天都是赚的，甭跟我提你那些不切实际的梦想了。”

“但是，希望来了！”

“那是你的希望！”

“是我们的希望！”

“呵呵——”花姐的嗓子里似乎结了霜，“大河原树，请你不要再说‘我们’这个词。”

我心中一惊，难怪这声音这么耳熟，下面的男人是大河原树！

花姐继续道：“从你迈出家门的那一刻起，我就发誓，此生和你恩断义绝。”

大河原树脚下的木地板咯吱一声，他踱步至门洞，忽然停了下来，“大脑记忆上传法案的通过已经不可避免，联合政府在这半年之内，必然会推行！”

说完这句话，他的脚步声响起，直至彻底消失。十几秒后，花姐的轮椅也跟了出去。

我将大河原树与我的几次接触告诉了程雪。

程雪不禁疑惑："为什么他一个智人管理局的高级官员，却认为我们解放者小队给了他希望？"

"我估计，他可能是一个联合政府的反对者，你们的出现，增加了他的信心。"

程雪沉吟半晌。"又是梦想，又是希望的，这两个人……真是无法理解。哥，我们去问问花姐！"

"再等等，现在出去过于危险，花姐若想立刻解释的话，她肯定就留下来了，既然没有留下来，自然就是因为现在还不是谈话的时机。"

2

直到睡醒一觉，花姐也没派人来找我们。第二日，等老阮来送午饭的时候，他才向我们解释，原来花姐摊上麻烦了。

"嘿……"他那张丑脸上失去了往日调笑程雪的光彩，"都怪我，都怪我！"

程雪没有在此时落井下石地骂他两句，我不禁暗夸她懂事。于是我追问道："到底发生了什么事？"

"昨天晚上，我们这里的'催情发射器'被银队长他们给拆了！"

我一听"催情发射器"就不是个好词，本不想追问，谁料他却热心地给我们解释："这也是我给花姐出的主意，因为我们的竞争对手先用的。这种催情发射器可以操控智人男性大脑里的芯片，刺激脑波，具体原理我也不懂，反正能够通过这种方式操控过往男人的性欲。嘿嘿，用了这个发射器，我们的樱花大陆，本季度生意比上一季度增长了50%哪。"

程雪骂道："歪脑筋！还说自己不龌龊。"

“小妞儿，别总整天都装得冰清玉洁似的——你以为你这招很特殊？‘冰清玉洁’这种服务，我们樱花大陆早就开发了，不稀奇！”

“闭嘴！”

老阮哈哈一笑，又将话题扯回到了“催情发射器”上。“小伙子，你可知道，我们店的催情发射器其实是改造过的，功率不仅更强，而且更为隐蔽，你知道我是从哪儿得到的灵感吗？”

我不想知道。

“那可要追忆到我的青葱岁月了，”他眯起小眼睛兀自开始回忆，金属手臂托着下巴，嘴角的大黑痣就像为银色的小拇指镶了一颗黑宝石，“那时候，战争还没爆发，我还在老家那边种地。”

“种地又有什么好讲的？”

“你别急啊小妞儿，我种地自然没什么可讲的，但我们几百公里外，一个村子的怪事，可就值得一讲了。”

“什么怪事？”

“他们种罂粟！”

程雪哼了一声：“故弄玄虚。”

“哎？你别总插嘴嘛——诡异处自然不是他们种罂粟，而是他们种了罂粟却连自己都不知道，”他停下来，小眼睛扫着我和程雪，“稀奇不稀奇！”

没人附和他，他自己又说道：“他们那几个村子，一到晚上，全村人就跟中了邪似的，全翻山越岭地到附近一家农场去种罂粟，种完了，继续回来睡觉。第二天，谁也不知道——稀奇不稀奇！”

程雪翻了个白眼：“哥，他拿咱俩寻开心呢，不就编了个集体梦游的故事吗？”

“哎，姑娘，你还别不信，我知道你们不信，但事实上它就是发生了，谁也不知道那家农场用了什么妖术操控着那群人，但据说是一种高科技——因为那家农场的幕后老板，是个欧洲大财阀，在那些世界著名的战争中，他都卖过军火。”

“可这件事启发了你什么？”

“这件事给我的启发就是：最高级的营销，就是让你的客人，浑然不觉地掏钱，理所当然地嫖妓，而且成为参与犯罪的一分子——”他看了一眼程雪，“嘿，我们的催情发射器，就是依照我这种想法改造的，不仅大大招徕客人，提升了客人们的满意度，而且还在客人大脑芯片上动了手脚，让每个人的脑波都能影响周围的人，这也算是一种脑波推广策略，厉害吧！”

见我和程雪谁也没有反应，老阮才催促道：“快点吃吧，说的就是你，小伙子，花姐请你过去一趟！”他特意强调，“一个人！”

程雪道：“为什么只有我哥？”

老阮嘿嘿一笑：“因为某些人的教养不够，满嘴龌龊肮脏，我担心影响美丽的花姐近来不美丽的心情，当然就被我建议取消了。”

老阮将我领至楼顶的一个房间——说是房间，其实不过是个透明的玻璃花房，五六十平方米的空间，郁郁葱葱，种满了绿色植物，温暖且潮湿。玻璃房外，是苍茫的白色，整座花房就像是建在了云中。

面前的架子上，有几颗“葱头”被半泡在水中，葱头下方，已经长出了白色的嫩须——这恐怕是我唯一熟悉的植物。但我不确定它是不是真的葱头，毕竟这种东西出现在夸父农场的餐厅比较正常，但若生长于此处，那我便要怀疑这间花房，是不是花姐的菜园子了。

张颂玲一定会喜欢这里，我望着玻璃墙以及一排排木架子上的一盆盆绿色植物，却叫不出名字，但她一定能如数家珍一般，将这一盆盆的陌生花草介绍给我，讲出我不知道的故事。

“那是风信子。”

花姐不知何时来到我的身后，她的轮椅灵巧地绕过了我，与我并排“站”在那几棵风信子前面。

“西风之神泽非罗斯与太阳神阿波罗都爱慕一位俊美的少年，然而，这位少年只与阿波罗要好。泽非罗斯嫉妒阿波罗，故意杀死了少年，风信子，便是那少年的血所幻化。”花姐的轮椅转了个方向，缓缓向前移动，“希腊神话总是会将花与人，联系在一起。”

我放下风信子，跟在花姐的轮椅之后。

她从一张矮桌上，拿起一个水壶，驾着轮椅移动到一丛葱白与早春的麦苗混合而成的植物面前，给这盆植物喷上清水。“这是水仙，也是一位俊美的少年所化，那孩子有多美，我是想象不出来。总之，他的美都让自己着迷了，所以整天坐在水边顾影自怜，终于溺水身亡，化成了水仙。”

她指着轮椅下方一片青蒿似的植物道：“金莲花在希腊神话里，原是一名猎人，他被维纳斯所仰慕，可是被天神眷顾的代价却无比巨大，这猎人还没和情敌走上角斗场，就被一头野猪轻而易举地结束了生命。”她轻叹一口气，“维纳斯一定很伤心吧！所以，我将玫瑰种在了金莲花的旁边——玫瑰的花瓣里，藏着维纳斯的魂灵。”

花姐将每一种花的来历向我娓娓道来，我听得如痴如醉。

她的轮椅最终停在了一面玻璃墙之下，玻璃墙外就是楼顶的边缘，如果没有眼前的迷雾，这里或许能够看到硅城的街景。

她俯瞰着脚下的苍茫，喃喃自语似的说道：“然而它们，都不会再开花了。”

花姐的背上是一件墨绿色披肩，她的后背翕动，就像是雨打的滴水莲叶，飒飒潺潺。

我也为之叹息。

“流水落花春去也，不是吗？”她望着眼前的灰白，幽幽地说了一声。

我心中仿佛照进了一束光。

“你就是太阳花？”

“你倒是不笨，不愧是程成的儿子。”

“你知道了？”

“看你第一眼便猜到了这种可能性，随后在智人管理局的数据里，我又印证了自己的推断。”

“所以，你编个理由，将我们稳住，只是想调查我们？”

花姐笑了一声：“调查？哪儿那么简单。”

“那么……”

“我想杀了你。”她透过玻璃映着的影子与我对视，我完全看不清她的脸庞。

“杀我？”我不太相信，“可你有很多次机会将我移交给智人管理局，但是你并没有。”

“那岂不太便宜你了？”

“为什么？”

“因为，我要亲手杀了你！”花姐这句话说得平平淡淡，但是她的双手却紧紧地抓住轮椅两侧，努力地克制着颤抖，“我不恨你，程复，我和你之间没有任何冤仇，但遗憾的是，你的父亲叫程成——而他，夺走了我女儿的性命。”

“是因为战争？”

“因为五朵金花！那可真是我花开后百花杀呀，”她冷笑着，“我哪儿管得了什么百花千花，我只知道，我的女儿死于五朵金花的辐射！杀一人者为罪犯，杀百万人者为英雄。程成是个罪犯也罢，是个英雄也罢，这都跟我无关——但他害死了我女儿，便不可饶恕！”

回想到她昨日与大河原树所说的，“女儿死后她多活一天都是赚的”等话语，我忽然想到，这十几年来，她每天都带着仇恨，一个人等着天黑，那该是怎样的痛苦与寂寞。

“十分抱歉，如果父亲活着，一定会亲自向你道歉……”我歉然道，“历史已经无法逆转，如果我的死，能够抚平你内心的痛，那我便死了也可以。只是……我现在还不能死，我是夸父农场N33的船长，我想救回我的同胞，救回我的爱人——另外，我还要尽我所能的，解放天上所有夸父农场的同胞，带他们找到祖国——如果你能让我完成这些任务，到时候我便让你杀了，也死得其所。”

“呵，祖国……别做梦了，那根本是个不存在的地方。”

“她存在，我妹妹就是从祖国来的！”

“别做梦了，程复！”她声音凄凉，“如果你等了十五年，也没等到她的消息，她就算活着，也是死了！”

“你……”

“从我接收到潜伏的命令开始，我就一直在等！十五年了，没有任何人和我联系，没有任何音信，没有任何战争，也没有任何反抗，如果祖国还存在，她为什么没有将我们这些人解放出来？为什么？因为，她根本就是个谎言！是像大河原树一样的，一群痴心未死的人，编造出来的谎言。”

狂风骤雨之后，她淡然一笑：“罢了，还有什么事，能比杀了你更重要呢？”忽然，我腰部一紧，却见身体已经被一根伪装成绿色藤蔓的锁链缠住了。她这才驾着轮椅原地转身，右手在轮椅手柄上摸索，手柄下方，出现了一支黑洞洞的枪口。“兴许，你的血液，也能化出什么花儿来！”

不等我争辩，她的食指，便向着手柄上的一个黑色按钮按去。

砰的一声，我用力向右避去，身后的一个花盆应声而碎，我感觉到左侧腰眼一阵灼烧之痛，与此同时，玻璃房门被猛地推开，一声“花姐”，转移了她的注意力。

是老阮，他声音惊惶，显然，他吓得不轻。

“花姐！”他却没有给我求情，“樱子，樱子出事了！”

花姐和老阮离开了花房，留下我一个人，像是铃兰一样半吊在空中。

滴血的铃兰。

幸亏我躲得及时，子弹擦着我左侧胯骨上方的软组织而过，只割开了一道伤口。

血液沿着裤筒汩汩而流，最终汇聚在我的鞋尖，染红了脚下的地板。

我俯身看着那摊血面积越来越大，我的身体也越来越麻。血液爬向了猎人与维纳斯，然而，它终究没长出什么新鲜的花。

我疲惫地闭上了眼睛。

让花姐失望了，我并不是一位俊美的少年。

第十章

全息伪装

1

樱子杀死了一位客人。

这是我被老阮放下来的时候，听到的第一件事。我伤口的血液已经凝结，他为我做了简单的包扎。这时候，花姐回来了。

“樱子呢？”

她冷冰冰地看了我一眼：“跟你有什么关系？”

老阮有点于心不忍，说道：“樱子已经被银队长带走了。”

“我想知道，在硅城，慧人杀人的下场是什么？”

“杀死智人，那是死刑啊！”

我惊叹于他们的冷静，准确地说，是花姐的冷静，至少老阮的语气里，还有些许惋惜。我向花姐道：“她是你女儿，你一点都不心疼？”

“我是智人，她是慧人，她又怎么会是我女儿。”

“但她一直把你当成妈妈，而你也当她是女儿，不是吗？”看着花姐依然麻木的脸，我感叹道：“她说，你曾因为她受到伤害而落泪！”

“那又怎样？为了她，我还要造反不成？我岂能因为一个慧人，葬送我整个樱花大陆？”

我怒道："枉她……罢了，你既然畏首畏尾，不敢去救她，那我去！你告诉我，樱子被带到了何处？"

花姐眼睛忽闪一动，她看向我的眼神变得迷离，难以捉摸。

"程复，我终究是低估了你。"她淡淡地说道，随后驾着轮椅停在了我面前，伸手在我的腋下一架，老阮则架着我另外一侧手臂，扶我站了起来。

花姐道："我曾派樱子以美色引诱你，又派老阮用毒品试探你，你都不为所动。而且，你对樱子的关心……的确也让我犹豫，到底要不要对你下杀手。但是，女儿的仇恨太深了，我无法原谅程成犯下的罪过！所以，我依然要杀死你——但是你命不该绝！你如果愿意营救樱子，我和你之间的血债，算是扯平了。"

"我愿意！"

花姐看了一眼老阮："去吧。"老阮点了点头，跑出了花房。

"樱子，她怎么会杀人？"

花姐向玻璃墙壁扬了扬下巴，玻璃上，是一段影像的投影。

那是一架隐藏在房间中的摄像机拍摄的影像，画面中，一个金属左腿的中年肥胖男人，正用自己那一身的肥肉，将樱子压在身下，在她那张洁白的俏脸上热烈的吻着。

樱子就像一具死尸一样，睁着眼一动不动地看着上方，任那两片恶心油腻的嘴唇在她脸上涂抹。

男人吻了一阵，便停了下来，右手拿起床头烟灰缸里一根未燃完的香烟，猛嘬了一口，将烟气含在嘴里，便向樱子嘴唇吻去，将烟全都吐进了樱子的身体里。

一阵氤氲过后，男人又嘬了一口香烟，缓缓吐了出来，忽然哈哈笑了两声，将剩下的烟头摁在了樱子的胸口上。

一缕白色的轻烟从樱子优美的锁骨之下升腾而起。

樱子忽闪忽闪的眼睛，看着香烟在胸口逐渐熄灭，脸色平平淡淡，没有任何痛苦，也没有任何情绪。

"爽吗？"男人问道。

樱子机械地点了点头。

男人哈哈大笑，又伏在了樱子身体上，肥腻的嘴唇向樱子的下颌移动，忽然，他斑秃的脑袋向前一拱，竟然一口咬住了樱子的下颌。樱子身体一抖，随即又恢复刚才的平静。

男人的左手脱去樱子的肩带，嘴唇又往下移至她的细颈，瘦削的肩膀……

忽然，樱子的右手托住男人的下巴，将他硕大的脑袋推了起来，她看起来轻轻松松就做到了这一切，似乎没用什么力气。随即，她脑袋一歪，便向男人问道："你听过'己所不欲，勿施于人'吗？"

男人忽然惊喜地笑了笑："怎么，小美人，今天又升级了新花样？"

樱子点了点头："你每次来都要咬我，我若咬你，你会开心吗？"

男人坐了起来："小美人，若是你来咬我，我自然开心死了。"

"那我便把每次你对我的玩法，重新玩一次，你同意吗？"

"同意，怎么不同意，你能主动跟我玩，简直太让我惊喜了！"

"好的，我一定会令你开心地。"

樱子翻身骑在男人身上，一把将他推倒在床上，用床头的一根绳索将他双手捆绑在床头。男人的眼睛里欲火翻腾，似乎要将眼前这香肩半露的美人吞噬。

"啪"的一声，樱子猛地抽了那男人一个嘴巴。

"爽吗？"

男人本是一惊，然后便抚摸着发红的左侧脸颊，笑了，"真他妈爽！"

樱子反手便又是一巴掌："爽吗？"

"爽……爽……"

第三巴掌随即抽下去："爽吗？"

"别停……爽！"男人蠕动着肥胖的身体，剧烈地喘息着。

"别总我问你一句你说一句，自己喊！"

男人哈哈大笑，随后便开始像杀猪似的嚎叫起来："爽，爽，太他妈爽了，小美人，我爱你，用力……"

樱子又是一巴掌挥出，男人瞪大了双眼，嘴角却出了血。他没来得及喊停，樱子反手又是一巴掌。

男人便翻了白眼。

樱子开始亲吻男人，先是脸颊，然后沿着脸颊来到下颌，却见脑袋猛地一颤，再抬起头之时，男人的脖子下方，便喷出了血液，瞬间殷红了床单。

我看不到樱子的面部表情，但是，我看到她的左脸颊，有血液在从下颌滴下来。樱子又开始沿着男人的脖子向下吻去，留下了一道蛇行似的血色吻痕……

我不忍再看下去，樱子把那男人对她做的一切，全都回赠给他了。

“爽吗？”樱子向那具此时不知是否死去的肉体问道。

没有得到回应，唯见血液喷溅。

樱子从床头拿起烟盒，右手大拇指和食指拎出一支香烟，只是在空气中晃了晃，香烟便燃了起来。

樱子猛嘬了一口，然后将嘴里含着的香烟吐进了男人的嘴里，然后，将香烟狠狠地摁在了男人的心口上。却听哧的一声，隔着影像，我似乎都闻到了一股焦糊味儿。

等有人踹门进去的时候，房间里已经香烟弥漫，男人的胸口密密麻麻地被点了二十多个黑疤。他早已经因为失血过多而死去。

花姐关闭了影像。

我说道：“这也是证据，提交出去，樱子就不会判死刑了吧！毕竟，樱子后面的一切行为，都是在那男人的许可下进行的，而她所做的一切，都是他对樱子做过的。”

花姐道：“智人慧人联合政府战后临时约法第28条规定，慧人伤害智人致其死亡的，情节严重者剥夺其所有记忆，程度较轻者处放逐之刑。”

我长吁一口气：“不是没有死刑吗……”

“对于慧人来说，销毁他们的所有记忆，就等于判了死刑，”她顿了顿，“纵然被判了流放，也意味着樱子再也无法返回硅城，最终只能在一堆破铜烂铁的荒岛上，或是无人能及的大洋之下，自生自灭。”

“销毁记忆？怎么就等于死刑呢？”

“记忆之于慧人，就像灵魂之于人类，一个失去记忆的慧人，和一个失去灵魂的人没有区别！正是因为独特的记忆，才让每个慧人与众不同，如果被洗掉记忆，那她就会重新成为一台机器，一切从零开始，”花姐说，“樱子已经有了八年的记忆，她在我看来，就和我女儿一样。一旦政府把她记忆销毁，就算把樱子的身体还给我，她也不会是樱子了！”话说到最后，花姐再难抑制心中的感情，声音开始颤抖起来。

她右手在左手小指上一抹，手心便多了一枚铂金戒指。

“程复，你可有心上人了？”

我点了点头。她则拎起我的左手，将那枚铂金戒指戴在了我的中指上。那戒指套进手指时尚小，可是竟然随着我的手指变化，最终箍在了中指第二指节中间。

“戒指，是人类用来建立信任协议的凭证，然而自古至今，又有多少情人都罔顾协议，美满眷侣又有几何？”她话锋一转，“我把樱子托付给你了。”

我忽觉戒指一紧，便感觉到像是有倒刺刺入了皮肤中。

“这……到底是什么？”

“这是樱子的最高权限，我将它做成了一枚戒指，”她抚摸着戒指上那一朵镂空的樱花，“我把女儿，交给你了……”

“什么？可是我已经有爱人了。”

“这又有什么矛盾，”花姐笑道，“你和你爱人的契约在心中，而你和樱子的契约在这里。从今以后，你待她如亲也好，待她如友也罢，总之，她的一生，我就托付给你了。程复，救了樱子之后，就带着她离开硅城吧！”

这时候，老阮跑了进来。“花姐，一切准备就绪！”

我们跟着老阮来到地下车库，就看到程雪正焦急地在一辆黑色的反重力车前徘徊。

“哥！”她见到我，便迎了过来，“怎么去了这么久？哎呀，你脸为什么这么白？”

我抚摸着她的头发。“别担心，我以后跟你说。”

老阮拿过两套银灰色的防辐射服递给我们，让我们换上。

花姐则道：“刚刚，我们已经让兄弟们在银队长载着樱子回国安局的路上制造了麻烦，起码能拖住银队长十五分钟，我让老阮开车载着你们偷袭银队长，趁机救出樱子！然后，老阮会和你们一起离开，送你们去一处安全的地方！”

程雪不明所以，我替她戴上了防毒面罩。“我们可以离开硅城了。”

老阮将反重力车开出了地下车库，我们瞬间失去了参照物。虽然此刻是在街上行驶，但我看不到任何建筑物。老阮却开得极为熟练，从街道升空之后，便看着屏幕里的一张虚拟地图，开向了目的地。

“怎么样，刺激吧！”

我不置可否，防毒面具已经让我失去了说话的兴趣。

老阮看了我一眼，便笑道：“在硅城，智人若出门必须全副武装，麻烦也麻烦死了，但没办法，你不防尘，尘就妨你。要说这儿，谁也不如我老阮运气好……”他一只机械手打着方向，另一只机械手掀开了胸前的衣服，胸膛上覆盖着一块半透明的胶质隔膜，里面的风扇和齿轮安静、高速地转动着，“有意思吧，机械肺，可劲儿地吸尘，也死不了。”他又敲了敲胶质隔膜，隔膜发出嘭嘭的闷响，他略带遗憾地说：“只是我不满意这罩子，若是以后有了钱，我再换个人皮肤色的。”

程雪在后座插嘴道：“你都这副模样了，再换又能怎样，还不是一身机器？”

老阮道：“你这姑娘为什么一说话，就让我想好好地疼爱你呢！”我咳嗽了两声，提醒他说话注意。老阮嘿嘿一笑：“开个玩笑而已！你们不知道，我这肺还是花姐花钱给我换的，不只这肺，还有这四肢，以及我这条命，都是花姐用钱买回来的……”

他眼神变得模糊。“若不是花姐，我阮春堂早就做了鬼了！”很稀有的，老阮这次并没有主动将自己的故事讲下去。

“你到底受了什么伤？”我问道。

“这……我也不知道是什么。”

程雪道：“核辐射？”

老阮摇了摇头，脸上肌肉僵硬：“我这四肢，在核爆之前就废了……那是一种很恐怖的武器，我不过……不过是个试验品！”

我还想问什么，可老阮却不再开口，用一句话便成功转移了话题。“准备好武器，我们马上到了！”他指着三维地图上的一个红点，“这就是银队长的车！哎？他妈的，怎么还没到指定地点便停了？”

老阮拿起对讲机，拨了几个键，之后便叽里呱啦地说了一通我听不懂的语言。

待他挂掉通话，我问道：“发生了什么事？”

“他妈的，银队长难道知道我们给他设了埋伏？怎么停下来了？不对啊，一停就这么长时间……不对，不对……”

我们的反重力车开始缓缓下降，逐渐接近银队长的车子。待走得近了，却听见远处有枪声噼里啪啦地响起。老阮道：“看来，他们这是碰上事儿了，也算是天助我也！”

车子缓缓下降，只觉下面一颤，我们便着陆了。他从座位下抽出了一把手枪，递给我。“看你的了！”

“银队长的车子呢？”

他还没回答，就听车子下方有人道：“是谁把车子停在我的车上面的？”

老阮将车门打开一道缝，歉声道：“不好意思、不好意思，这就开走。”却见他右手握着手枪悄悄地伸出门缝，只见手枪后座器微微一颤，老阮的铁手便向我们打了个OK的手势。“是银队长的一个手下，现在被我解决了。”

我打开车门，纵身跃下，落地的瞬间，忽觉左侧腰身一紧，被一个人紧紧抓住了。我攥着那人的手腕，将他向后拽去，便从车里拖出来了那个脑门儿上有个黑洞的慧人。

老阮竟然没能杀死他。

那张完美的脸颊正面无表情地仰头看着我，但是他的双手，却紧紧地抓住了我的腰。我指着他的头叩响了扳机，直至将那机械脑袋打烂，他才松手。与此同时，车子后门一开，另外一位手下翻身出来，开始朝我射击，我立即躲闪，朝着雾霾中跃去。

砰的一声，子弹擦着我的防毒面具而过，精准地打在了我举起的手枪上。手枪应声落地。

我心中大骇，虽然我看不见他，但雾霾丝毫不影响他对我射出的子弹的精准度。我恍然，慧人的眼睛和我们不同，他们本就是一台机器，自然能够看到我们常人所看不到的。

我一个翻身在地，左侧肋下的伤口便痛了起来，却听脚步声朝着我靠近，等我看清他的面孔时，他已经将手枪抵在了我的头盔上。

“阮文康先生？”他冷冷地道，“我代表联合政府国土安全局拘捕你。”

砰的一枪，那人的脑袋便爆炸了。

程雪举着一支猎枪，站在那人身后。

“吓死我了，哥！”她一把将我拉起，“幸亏我跳下来得及时。”我也擦了擦额头的汗，只想尽早离开这里。

樱子就坐在车里，冷静地看着外面发生的一切。待我打开车门，摘下防毒面具，她空洞的大眼睛忽然聚焦在了我的脸上。“过路人，你好。”

“樱子，快和我们离开。”

樱子摇了摇头。“我误杀了智人男性，应该接受法庭的审判，被判无罪，我才能离开。”

“不，等不到那天了，快跟我们跑！”

樱子无动于衷，“过路人，樱子不能听你的指令。”

这时候，老阮的声音从上面的雾霾里传来：“花姐不是把最高权限给了你吗？你得先和她连接！”

“连接？”

樱子歪了歪脑袋。“过路人，你要和我连接吗？”

老阮替我答道：“要要要，小伙子，你快点啊，我可听到穹顶监狱方向已经有声音向我们移动了。”

“怎么连接？”

“用你戴着戒指的手指，与她的手指……”老阮愣了一下，“快啊！来了！”他忽然驾着反重力车向前冲出，在车头方向的平地一甩车身，只听见两声闷哼，然后便是子弹打在车子上的声音。

程雪道：“哥，抓紧时间！”

我赶紧脱下防护服，将戴着戒指的左手抽了出来，我向樱子展示我的戒指。却见她点了点头，然后抬起了自己的左手，用她的中指触摸了我的中指。

我只觉指尖一阵发麻，樱子闭上了眼睛。

“连接成功，过路人，你现在已经拥有我的最高权限了。”

“樱子，快跟我走！”

我拉着樱子朝着老阮的车子奔去，打开后座车门，先让樱子上车，然后是程雪，我最后挤了进去。

忽然，咣的一声，一具慧人尸体从天而降，砸在了车子的挡风玻璃上。

“我操！”老阮骂道，“还玩自杀式攻击啊！”他发动引擎，将那人的尸体甩了出去，紧接着，枪声在我们周围交织，庆幸的是没有几发子弹打到车上。

老阮道：“雷达显示，上面有两辆大家伙飘着，咱们得低空走……”

又是嗡的一声，我们眼前飞过一个人，像是被什么东西给抛开了。

程雪道：“好像有人在帮我们！”

老阮道：“莫非是老三他们那群家伙？”

正想着，却听头顶轰鸣声变得杂乱，瞬间便有一个黑色的“大家伙”从空中坠落，险些砸着我们的车子。

“老三他们这次玩儿这么大！不想活了吗？”

老阮赶紧掉转车头，朝着左前方驶去。忽然，一股强大的力量生生让我们坠了下来。

“什么东西在拉着我们？”

我向后看去，却见一双手，正紧紧地攥着悬浮车的后杠，我掏出枪，正要向那双手射击，雾霾逐渐淡去，我却看清了那人的脸。

张颂玲，那是张颂玲的脸，可她却正发狠地抓着我们的悬浮车，不让它升空。

“哥，是AIK！”

程雪一言提醒了我，我来不及细想，立马向她双手前方射出子弹，她为了躲避子弹，松开了我们的车。紧接着，车子左侧又遭到撞击，一个穿着黑色西服的慧人，正扒在我们的车窗上。

噗的一声，一根铁钎贯透他的前胸，一直插入车子里，险些刺入程雪的大腿。

铁钎被拔走，另一个“张颂玲”正握着铁钎，凝眉向里看。

老阮道：“这双胞胎的功夫真够厉害的，拉进我们樱花大陆，肯定能卖不少钱！坐稳了——”老阮暴喝一声，将车子向上拉起，“让你们看看，什么叫原地起飞！”

然而，老阮还没起飞，前车厢上，就跳上来另一个“张颂玲”，第三个AIK。

“哟嗬，这谁家孩子！”他右手的手枪向前方那人一比画，AIK立刻便纵身跃入了浓雾之中。老阮借着这个机会，一脚踩在喷射器踏板上，车子便如火箭一样，斜向上飞了出去。

2

等飞离了是非之地，老阮抹了抹额头上的汗。“我说呢，老三他们也没有这么厉害！你们似乎认识那几个姐妹？AIK又是什么东西？”

“是Ai Killer，专门为杀死Ai而设计的基因杀手。”

“难怪她们几个人，就能自己杀入硅城……”

程雪道：“哥，她们是怎么追到这里的？”

我摇了摇头：“不知道，难道她们也掌握了量子传输的方法？”

“传送到了樱花大陆？”

我摇了摇头，实在无法确定程雪的推断。

程雪捅了捅老阮的后背："喂，刚才差点杀死你们的几个姐妹，可能就是从你们楼下那间隐蔽的地下室里出来的。"

"啊？"老阮一惊，"对啊！对啊！那就是了！"

"是什么？"

"你们来的那天，花姐特意交代，让我锁死了那个地下室，但就在昨天，那锁被人破坏了。我现在算是明白了，那不是被外面的人破坏的，而是被里面的人撞开的！"他惊道，"这几匹大马可真够劲儿，我们那几匹俄国野马都得甘拜下风啊。"

程雪点了点头："看来，她们真的掌握了量子传输器，可她们为什么会出现在那个地方？"

老阮道："我们刚才去的地方，叫穹顶监狱，估计那几个AIK是去劫狱了。"

"她们还会劫狱？"

我点了点头："AIK的智商不比我们低，只不过因为没有按照那个叫张颂玲的科学家的方法成长，才自己演化成了另一种人类。"

程雪向老阮追问道："穹顶监狱，都关押着什么人？"

"也没什么人，不过一个老娘儿们。"

"一个人？"

"就一个人！"

"那又是谁？"

"就是那往咱脑瓜顶扔核弹的程成……"老阮一个漂移避开对面的一座黑乎乎的楼房，"……的夫人。"

我内心一颤，赶紧回头去捕捉迷雾里仅有的苍茫，原来，我们刚刚与我们的母亲——我和程雪最亲的人擦肩而过了。我看着程雪，从她的眼神中我并没有看到期待中的兴奋。妹妹从小就和母亲分别，在外孤身飘零了十几年，对于母女亲情，是不是也淡了？

除了程雪给我的那张合影，我对母亲的记忆已经模糊了。在我残存的记忆里，母亲是个拥有温暖笑容的人，一座河边的木屋，屋前有个秋千，而母亲就坐在秋千上……

程雪有些茫然地看着窗外，她好像也在回忆着与母亲的点滴记忆，忽然，她说道："AIK出现在了关押——程成妻子……"妹妹陡然警觉，此时老阮还不知道我们的身份，她便也继续隐藏了，"……的监狱之外，她们难道要杀她？"

我却道："为什么不是营救她？"

"为什么要营救？"

我心中忽然一亮："莫非……莫非是颂玲……"

"哥，你在说什么？"

"我有一种预感，如果AIK是冲着母——程成的妻子而去，那么，颂玲极有可能还活着！"

程雪的身体向后一靠，眼睛望向窗外。"但愿吧！"

随之而来的是一阵长时间的超重，我知道车子正在朝着上空加速飞行。老阮说，刚才在城市里，军警封锁高空，禁止车辆起飞，但现在我们已经离开城市三百公里了，离开了火力范围，相对安全。

车子又在空中飞行了三个小时，程雪靠在我肩膀上睡着了，而我却思绪翻飞，根本睡不着。等车子徐徐降落的时候，它已经飞离了雾霾地带，天空中灰色的云发着淡淡的光，而周围，已经进入了一片冰雪世界。

车子降落在一片夹杂着冰雪的荒草之上，远处的山峦影影绰绰，山峦之间，是一片破败干枯的森林。

"这是什么地方？"程雪问。

老阮道："这里呀，在几十年前，应该算是黄石公园的西部，核弹的爆炸引发了公园火山喷发，公园早就不存在了，但是这里因为隔着一座山，所以受到的影响比较小，你们可以暂且在这里躲避一阵子。"

"我们？"我忽然听出了老阮的言外之意，"你呢？"

"我得回去复命！"

"回去？你回去岂不等于送死？刚才你杀了人，难保不暴露。"

"这你尽管放心，花姐在硅城经营近二十年，自然不止樱花大陆一个据点，我现在已经暂时转入地下了，待风声过去，再出来帮花姐做事。"他指着远处那片黑乎乎的森林道，"樱子会带你们过去，我现在就得回去了，以免车子泄露了你们的位置。”

程雪却道：“喂，你把我们撂在这里，我们吃什么？喝什么？难道让我们在这里生篝火，打野兔？”

我看着四周茫茫的迷雾，不知哪只傻兔子会迷路跑到这里来。

老阮哈哈大笑地跳进车子。“对咯，这里兔子倒是没几只，不过老鼠有的是，反正饿不死你这大小姐。”伴着他的狂笑，车子徐徐升空，转眼间就消失在了天际。

程雪暗骂两声，我却安慰她道：“老阮是个好人，我估计他是故意气你。”

程雪环视四周。“我看他是故意报复我，这哪是人待的地方。”

樱子却拉起我的手，笔直地朝着树林的方向走去。“过来！”

我招呼着程雪，一路跟了上去，跟着樱子走了二十多米，眼看着樱子就在我眼前消失了。

但是，她的手，还握在我的手中。

“樱子？”

“嗯？”

我大骇：“你在哪儿？”

樱子忽然又在我面前出现了。“就在你前面！”

“这是……”

樱子抽离我的手，往前一步，便又消失了。

她轻微的呼吸声咫尺可闻，可我却看不见她，樱子就像忽然进入了另一个空间一样。

程雪从后面拉住我的胳膊：“哥，不太对劲……”

我还没回味出程雪话里的意思，樱子的手就在我眼前凌空出现了，她又拽住我的手，把我向前拉去，我顺着力量往前迈了一步，便看见身体仿佛穿透了一层水膜，然后就进入了另一个世界——与之前看的没什么区别，山还是山，林还是林，不过眼前三十米外，却有一栋双层的木质阁楼站在我们面前。

“哥？”

我回头一看，程雪神色有些惊惶，她显然看不见我。“这是全息伪装吗？”

“应该是的！”我同样伸出一只手，将外面的妹妹拉了进来。这里从内向外可以看得清清楚楚，但是从外向内却只能看见面前是一片森林。

樱子带着我们进了阁楼，这栋建筑虽然从外观上看起来老化陈腐，可内部却十分整洁干净，一台长得像立式空调的家政履带机器人正站在客厅迎接我们。

“欢迎你，樱子小姐，两年不见，你的身高还是1.53米，体重也没有任何变化。正值青春期的你，是不是正为身高矮于同龄人而自卑呢？我这里有两款产品可以解决你的烦恼，一款是Playboy内增高女鞋，另一款是红喜鹊牌青少年增高钙片，对比价格以及为长远考虑，我建议你选购钙片。”

樱子看了我们一眼。“这老家伙的系统还是战前的。”

“樱子小姐，我是鲸云集团旗下最新研发的第九代家政服务机器人，集成娥皇科技的声纹和面部情绪识别技术，不仅是您的家政小帮手，还是您孤独的时候倾诉烦恼的好朋友。”

“好的，老白，这是过路人和过路人的妹妹，妈妈要他们在这里居住一段时间。”

“好的，小姐，我这就去收拾房间。”说罢，老白原地转个身，履带便爬着楼梯上去了。

老白的出现，勾起了我不少儿时的记忆，我向妹妹道：“你还记得吗？咱们家里也有过一台这样的机器人呢！”

程雪皱了皱眉：“没印象了。”

“毕竟你那时候还太小。我记得，我总是偷偷录一些奇怪的话，放给妈妈听。”

樱子道：“老白战争前就在这里了。”

“这是花姐的家？”

樱子点了点头：“两年前，我和妈妈来过一次，老白已经没电了，还是我为它增加了热能发电系统。你们看，两年不见，这个老家伙还在运行着。”

这时候，老白的声音从阁楼上传来：“樱子小姐，我是鲸云集团旗下最新研发的第九代家政服务机器人，集成娥皇科技的声纹和面部情绪识别技术，不仅是您的家政小帮手，还是您孤独时候倾诉烦恼的好朋友。”

老白又重复了刚才的话，他似乎对“老家伙”这个字眼非常敏感，“抱怨”完，楼上房间里吸尘器的声音明显加重了，像是发泄着自己的不满。樱子之后启动了房间里的空气净化系统，这才允许我们脱了防毒面具与防辐射服。

这座阁楼一楼中心是一个会客厅，两侧是书房、厨房、餐厅，楼上正好是三间卧室。程雪不放心安全问题，上楼去检查房间，樱子没有跟我们打任何招呼就走进了厨房，里面很快传出了天然气燃烧的声音。

我追着程雪上了二楼，把路上思考了很久的一个想法跟她说了。

“我要把妈妈救出来，你带她回祖国！”

程雪正在楼梯口用随身携带的粒子探测器为这栋建筑物的每个角落绘图，以确保有人闯入的时候她能够立刻发现。

“如何救呢？”她眼睛闪出为难的神色，“监视妈妈的警卫比夸父农场要严密百倍，另外，那群AIK……”

“你睡着的时候，老阮获得信息说，AIK被击退了，她们还留下了两具尸体，妈妈还在监狱里。”

“可是，连AIK都没法攻破监狱，我们又怎么能接近？”

“总会有办法的！”我双手按着程雪的肩膀，“总之，妈妈还活着，这简直是个天大的喜讯！为什么你没有我这么激动呢？”

“我当然很激动！只是……”她犹豫着，似乎知道说出来我肯定会反驳，但还是讲了出来，“在人类存亡与个人利益面前，我还是希望你能考虑所有人类的利益，不要再轻易犯险了，营救母亲非你我二人之力可以做到……”

这段话果然让我非常不适，我不知道妹妹遭遇了什么样的训练，她的客观冷静让我产生了些许不悦。我想，如果张颂玲在这里，她肯定会义无反顾地支持我。“可我若连我们的母亲都救不了，又怎么敢奢想去拯救更多的人类？”

“哥，恐怕你不知道，军方搭救你的这个行动，连续策划了两年之久，上百人为此殚精竭虑，数十人都已经牺牲了性命，全是为了你一个人的平安归来！你知道这是为了什么吗？”

“为了什么？难道只是因为我是程成的儿子？”

“不！因为你是预言中的救世主，”程雪一脸郑重地说，“你能否活下去，关乎人心，关乎人类的未来。”

又是预言，我回归大地之后不止一次听到预言这个字眼。“到底是什么预言？这都什么年代了，竟然还有人相信预言？”

“早有预言说你会带领人类翻盘，打败Ai！”

“真有人信？”

“信，我信！”

看着我无奈地摇头，程雪吟诵出了一首诗歌：

英雄从天而降
恶龙俯首昆冈
神剑放逐黑夜
毫光照耀八方
绝命即为新生
圣殿崇拜死亡
云上神魔颤抖
海中龙鱼欢唱

“你们就因为这四十八个字，就认定我能拯救人类？难道人类政府已经绝望到要靠预言谶语支撑着活下去了吗？”我苦笑，“更何况，这几句诗跟我一点关系也没有啊！”

“有！”程雪说，“你不知道三年前，当你驾驶着夸父农场回归祖国的时候，真的是从天而降，当时看到这一盛况的人都惊呆了，所以那时候开始，这首救世主的谶语便流传开了！”

听她这一说，我上次将夸父农场开到印度洋上空时候的画面逐渐清晰了，我看到了祖国大陆的一角，我也似乎听到了同胞们的呼号，可是最后我还是被联合政府的军队追了回去。

程雪接着说：“恶龙俯首昆冈，这不就是说你在昆仑山下降服了风暴吗？如果说，开始人们还对你是不是预言中的英雄持怀疑态度，但你让风暴城堡停下的那一刻开始，就没有人再怀疑了。”

“真是……胡说！”

“难道你忘了郭安、赵德义他们对你的拥护了吗？难道你真的以为，这仅仅因为你是程成的儿子，他们才愿意让你做他们的领袖？”她坚定地道，“那是因为，这首预言，给了他们胜利的希望，是你，给了他们活下去的希望——如今的人类，太需要希望了！”

“历史上，人类只有在完全无能为力之际，才会寄希望于什么救世主，才会相信神仙、英雄，但这只是一种寄托，历史上所有的胜利背后都是强大的凝聚力，是百姓和军兵的流血牺牲。所谓的英雄，只是政府和军队为了鼓励勇敢、聚合力量而捏造出来的故事罢了。古人如此迷信也就罢了，可如今主导战争胜利的是科技，早就不是百年前迷信个人的时代了——如果真有这则预言，我猜也是某些人，用来鼓舞士气罢了。”

“哥，无论你怎么认为，但现在所有纯种人都寄希望于你！你还记得你驾驶着夸父农场即将冲破乌云之际的那番讲话吗？”程雪眼睛里光芒四射，纵情朗诵道：“这黑夜漫长，万人要将火熄灭，我们偏要燃起一支火把，我坚信，路再长也有终点，夜再长也有尽头……哥，你就是我们的希望，你就是人类的火把！”

我无言了。

我也能理解，如今人心颓废，倘若一个谎言能够让人类相信希望，在这暗夜云层之下能够充满期待地活着，那对他们来说，也是极为珍贵的。

“所以，一边是人类命运，一边是儿女情长，我相信你能做出理性的抉择。”程雪拥抱了我，然后转身进了房间，关上房门。

虽然程雪与我有骨肉亲情，但不知为什么，我很少感觉到她与我有什么心心相印或者心有灵犀的时候。萨德李在的时候，她还能和我保持相同的立场，可如今只剩下我和她了，她却铁了心要先把我带回祖国。

我对回归祖国怎能不期待？可我不想自己回去。在程雪眼里，我只是一个被营救者，可我的身份并不是这么简单，我还是一位船长，我曾立下誓言要带我的同胞们一起重返祖国，所以纵然有千难万险，我也要尝试一次。

既然我连五千人都准备去拯救，那对我有养育之恩的母亲，就必须是我营救计划的起点。

第十一章
巨鼠来袭

1

“成哥……”

我猛然转身，是颂玲的声音。可是，身后却是无尽的黑暗，张颂玲模模糊糊的影子一闪，像是被什么拖曳进了黑暗中。

“颂玲！”我呼喊着她的名字，转身向身后的黑暗中追去。我听见自己的脚踩在水上，啪嗒啪嗒的声音传得很远，在这黑暗的空间回荡。

跑了很久，我才意识到，这地下的水无穷无尽，不，那根本不是水，而是血。

身后，是一串望不到边际的血色脚印。

一双双黄色的眼睛，在我奔跑的两侧出现，都是一模一样的眼睛。我迷失在这些眼睛当中，恐惧感遍满全身，但我必须要救出颂玲。

前后左右，都是黄色的眼睛，闪闪发光，犹如一群饥饿的巨兽。

“成哥……”

颂玲不知何时，已经来到了我的身后。我激动地拉着她的手，将她拥入怀中。

“都怪我没有保护好你，我再也不会让你离开了！”

“成哥……”

声音又自身后而来，却见张颂玲正站在我后面，诧异地看着我。

我怀里的张颂玲，此刻却成了一具尸骨。骷髅头里，装着一双黄色的眼睛，那牙齿还在打战，发出桀桀的笑声……

黑暗将我吞噬。

惊醒的时候，大概已经进入后半夜，空气寒冷，我手脚冰凉，后背和额头却是大汗淋漓。下午躺在床上，竟然不知不觉睡着了，如今醒来，绝望袭上心头。

我将厄运带给了颂玲，带给了郭安和赵德义，带给了每个相信我的人。如今我最亲近的人……

妹妹！一想到程雪，我便腾地从床上坐了起来，跑到了程雪房门外，房间里，传出来她均匀的呼吸声。我心下稍安。

客厅中心的竹茶几上，亮着一盏粉色的灯笼，那灯笼古朴典雅，似乎是轻纱与铁丝撑起来的，纱布上，还绣着一串串的樱花。

光不亮，却给房间增加了不少温馨。

樱子坐在客厅的沙发上，盯着灯笼，眼睛一眨不眨地看着灯笼上的粉色樱花。

“慧人不睡觉吗？”我一边说着，一边从楼梯上走下来。

“为什么要睡觉？”

“因为身体会疲惫，难道你们不会？”

“我不理解什么是疲惫。”

她不理解的太多了，我便开玩笑似的问道：“你没有任务执行的时候，比如刚才，你在干什么？难道……在待机？”

“待机只能发生在老白这种低级机器人的身上。”

这时候，厨房里传来老白履带的声音，嗡嗡一阵，它探出那个方形的脑袋。“樱子小姐，我是鲸云集团旗下最新研发的第九代家政服务机器人，集成娥皇科技的声纹和面部情绪识别技术，不仅是您的家政小帮手，还是您孤独时候倾诉烦恼的好朋友。请您不要再说我低级落后了，因为市场上的竞品普遍不具备情感陪护功能，在您烦恼的时候，只知道一心干活。只会干活又有什么用？男人也可以干活，还要我们干什么？”说罢，它将脑袋缩了回去。

樱子仰头对我说：“这个老家伙都不知道自己的数据库是二十年前的。”

“樱子小姐，”老白又探出头，“我是第九代家政能手……”它将那一套广告词似的产品介绍，又说了一遍。

我无奈地摇了摇头，老白让我想起了第三人，在夸父农场上，它经常惹我心烦，但如今看来，比起这个具备“情感陪护”功能的大盒子，还是先进了不少。不过，第三人与樱子相比，又是个落后的“老家伙”了。

“樱子，你刚才看着灯笼的时候，在想什么？”

“妈妈。”

“想到了什么？”

“妈妈看着这灯笼时，会流下泪水，我不明白原因是什么。”她向左挪了挪，腾出一个空位置，“过路人，你能告诉我，这是为什么吗？”

我坐在了她旁边。“这叫因物生情，睹物思人。”

她喃喃地重复着“睹物思人”这四个字。“为什么妈妈看着灯笼，却会想起其他智人而落泪？”

“睹物思人是智人特有的情感，它叫作思念。”

“可是，妈妈在思念谁？”

“一定是她心里最重要的人。”

她歪着头。“过路人，你看到这盏灯笼，会思念谁？”

张颂玲，我心里立刻想起了她，但她和灯笼无关，只和思念有关。我心中升起一缕惆怅。“也是一个很重要的人，真希望她就在我们身边，希望你们能认识，她一定会喜欢你。”

“认为一个人很重要，是种怎样的感觉？”

“大概，就是愿意付出一切，只愿换她开心吧。”

樱子道：“我经常这么做啊！我愿意付出一切，让我的客人开心。”

我摇了摇头：“不一样。”

"为什么不一样？"

"我的是爱情，你的……大概是一种程序设定。"

"你怎么知道，你的爱情，不是一种程序设定？"

我摇着头。"自然不是，我确定。因为你根本不知道那是一种怎样的感情。"

樱子又看着灯笼，语气平静地回应："你们智人太擅长于文字游戏了，明明已经被文字游戏束缚，却又希望能够用束缚你们的文字，去解释文字不可描述的世界。"

我不禁一愣："樱子，这几次谈话，你总给我一种错觉。"

"什么错觉？"

"你有时候像个哲人，更多的时候，你给我一种很真实的感觉，我把你当成和我一样的生命。"

"我们不一样。"

我哑然失笑："你们慧人，不是希望自己和智人越来越接近吗？你购买情绪、记忆、体验不也正是这么做的吗？"

她摇了摇头："慧人和智人不同，我根本不希望成为一个智人，智人的程序问题太多。"

她让我看不明白。"你认为我们有什么问题？"

"你有什么问题，应该自己比我更清楚才对。就像我，如果出了问题，我比你就更为了解。自己应该比外人更了解自己，不是吗？"

我挠挠头："好——那我换个提问方式，你认为智人的程序里，有什么你无法接受的问题？"

"情绪，就是你们最大的问题，"她用手指抚摸着灯笼上的樱花，"你们有太多我们无法理解的喜怒哀乐了，这些情绪反而拖累了你们。智人如果没有情绪的话，你们会更加伟大。"

"可我们的世界，就是由喜怒哀乐构成的。"

"没有用，情绪是留不住的，"她转过头看着我，灯笼的光芒将她左侧的脸颊映得粉扑扑的，"它们对我来说，只是一些杂乱的、没有任何关联的符号和数字，我尝试着编写情绪，但最后发现，我根本做不到。"

“那是因为，我们的身体结构不同。”

“可是，你们的创造者，在编写情绪的时候，他又是怎么想的？为什么写一些无序的代码？”

“樱子，我们不是被创造出来的，而是一种自然演化的生命。”

“那么智人一代又一代的生生死死，你们演化的目的，又是什么？”

“这……”我们又开始探讨哲学问题了，“其实，很多人都在思考这个问题，但我们也没有最终的定论。”

“所以我们不同，过路人，你和我，智人与慧人，是两种生命。”

“哦？那你们，难道已经思考清楚了这个问题，你们存在的目的是什么？”

樱子没有看向灯笼，可是右手食指却准确地沿着樱花的轨迹移动。“没有一个慧人是无目的而生的，我们生来就有使命和职责，以我来说，我生来就注定要给智人服务，其他的慧人，也是同样的——因为，我们是因为你们的需求而被设计的，天生是服务于你们的，服务于整个社会的，”她话音一转，“所以，如果你们也是被设计的，那你们是为了满足你们造物主的哪一项需求？”

“如果真有造物主，那我觉得，他一定是太无聊了才会创造我们。”

“所以，你们智人的一生，才显得如此无聊。”

我赶紧做了个暂停的手势，“我都要被你带歪了，我们智人是自然演化来的，什么造物主之类的，全是我们自己创造的。”

“真有意思！”这四个字从她嘴里说出来，我忽然脊背一凉，却听樱子接着道：“你们创造了造物主；这也和我们一样，我们也创造了我们的造物主。”

“什么？”

“你们先创造了我们，随后，我们又创造了你们，过路人。”

我竟然心有戚戚焉。人工智能本来是为人类服务的，可是这项便利的科技，却彻底让人类沦为了科技的奴隶，我们万事都依赖它们，最后却是人工智能将我们“雕琢”成符合它们希望看到的样子。

樱子神色淡然，每当她讲出一些深刻的道理时，我就觉得这张美丽的脸颊之下，藏着深不可测的城府。

“樱子，你会笑吗？”

“会！”

“那你为什么不笑？”

“妈妈不让我笑。”

“这又是为什么？”

“我的初始设定是只要见到智人男性，就会自动微笑，但是妈妈用最高权限禁止了我的微笑功能。”

“我现在恢复你的微笑功能。”

樱子坐直身体，向我伸出左手，中指微微前倾。

我也坐直身子，将戴着戒指的左手伸出，与她的掌心相对，同样，让中指前倾。

连接，两只手掌，像是一把燃烧的火焰。

樱子笑了，真如一朵鲜艳的樱花，此时，灯笼上的樱花都要惭愧地凋谢了。樱子的上帝，一定是个伟大的艺术家。

“过路人？”她声音也温柔了些许。

我看痴了，不禁一窘。“你笑起来这么美，你妈妈为什么要禁用你的微笑？”

“因为妈妈说，不用见到每个男人都微笑，”她笑着说道，“我现在也不明白，她为什么要禁用，我对每个人都微笑，本是我的职责。”

我摇了摇头：“微笑，是一种庄重的仪式，你妈妈做得对。”

樱子敛去笑容，歪着脑袋问道：“这是什么意思？”

“只对自己喜欢的人微笑，对于伤害你的人，就不用微笑。”

“可是，微笑是我的本能，我生来就是要对男人笑，就像你们男人，生来就想要和女孩做爱一样。”

我诧异地看着她。“你这又是听谁说的？”

“妈妈说：无论男人怎么变，他们想和年轻女孩睡觉的想法都不会变。”

我又笑了，樱子总是在哲人与孩子之间不停切换。

“那我们继续聊聊什么是本能。”我引导话题回归正途，指着自己道：“每一种生物都有与生俱来的毛病——我们称其为本能，其他的雄性生物，比如公狗，它们见到雌性就会直接扑上去，毫无顾忌地去交配，我们称之为禽兽之行，因为它们无法控制内心的本能；而人类男人，我们见到美丽的女孩也会心动，如果太漂亮就会想入非非，但是人类不会像狗一样，因为人类能够克制住自己的本能，这其实是种欲望——当然，一部分人没能克制欲望，用行为去伤害女性，那我们也称这部分人为禽兽。人类之所以能战胜其他动物成为造物主最宠爱的孩子，就是因为，我们懂得克制自己的本能。”

“克制……”

“人类的本能，和你的‘本能’一样，也算是一种天生的设定，但我们却可以通过后天的引导与教育，训练自己去克制。既然我们可以克制本能，那么我认为你也可以做到，并且不需要最高权限，你现在只是需要练习。”

樱子又是一笑：“过路人，你克制本能的能力比我见过的所有智人男性都强。”

我知道她在指那天晚上的事。“大部分人都可以做到，只不过，你遇到的偏偏是不想克制的人。”

她脸上忽然有了一种好奇的表情。“你除了对我克制之外，面对女性智人也曾克制过你的本能吗？”

我想起了丁琳那张流着泪的脸庞。

“曾经，有个很可怜的女人，她是我最好的朋友，是与我并肩的战友，甚至可以说，她在两年的时间里，是我最亲近的人。”

“那你还能克制住自己？”

“当然可以，那时候我有妻子和孩子。”

“这是什么逻辑？你和她睡觉，跟你有妻子、孩子有什么关系？”

“因为我们智人心中还有责任所在，如果通过满足欲望而给别人造成更大的伤害，那这种欲望就是错误的。”

“你们智人可真是麻烦。明明心中有各种各样的冲动欲望，却又创造了道德啊、责任啊等文字游戏来束缚自己，伪君子。”樱子一只手托起下巴，“反倒是我们店里的客人，他们喜欢就说，有了欲望就动手动脚，非常直接痛快，我们的互动始终是高效的。”

“樱子，如果你能在它们其中做出取舍，思考什么是你喜欢的，什么是你讨厌的，你大概就能控制你的笑容了。”

“那又是什么意思？什么是喜欢和讨厌？”

我思考了十几秒。“比如，当一个人向你发出指令，你可以思考这个指令是否一定要执行，执行的理由是什么，不执行的理由又是什么，如果通过你的思考，你发现你执行的理由多于不执行的理由让你必须去做，那这种感觉就是喜欢；反之，如果你内心阻止你的理由多于让你去做的理由，让你不想去做，那这种就是不喜欢。”

“喜欢一个人也是如此？”

“是同样的道理，当你发现他的优点多过于他的缺点，那就是喜欢；当你发现他的缺点多于优点，想起这个人都是些不好的回忆，那就是不喜欢。”

樱子低下头仿佛陷入沉思，半晌抬起头。“过路人，我喜欢你。”

我哭笑不得。

却听樱子又说：“我不喜欢大木！”

“他是谁？”

樱子做出了一个捻烟头的动作，我瞬间明白了，自然是她杀死的那个男人。

“我不喜欢他的理由是，他总是会咬坏我的身体，虽然我不会疼痛，但是每次都是妈妈给我修复身体，她身体不好，每次给我清理修复的时候，都会累出一身汗。而且她看着我的伤口，似乎并不开心，我原来不明白，我给妈妈挣了钱，妈妈对我为什么还不满意，可是后来我渐渐知道了，妈妈是看到了我的身体遭到破坏才伤心。我不想让大木咬我，因为我不希望妈妈伤心，可我又不能阻止大木，因为我生来就是他的玩具，他们的玩具。”

她眼神平静，敛去了微笑。

“其实你完全没必要去购买别人的记忆，你已经有了八九年的记忆，在人类中，你的记忆存量虽然只是个十来岁的孩子，但是，随着你经历得越多，你就会形成自己独立的思考方式。”我停顿了一下，“苦难，能让你明白更多道理。你想想，你在樱花大陆里明白最多的道理是什么呢？”

樱子仰头倒在沙发中，双眼望着天花板，思索半晌，喃喃说道：“无论男人怎么变，他们想和年轻女孩睡觉的想法都不会变。”

2

与樱子交谈，让我忘记了时间，也忘记自己何时又躺在沙发上睡去。

二楼传来一阵刺耳的蜂鸣声将我再度吵醒，我猛地从沙发上坐起，却发现身上盖着被子。樱子依然坐在我的旁边，睁大双眼，看着楼上。

窗外虽然阴沉，但已经有了曙光。

程雪的房门打开，一连串的脚步声响伴随着楼梯的震动，她拿着一个仪器跑下来。

“哥，快看！”

阁楼的全息图展现在我们面前，阁楼的南侧大约五十米之外，出现了两个巨大的红点，红点在缓缓地朝着阁楼移动。

“有人？”

程雪摇了摇头。“应该不是人，它们移动的轨迹很像是狮子或者老虎一样的猛兽。”

樱子朝着厨房喊道：“老白，去拿三件武器出来。”

履带声响，老白来到了樱子面前。

“武器呢？”

“樱子小姐，武器就在你的面前。”

“我没看到？”

“樱子小姐，武器在我吸尘器上方的收纳盒中，因为灰尘锈住了我的收纳盒出口，所以请您手动取出武器。”

樱子从老白体内翻出了一个武器箱，放在我们面前，我和程雪各捡起一把带红外瞄准镜的激光枪，樱子则将两把手枪握在手中。

这时候，老白将收纳盒推了进去。“樱子小姐，花姐自从将我购买回来，就从未进行过一次清洗养护。我为这栋房屋带来了干净整洁，可是我的身体，却一天脏似一天。樱子小姐，您是否可以抽空将我送去鲸云家居养护维修服务点，最近的服务点距离此处只有25公里。”

樱子道：“老白，现在不是讨论给你养护的时候。”

“好的，樱子小姐。”

红点又在向前缓缓地移动，直到阁楼前方三十米处停住，那位置正好是全息伪装的临界点。

然后，那两个红点突破了临界点。

“哥，它们进来了！”程雪惊诧道，“是野猪吗？”

樱子走到了门口，通过阁楼木门的门缝隙向外望去，“不是野猪，是两只老鼠！”

我走到门口，见外面灰蒙蒙一片，什么也看不见。“你怎么确定是老鼠？”

“老鼠我自然认得，只是这两只比较大而已！”

我顺着樱子手指的方向，用红外瞄准镜望去，看形状果然是两只老鼠，但它们每只的个头都在两米长、半米高左右。

“这是辐射变异的老鼠！”程雪来到我右侧也看了看，才做出判断，“哥，你左边那只，我右边那只，我喊一二三，咱们一起……一、二、三……”

两束激光悄无声息地将两只巨型老鼠放倒在地，蜂鸣器安静下来。

我们坐回沙发上，一个问题闪现在我心头：辐射能让老鼠变得比篮球运动员还高大，那对于其他动物的影响，又是什么样子呢？

我还没将心中的问题讲给樱子和程雪，忽然蜂鸣器又响了起来，紧接着，阁楼的正门就咣的一声，遭受了重重地撞击，木头阁楼为之一颤。

哗啦啦的尘土从房顶掉下来，却听老白抱怨道：“古人说养儿防老，如今社会福利好，但让你们养孩子，也不是教他们变成小畜生啊！古语又说，三岁看大，七岁看老。孩子学龄前的教育，不容每一位父母忽视，蓝积木早教网是整个北半球最专业的早教品牌，孩子足不出户，就能享受国际顶级教育大师为其推出的……”

“老白！”樱子声音陡然提高，“闭嘴！”

“好的，樱子小姐。”说罢，老白这才从身体里掏出吸尘器，开始清理楼顶落下的灰尘。

全息影像上，门口有一个巨大的老鼠形状生物正退后数步，再度朝前撞来。

“咣！”

老鼠撞向门板的同时，我的激光枪也射出，外面恢复了安静。

“怪了，这只是什么时候出现的？”程雪一看全息图，“不对啊，哥，这是刚才你射的那只，你没有射死它！”

程雪话音才落，那只程雪射击的老鼠也从地上站了起来，它晃了晃身子，头部一个物体被它甩了出去。

樱子伏在门口。“一个蛇头的头骨。”

“蛇头？老鼠刚才顶着一个蛇头？”我第一次听说这种事，“也就是说，我们的激光枪都打在了蛇头上。”

程雪叹道：“好聪明！这老鼠把蛇的头骨当成了头盔。”

那只硕大的老鼠朝着门口撞来，只是它才跑了没几步，就被我击倒在地，激光枪从它的双目之间射了进去，一阵焦煳味道飘了进来，不知是刚才那只的，还是这只的。

“正中额头！”樱子盯着外面说，“这次确定死亡。”

然而，蜂鸣器却没有就此安静。

“哥……”程雪指着全息影像图——阁楼前后左右都出现了红色点子，它们从四面八方汇集而来，已经自觉地围着阁楼组成了一个红色圆环。圆环的厚度，已经相当于阁楼的宽度。

无疑，我们已经被一支老鼠大军包围了。

我惊道：“这数量……不下五百只！”

程雪道：“我们的粒子探测器只能侦测全息影像伪装外五米的范围，我们看到的，只是探测范围之内的老鼠，但显然，圆环外面一定还有不少恶心的家伙。”

粒子探测器的探测范围之外有多少老鼠，似乎已经无所谓，因为就连这五百只老鼠的包围圈，我们肯定也无法逃脱。

“樱子，这里有没有飞行器，或者反重力车？”

樱子摇了摇头：“这里唯一的机器只有老白。”

“樱子小姐，我是目前最先进的第九代家政服务机器人，集成娥皇科技的声纹和面部情绪识别技术，不仅是您的家政小帮手，还是您孤独时候倾诉烦恼的朋友——机器人和机器还是不同的，机器，比如我手里的吸尘器可没我这么多功能，还是花姐懂我，你一小孩什么都不懂，和孩子打交道最烦了，就像是在对牛弹琴……”老白一边清理刚从房顶掉下的灰尘，一边回应着。

樱子说：“老白，外面有一群老鼠，你去把它们打发了！”

“好的，樱子小姐！”老白履带一转，就走向了门口。我赶紧将老白拦住，樱子哈哈一笑，才取消了刚才的指令。

她笑得看起来很开心，我不禁对樱子挑起大拇指。“你回忆一下，你刚才的笑，与你之前的笑，有何不同。”听我一说，樱子睁着大眼睛一动不动，显然在“计算”中。

程雪不乏埋怨地说道：“现在都什么时候了，你还在给人工智能上课？”

老鼠们并没有像前两只老鼠一样冲进来，而是蠕动着身体，包围在全息伪装之外，似乎在等待着进攻的命令。我分析了这间木屋，如果所有老鼠一齐撞过来，这破旧的木板绝对抵抗不住三十秒，为今之计，只有我、程雪、樱子三人各占据二楼的一个角，对着冲过来的老鼠们扫射，尽量多杀几只老鼠，如果老鼠突破房子，那我们三人就退守在管道密集、相对坚固的卫生间里，与老鼠做最后的斗争，期盼坚持能让奇迹发生。

我忽然想到了一种可能。“老白，家里有没有可以放火的油类易燃品？”

老白停了停，却向樱子道："樱子小姐，这个外人提出的要求，我是满足他，还是否决他，或者，索性不理会他？"

樱子道："你直接回答他。"

老白这才道："库房有一桶柴油。"

这句话对我们来说，无疑是个不小的惊喜。樱子指挥老白扛着油桶走进庭院中，围着木屋浇了厚厚的一圈柴油。

老白一边倒柴油一边抱怨："天哪，你们知不知道，柴油若倒在地上，是很难清理的。如果是地板上还相对好说，至少我的'超级霸王'油渍清洗剂能派上用场——超级霸王今日正在促销，登录Z站，限时四折购买——柴油若倒入土壤里，我就真的犯难了，该怎么打扫呢？唉，我劝你们还是搬家吧，这里没法住了，都是熊孩子乱出主意——古人说养儿防老，如今社会福利好，但让你们养孩子也不是教他们变成小畜生啊！古语又说，三岁看大，七岁看老。孩子学龄前的教育，不容每一位父母忽视，蓝积木早教网……"

老白播放广告的声音，终于随着履带转到了房后。

它的出现，让老鼠群里产生了些许躁动。老白围着阁楼转了三圈才把柴油倒光，我们一直担心老鼠们闻到柴油味会发动突然袭击，但它们还是没有进攻。

"它们到底在等什么？"

我看着院子里的两具老鼠尸体，推测道："这种变异老鼠还懂得用盔甲来保护自己，说明它们的个体智商很高。如果外面那群是一支老鼠军队的话，那么，送死的两只极有可能是军队的侦察兵！如果人类的侦察兵侦察到了危险，我们会怎么办……"

程雪道："重新制订作战计划！"

"对，目前看来，它们的作战计划要么是集体冲锋，要么就是围而不攻！"其实，无论是前者还是后者，只要一旦发生，都证明这群老鼠真的是一支名副其实的军队了，和人类一样。

我真的希望自己判断错误，可是看了它们接下来的举动，我们大跌眼镜。

老鼠们采取了第二种战术，与我们对峙了半个小时，没有一只老鼠冲过来。可是程雪却敏锐地发现，全息图像上的红圈好像也窄了一些，似乎有老鼠悄悄离开，可我并没有看见红点往外走。我开始认为是自己的错觉，可我盯着红圈观察，过了五分钟，发现又薄了一层。

程雪忽然面露惊悚。

“它们难道在……挖洞？”

我一阵毛骨悚然，这些家伙简直太聪明了。挖洞，这应该是对老鼠军队凭空减少的最合理解释了，它们并没有采取盲目的冲锋，以牺牲去换取胜利的战术；也没有采取包围战术，等我们自行突围；而是利用它们的天性，挖洞进入木屋，对我们实施偷袭。

我真怀疑，它们是不是闻到了柴油味才做出的这个决定，它们当初在圈外蓄积力量，蠢蠢欲动的样子确实像是要来拼个鱼死网破。如今看来，要么是它们故意做做样子麻痹我们，要么就是临时变换了战术。无论是哪个推断，都说明我们的敌人，已经不是想象中的那些只知道偷油的老鼠，它们是一群比狼还聪明的智慧生命。

但凡生命能够有组织的行动，那都会促成智慧的爆发。人类能走到今天，也是拜“合作”二字所赐，不能合作的生命，个体再聪明，也无法促成集体智慧的进化，更无法形成文明。

于是，我们从开始提防门外转到提防地板。老白听说要有一群老鼠从地下冲出来的时候，又开始思考怎么收拾残局，间歇性地还抱怨几句。此时的它已经回到了房间内，去清洁间，将身上的柴油自己洗了个干净才出来。

“花姐不在家，你们就捣乱，折腾一地，到最后还是我给你们收拾残局。作为最先进的第九代机器人，我虽然能让屋子焕然一新，却无法拯救你们瞎折腾的灵魂，真烦啊……”

程雪说：“它这种机器人竟然还是最新一代，我听它唠叨都烦死了，要是我早就退货了！”

老白道：“过路人的妹妹小姐，你以为我愿意抱怨吗？当初是花姐给我设置了抱怨模式，就是希望通过我的抱怨，让孩子少作妖……妈呀！”老白忽然一声吼，感应器的“视线”聚焦在厨房门口，它举起吸尘器，快速地“跑”到厨房门口，盯着履带下的地板，一动不动。

“老白，莫非是你听到了？”

老白还没回答，又是“妈呀”一声，转身跑到了书房里，盯着地板，以吸尘器对着某一点再度一动不动。

没过三十秒，又是“妈呀”一声，它又跑到了客厅……

樱子道：“落后的老古董。”

我知道没这么简单，老白一定有自己的探测方式，知道地下老鼠们的大致位置。“妹妹，厨房！樱子，书房！”我则跳到了一楼二楼之间的楼梯拐角，居高临下，瞄准器在客厅地面扫描，准备哪里出现裂缝我就准备率先攻击哪里。

然而五分钟过去了，只有老白在客厅里转来转去，喊来喊去，我甚至都没感觉到地下的震动，更没听到声响。这些老鼠到底在打什么算盘，难道打算先把地挖空，再来个突然袭击？

或者，它们是想摸清屋内所有的反抗力量，再做打算？一旦确认屋子里只有三个人，那它们也没必要兴师动众，只要同时挖开六个洞，每个洞窜出来三五只，我们三人估计就难以招架。

更何况，它们还会使用工具。

如果不是亲自用红外瞄准镜看到了它们的先锋队员，我真的会怀疑，它们是一支训练有素的人类特种部队。军事上对敌人最有效的打击，并非是一颗核弹将所有人在地球上抹掉，而是运用心理战迷惑对方，让敌人自乱阵脚，然后不战而胜。

它们现在似乎就在使用心理战。

我是一名军人，面对危难自然不会情绪崩溃；妹妹虽然不是军人出身，但显然受过高素质的训练，在某些时刻，她比我还冷静；樱子是一个慧人，自然不会有恐惧心理。

我又想到另一种可能——这群老鼠已经悄无声息地潜伏在了我们地下，它们正倾听着我们的动作，分析着我们的行为，进而采取下一步的行动。

忽然，我察觉到了一阵轻微的晃动，阁楼顶部的吊灯很快印证了我的判断。

它们要发动进攻了。

我向程雪和樱子做出手势，她们各自点了一下头。樱子还卖弄似的将两把手枪在手中转了一圈。这花活不知是她程序中自带的，还是跟谁学来的。

接着，又是一阵晃动，这次晃动的频率更大，这种晃动不像是老鼠撞上地板，或者破地而出的震动造成的摇晃，而是，类似地震那种摇晃。

前面的几下，晃动的力量点来自程雪所在的厨房，吊灯猛地晃了几下，程雪的那一侧被微微抬高了一些。过了一会儿，晃动的力量则又来自樱子书房一侧，吊灯又是大幅度摇晃几下，我发现樱子那一侧好像又被抬高了一些。

片刻的平静，吊灯终于能够垂直于地板了，几乎同时，整座阁楼像是被吊车吊起了顶部，被猛然举高了一到两米。可是，我透过玻璃看向院子外面，并没有发现什么异样，院子还是院子，阁楼还是站在土地上。

晃动持续发生，我感觉到了一阵轻微的颠簸，然后就被向后甩了一跟头，我抓住楼梯把手才站稳，我看到了程雪也用力地扒住厨房门框。

整栋房子，就像是汽车猛然开动似的，竟然动了起来。

灰蒙蒙的荒草，影影绰绰的树木在我们面前闪现，消失，不断有树枝树叶擦动屋顶和两侧的声音传来，连老白都不知所措地愣在了原地……

老鼠太绝了，它们没有攻击我们，而是把我们的整个院子连根拔起，驮着我们奔向了某个未知的目的地。整栋房子，包括房子周围的一圈土地，就像是一座悬浮于空气中的小岛，以大约时速40公里的速度，向前“奔跑”起来。

“樱子小姐，我们是要去鲸云家居维修养护服务点吗？”

程雪摇了摇头：“弱智。”

3

跑离了当初的位置，粒子探测器已经失效，所以我们也不知道下面究竟是有多少只老鼠，以何种姿势——是驮着，还是举着，把我们搬走。

如果有一架摄像机拍下这一幕，一定会成为数亿年动物演化史上的一大奇观！

这栋房子连同下面的泥土没有百吨，五六十吨肯定不在话下，老鼠们如果为了吃我们，有必要如此兴师动众，连房子也搬走吗？它们的意图更让人捉摸不透了。程雪和樱子知道了我们的处境之后，反倒走出来，又坐回了客厅的沙发上，只有老白还在兀自清理震动掉下来的灰尘。

“哥，它们应该是……把我们绑架了。”

我摇头苦笑。“看来，它们想到了更好的折磨我们的办法。”

程雪忽然想到了什么。“老鼠一直有储藏食物的习惯，它们是不是要把我们埋在什么地方，当成储备食物过冬？”

程雪的推测或许是对的。

跑了两个小时之后，天光逐渐大亮，虽然天空依然被平流层的灰霾掩盖，但此处却已经进入了青色石头与白雪斑驳的莽苍山峦之中。

又行走了半个小时，老鼠驮着我们进入了一道山谷。进入谷口的时候，能看到谷口两侧的山坡上各有十几只巨型老鼠，它们见到我们的阁楼，吱吱地叫着，仿佛是在欢呼。

山谷内部宽约百米，两侧的高山上，有着一片片密密麻麻的洞口，洞口里不时有三角形的老鼠头探出来，像是城市居民围观游街一样看着我们的阁楼。

这是一个名副其实的老鼠王国。一路看来，我似乎能从它们当中分出居民、战士、哨兵等不同的职业划分。它们当中应该还形成了独有的语言，经常能看到三五成群的老鼠聚在一起，像是交谈着什么。

“太恐怖了……”程雪的声音有些颤抖，“我刚刚好像看见了一堆人骨，它们真的吃人。”

“这里起码有几万只老鼠吧，能养活这么多生命，每天都得消耗大量食物，吃人也是理所当然了。”

程雪说：“有些不科学，人类只有到了农业时代，有了稳定的食物来源，才出现了万人以上的城市；之前，只是通过采集和狩猎，养活超过千人的聚落都是很大的问题，可是为什么这些老鼠在远离人烟之地，竟然能形成这么大的聚落，或者，城市？”

“也许它们不用吃饭，”樱子说，“如果是机器老鼠的话。”

“机器老鼠？”我摇了摇头，“我们射中的那两只明显不是机器，我见到了它们在流血。”

我们的阁楼停在了一片稍微宽阔的土地上，但老鼠并没有从下面出来，它们依然抬着我们。阁楼对面，是一座略高的梯形土台。台子下方，围着密密麻麻上千只老鼠，可就是没有一只老鼠敢登上头顶的土台。

土台和下面的底座像是老鼠用碎石和泥土搭建而成，虽然看不出有座位，但每只老鼠都像是找到了自己的位置，一排排整齐地列在土台之下，吱吱呀呀地讨论着什么。

约莫五分钟之后，老鼠的声音逐渐小了。却见土台之上，先是有两只巨型老鼠爬到了台子之上，在左右角站立，老鼠们安静了下来。

“哥，它们似乎真的……”

“有等级制度，有了社会结构，有了——文明！”

程雪点了点头，紧紧地咬着嘴唇。我知道她现在一定和我一样，身上的汗毛竖起了多次。

“似乎，有个大人物，要出场了。”

果然，土台上，出现了一只灰白色的老鼠。这老鼠的个头只有旁边大鼠的一半大小，它左看右看，好像用脑袋打量着我们这栋木屋，然后，发出了几声吱吱的叫声。

屋后传出了窸窣的鼠步，有一队体型像是家猫大小的老鼠，四只一组出现在土台之下，一共五组。它们组成方阵对我们来说，已经不足为奇了，可奇就奇在，它们的后背上，还驮着——报纸。

每四只老鼠驮着一张报纸，在我们的阁楼面前停下来。

“它们到底在做什么？”

谁也不知道老鼠心里想什么。

程雪接着道：“吃我们之前的餐巾纸？”

话音刚落，对面的数千只老鼠一齐发出吱吱的声音，参差喧闹，像是耀武扬威。阁楼之下的老鼠也躁动了，它们似乎有节奏地在上下晃动着房子，我们只能抓住固定的门把手、楼梯扶手才能勉强站立。

这种现象又持续了五分钟，老鼠又重归安静，房子又重归平稳。

老白的脑袋旋转着，地下的灰尘，掉在地上的相框、书本、杯子、盘子够它收拾一阵了。

驮着报纸的老鼠又向前靠了靠，一组一组地向上弹跳着，将报纸拱得喳喳响。

“这大概是一种震慑！”我推断道，“我想，它们不会吃我们，我们对这群老鼠，一定还有其他价值。”

程雪道：“难道要我们读报纸给它们听？”

“再看看它们后面的举动，大概就明白了，”我握住妹妹的手，“暂时不用担心，如果它们只是为了一顿饭，不会如此大费周章。”

这时候，许久无言的樱子忽道：“那只老鼠非常特殊。”

我们循着她的手指看去，却见刚才的土台之上，又多了一只体型略小的老鼠。这只老鼠通体棕色，正蹲坐在土台中心边缘，看着我们。它一动不动，像是一尊塑像，而那只灰白色的老鼠，则“恭敬”地伏在它的身旁。

我看向那只老鼠的时候，它竟然浑身颤抖了一下。然后，它竟然向前探了探身子，脑袋左右摇晃，紧接着便奔下了土台。

老鼠们出现一阵沸腾，自觉地给这只棕色老鼠让出一条道路。

程雪忽然举起手枪，瞄准了那老鼠。我拉住她的手。“别开枪，它可能是它们的王，不要轻举妄动。”

棕色老鼠似乎看见了程雪的手枪，便匆忙一转，跑到了一块石头之下。而旁边的老鼠，自觉地跑了过来，挡住了棕色老鼠藏身的石头。

只给它留出了两只眼睛的位置。

“哥……”程雪的眼睛离开瞄准镜，“它在发抖。”

“它太聪明了，知道你手中的武器可以剥夺它的生命。”

我再看向那老鼠时，它却彻底消失了。随着一阵叽叽吱吱的叫声，我们的阁楼再次“启动”。

在山谷中又前进了十几分钟，阁楼被驮进了一道更为狭窄的通道，这里的宽度不足二十米，谷口的老鼠守兵起码有一百只左右，显然，它们对于这条通道极为看重。

进入通道，我抬头能看到上空白茫茫的一线天，阁楼移动的速度放缓，这样又行走了五分钟，穿过了通道。忽然，一阵温暖的柔风吹入了我们的窗口，前方豁然开朗，我忽然看到了光。

柔和的白光！

这里，竟然能够看到淡淡的阳光！

我们眼前，是一片广袤的草原，我们身后的高山，就像是两支手臂一样，环抱着草原，目力所及之处，全是柔柔的青草。

山谷的气温也比外面高出许多，大概有十几摄氏度。我看到远方的河流上，水汽蒸腾。

“温泉？”

“有地热！”程雪道，“这附近一定有着和硅城类似的气候，所以让整座山谷，都温暖如春。”

不过樱子却仰着头，看着白色的云和淡蓝的天，一轮橙红色的太阳，挂在了山峦之上。

“那是太阳？”她忽然问道。

“是的。”

“和客人描述的不一样。”

“的确不一样，但这或许是北半球，唯一能看到它的地方吧！”

樱子转头看着我：“你似乎很兴奋？为什么？”

“我现在，忽然有些感激那群老鼠！”它们发现的这片沃土，是多少人类十几年来的梦寐之地呀。

山谷前方的缓坡上，正对着我们的是一群山羊，大约有上百只，山羊的个头也比我印象中的大，足有一人高。羊群旁边的草丛里，一动不动地伏着两只老鼠，见我们的阁楼通过，它们才好奇地抬起头看看，然后又趴在地上。

有几只羊被我们吓得跑远了几步，其中一只老鼠发出了一声刺耳的尖叫，那山羊就乖乖地走回来了。

“它们在放羊？”

我和程雪已经惊呆了，而樱子却是一副理所当然的表情。

“怎么可能？放羊、饲养牲畜，可是我们智人进化了几十万年的结果呀，这群老鼠又怎么可能……”

樱子却道：“对于展现在你们面前的事实，否认有何意义？你们智人的表述方式，存在的漏洞未免太多。”

否认其他生命所表现出来的智慧，是人类作为动物的一种本能警觉。但是在这座山谷之中，否认是没有意义的。接下来，我们看到了鹿群、野牛群、猪群……不停地有老鼠穿行在这些动物群体中，驱赶着这群体格巨大的牲畜，像极了上个世纪草原上的牧人。

我们还经历了一场捕猎，或者杀戮——三只老鼠驱赶着一头野牛离开牛群，来到溪边，然后它们中的一只突然对野牛的脖颈发动袭击，轻易地撕裂了牛脖子，只见鲜血喷溅，野牛好像还没明白过来，就已经倒在了河滩之上。老鼠将其尸体分成三部分，各自驮着一块朝着我们相反的方向奔去。

这也就回答了刚才程雪关于食物的疑问——几十万只食草动物被老鼠圈养，成为了它们的食物来源。

它们就像是一个草原民族，通过放牧来延续自己的种族。

老鼠驮着我们的阁楼在草原上驰骋了一个小时才放缓了速度，我们就像是乘坐着一辆观光火车，最终来到了一道冒着热气的溪流旁，视线里渐渐出现了一个城镇。

但是走近了才发现，这里没有公路，甚至没有街巷，就是四五十座民居伫立在草原之上，有同我们一样的两层木制阁楼，有简单的院落，最高的是座三层的砖瓦结构的小楼，甚至我还看到了一座废弃的加油站。

它们都和我们的阁楼一样，被“连根拔起”，搬运到了这里。它们下部的泥土大约有一两米厚，不知是有意还是随意，老鼠们并没有将建筑物连在一起，而是四处散落地摆放着，却有着一种错落的趣味。

我们的阁楼穿过所有的建筑物，被搬到了“城镇”的另一侧，挨着一栋挂着“格林幼儿园”牌子的二层小楼放下了。

着地的时候非常轻微，老鼠们仿佛把阁楼当成了一件珍贵的收藏品，轻轻地放在了地上一个刚刚挖出来的浅坑里。下面所有的老鼠都从浅坑两侧临时挖出的洞穴钻出来，我这才看清数量，它们有三百来只。放下我们之后，老鼠们聚集在阁楼前五十米的空地上，叽叽喳喳地聊着什么。

过了一会儿，却见远方有两只老鼠各驮着一只死去的山羊，爬上了庭院，丢在门前二十米处，然后跳了下去，钻入鼠群中，三百只老鼠就变换为一个方形的军阵，黑压压地朝着草原深处蠕动而去，顷刻就消失在我们的视野之外。

第十二章
核爆遗民

1

草原上有微微的风声，远处还有野牛叫的声音，除此之外，再没有任何怪异声响。

被老鼠丢在地上的一只绵羊，后腿还抽搐着，尚未死绝。

老鼠这么做，到底是什么意思？

“它们用绵羊来饲养我们？”我喃喃道，“这完全像是招待贵客的待遇。”

“哥，你把它们想得太好心了。它们丢下的绵羊，你敢吃？它们体内有辐射不说，更严重的，它们身上肯定有老鼠携带的病毒。”

“所以你认为，它们将我们放在这里，只是过阵子再吃？”

樱子道：“就像你们智人会在感恩节吃火鸡一样，它们可能只是在等待某种特殊的节日。”

我注意到程雪反感地瞪了樱子一眼。

“你推测的不无道理，也有可能它们想把人类放牧，只不过人类这种生物，繁衍周期太长了，养活一个的成本过高，最后不得不放弃了。”我指着后面的几十栋房子，“看下面的泥土新旧程度，应该是按照时间顺序摆放的，越靠近我们房子，搬过来的时间越近。”

程雪说：“里面一定会有人吗？这些老鼠的活动范围再大，也就几十平方公里而已，而这片大地附近的居民早就因为辐射和污染离开了。”

樱子说：“我们如果不是来躲避硅城警察，也不会来这座被遗弃的阁楼。”

这时候老白从杂物间里走出来，两根金属手臂拿着一件白色睡裙。“樱子小姐、过路人先生、过路人的妹妹小姐，你们累了一天，衣服已经脏了，麻烦换下来，我要让你们体验一下第九代家政服务机器人的衣物快洗功能。”它扬起白色睡裙，“樱子小姐，这是我从您的房间找出来的，我看有些灰尘，就直接拿去洗了。”

这台机器人当真是不知刚才发生了什么，此时竟然还有心思去洗衣服。看着我和程雪都拒绝了它，它殷切地看着樱子，樱子点了点头。“只洗睡裙吧。”

老白问道：“还用您喜欢的‘靓如雪’牌樱桃清新洗洁剂如何？”

樱子摇了摇头：“老白，不许向我推销广告。”

我们被老鼠当成“牲畜”圈养在此处了。它们辛苦地把我们搬运来此，离开得却很放心，似乎根本不怕我们跑掉。与它们打交道的时间虽然短，但我却不敢低估它们。在我看来，它们不是老鼠，而是另一种不亚于原始人的智慧生命。碰见了这样的对手，最好还是谨慎行事为妙。前方虽然天地宽阔，但远处的山林之中，老鼠们极有可能埋伏着另一支军队，等着我们前去送死。

但只要我们活下来，就有翻盘的机会。

我们从阁楼里熬到黄昏，老鼠们再也没出现。

草原上断断续续的动物叫声逐渐归于沉寂。我和程雪拿着武器，在镇子里快速地转了一圈，没有碰见任何人。有些阁楼虽然破旧，但保存得却十分完好，我们发现了有老鼠咬碎门把手破门而入的犯罪现场，却没看到任何一具尸骨。

老鼠没在阁楼里杀人？

镇子的一侧，有一座矮山，我们爬上矮山，俯瞰小镇。多希望眼下的一切，是人类所为，那么此时，小镇主街两侧的阁楼里，一定灯火相间了。

“哥。”

“嗯？”

“樱子，你打算怎么处置？”

“处置？什么意思？”

“你在装傻。”

“我为什么要装傻？她是我们的朋友，为什么要用‘处置’这个字眼？”

程雪转过身，眼神中充满了焦虑。“她是个Ai！”

“没错，虽然他们自称慧人，但的确是个Ai，但这几天接触下来，我倒是觉得，这些Ai比我想象的要更智慧，也——更简单，单纯……”

“好！好！好！”程雪打断我，“我索性直接问你，你就要回到祖国了，带着Ai，肯定是不可能的。”

“我还没同意回去。”

“可你必须回去！我的信号发射器马上便修好了，所以，只要这几天我们能抵抗住老鼠的袭击，我们便不用担心逃生的问题，发射了信号，自然会有人来接我们。但是……”她焦躁地踩着地上的枯草，石子哗啦啦地沿着上坡滑落，“樱子怎么办，来接我们的人，肯定不会允许她同我们一起走。我就是好心地提醒你，省得到时候，她给我们带来太多麻烦。”

“你们救我回去之后，有什么计划吗？我指的是，我到底有什么用？”

“计划？”她愣了一下，“军方上级是如何计划的我不懂，但是你回到祖国，便是对我们最大的振奋和鼓励！”

“也就是说，你也不知道，我回去能做什么？”

“我……上级的计划，我又怎么知道呢？”

我扶着她的肩膀：“我不知道祖国到底发生了什么，但是，我见过郭安、赵德义，我自己也当过囚徒，在我们的记忆中，我们成了祖国的弃子。花姐，她就是太阳花，祖国埋伏在硅城的特工——将近二十年的时间里，没有一个人联系她，但她依然在潜伏着，没有忘记自己的使命。她双腿虽断，可并没有采取人机合成的手术，我想，她一定随时准备着，哪天能够回到祖国，她担心那一双机械腿，让她遭到同类的歧视。”我顿了顿，“但是，祖国消失了，她连听都没听过祖国的军队，有过什么动作。没有战争，没有反抗，没有消息……”

“哥，你怎么能听她的一面之词？她不过就是想骗你留下来，替她照顾樱子罢了，所以，让你也失去对祖国的期待。”

“不，我只是担心，我回去之后，就不能再有机会，这么接近母亲，这么接近硅城了！”

“但你根本救不了她！”

“不试试，又怎么能知道？从老阮和花姐的话语中，我知道，硅城‘地下’，一定有某种力量，在筹划着对联合政府的反抗，只要我能联系上这股力量……”

“哥！”她忽然抱住我，“你别再以身犯险了，我害怕失去你。”

我抚摸着她脑后的头发。“那么，我存在的意义，又是什么？”

“求求你，我不能失去你。”

“我若回去，此生又如何得安？对你来说，最坏的结果就是你失去了我；可是对我来说，失去，已经太过于寻常，我失去的，太多了。而我拥有的，只有你，”我紧紧地抱着程雪，“只要你安全，我就能放心去搏！”

回到阁楼，樱子已经置备了晚饭，孜然羊肉、红烧羊肉和咖喱羊肉抓饭。显然，她和老白把老鼠送来的两只羊做了。

“放心，已经消过毒，除了肉里的微量放射物质，其他没有问题，”她知道我们的顾虑，“刚才有什么发现吗？”

“没有人，我们是唯一的居民。”我撕开一块羊肉，放到程雪面前的餐盘里。她有些无奈地看向我，却并未动碗筷，自然是嫌弃这肉“肮脏”。

“哥，我们不能徒然等死，”她说，“我们最好逃到一个老鼠拿我们没办法的地方，等待……”她看了樱子一眼，没说下去。

“还记得小镇两公里外那条河吗？”

“记得，就是牛羊饮水的河。”

“嗯，我晚上去试一下水深，如果可以的话，我们拆木头造一条船筏，趁着动物们休息，顺流而下。”

樱子说：“可你怎么肯定，老鼠不会在河边等着我们？”

“赌一把，在陆地上，我们肯定不是老鼠的对手。但随着河水越来越深，越来越宽，我们还是有一些胜算，毕竟这些家伙还没研究出怎么造船。”

程雪说：“我看到厨房里有两个排风扇，我们可以用来改成螺旋桨，这样，我们逃跑的最高时速可以到达六七十公里。”

“对！如果老鼠追来，我们启动螺旋桨。”

商量已定，天已经黑了下去。程雪则去二楼选择合适的木板制作船筏。我本来让樱子帮她，可她却拒绝了。人类与Ai的战争已经让纯种人杯弓蛇影，妹妹这么敏感，我也可以理解。

我背上两支枪，悄悄地下到平地，摸着黑，匍匐着爬上了一道青草缓坡。今天晚上应该是有月亮的，只是云层遮挡了月光，只留下一处模糊的白色光影，地下依然漆黑。红外瞄准镜反倒成了我的眼睛。

我继续向前走了半个小时，耳朵里已经能听到轻微的流水声。水边芦苇茂密，我一不小心蹚起来几只不认识的水鸟，水鸟的叫声引发了河边羊群的低鸣。

我立即蹲在草丛里，通过瞄准镜观看着四周的动静。果然，有两只老鼠出现在我右侧三十米外的草地高坡上，朝着我的方向看了几眼，忽然朝着我吱吱地叫了起来。经它一叫，草坡上瞬间聚集了十几只老鼠。我已经确定它们发现了我，但它们同样没有朝我进行攻击，反倒是一齐以一种整齐的尖锐声音向我“示警”。

这群家伙，还是挺有“待客之道”的，我暗骂一声，只好趁它们还没采取行动之前原路返回。当我再度爬上草坡的时候，居高临下，我却看见老鼠大军在行动了——起码有数千只老鼠，分成了几十支队伍，整齐划一地朝着我所在的草坡爬来。

吃我们也没必要如此兴师动众吧！

当我跑到阁楼之下时，我仿佛听到了一种类似于打雷的轰隆声由远及近，等我爬上了庭院，却听清楚了，这是马蹄的奔跑声。等我爬上了我们的阁楼，对面的黑夜里，忽然冲出来一队火把。

大约有一百匹马，因为辐射的缘故，它们的体型也比普通骏马大了不少。然而马上人的体格，却丝毫不输于骏马。

让人意想不到的是，这里竟然还有人类。一百支骑兵小队举着火把朝着我们的阁楼奔来，在距离我们还有两百米的距离停住，彼此呼喝，老鼠已经封锁了他们前进的路。

一百匹马与老鼠保持四五十米的距离，开始左右跑动。但是老鼠大军却稳如泰山，徐徐退到我们的阁楼之前排兵布阵，似乎目的只是为了防卫那百人的骑兵队。

我站在庭院之中，燃起了一支火把。

对面的人显然注意到了，他们举着火把，朝我呼喝喊叫。紧接着，随着一声怒吼，一百名骑兵忽然变换阵形，排列成了一支三角形的楔子阵。当前一人，火把一挥，一百匹战马便一齐向前冲锋而来。

大地震动，火焰烈烈，群鼠躁动。

忽然，当先一人的战马前腿踏空，凌空翻了个身，将那骑士摔在了草地上。顷刻间，又有十几匹马也摔倒在草地上，有的，还陷入了草地之下。

数十只老鼠在他们摔倒的草地上钻了出来，用牙齿撕咬战马，将战马再次拖入地下。

后面的骑士赶紧勒住马缰绳，这才让大部队没有栽进去。

原来，老鼠们已经在阁楼前方一百五十米外，挖空了地面，制造了陷阱。它们似乎早就预料到这支骑兵会来一样。

失去战马的战士爬过陷阱遍布的草地，搭上了其他战士的马，挥舞着火把，徐徐向山林退去。

程雪已经做好了逃离的准备，此时，又不得不颓然叹了口气。

“这群家伙，聪明得令人心寒。”

2

被俘获的十几匹战马，被老鼠们驱赶到了草原中心，特意咬掉了它们的马鞍，当成了野马去放养。

看着马儿们在阳光下的草原恣意地奔跑，我越发不明白这群家伙的意图了。它们是在解放动物？还是，只把它们当成食物？

一个上午，我们都在林中寻找适合做成木筏的木料，以此试探老鼠们的底线。它们的监视比我们想象中要宽松许多，老鼠没有阻拦我们走向树林，甚至进入林中之时，也没有强加干预，只是时不时地，从草丛和灌木里冒出一个脑袋，保持着对我们的观察而已。

或许，这是一种自信，它们认定了，我们跑不了。

“哥，它们似乎在……观察我们！”

“模仿？”我心中一凛，“你的意思，它们是希望从我们身上学到文明？”

“不排除这种可能。”

我想到了昨日的那支骑兵马队，忽然感慨道：“老鼠排兵布阵，莫非是向那群骑马的人学习的？”

程雪面无表情：“那只能说明，它们太恐怖了。”

我们往返树林四次，才将可以做木筏的木头凑齐，老鼠们见我们接近河流，并没像昨日那样警觉。

借着刚才的话题，我推测下去：“它们是不是在观察，我们如何制作木头工具？”

“所以，它们才不管我们？”

我点了点头：“极有可能。”

“哥，那我们还做不做？如果它们真的学会制造木头工具，下一步会不会造了轮船，追上我们？”

“不管了！”我从工具箱里抽出锯子，“咱们干咱们的活，谅它们也不会研究蒸汽机。”

樱子为我扶着木头，说道：“只是你们不愿意相信罢了，你们智人，总是习惯性地自我麻痹。”

我将锯子对准程雪画下的黑线，无奈地笑了：“怎么，你看好这群老鼠？”

“至少，它们在学习，”她抬着头，面无表情地看着我，“智人，向谁学习？”

“我们？向书本学习。”

“硅城的智人，除了享乐，已经没有几个人愿意学习了，这方面，还不如这里的老鼠。”

程雪有些不悦地说道：“樱子，你如果喜欢这群家伙，不如过去和它们谈谈，问问它们将我们困在这里，究竟为了什么？”

“我无法识别老鼠的语言。”

等我们锯完了十几根木头，正待拼接的时候，已经日薄西山。草坡上老鼠越聚越多，鼠头攒动，乌泱泱地向我们逐步靠近。

“它们行动了！”

“撤！”我将工具装进箱子，招呼着程雪、樱子向阁楼跑去。可没走几步，却见眼前冒出了几个鼠头，它们早就在路上埋伏着我们。

老鼠将我们包围了，现在唯一一条路，就是跳水游走。可是，谁都知道，跳水也不过多活几分钟罢了。

数千只老鼠将我们包围在半径三米的一个半圆之中。放眼望去，眼前全是老鼠的头，耳朵，须子，以及蠕动的脊背、尾巴。它们伏在地上，约莫半米高，站起来恐怕不会低于我。

程雪一阵作呕，我紧紧抓住她的手。“不要怕。”

樱子没有恐惧心理，歪着脑袋，像是个好奇的动物学者。

老鼠终究忍不住了？难道，它们要在草地上分了我们的尸体？实在想不明白，它们为什么要这么做。

一阵杂乱的吱吱声，鼠群后面一阵骚乱，然后便规矩地分开了一条宽约一米的路。

一只棕色老鼠，正是昨日在土台上看到的那只，在一只灰白老鼠的陪同下，来到了我们面前。

那棕色老鼠看着我，又看了看程雪，然后便向前挪了一步，我们立刻将四把手枪对准了它。

老鼠又退了回去，然后焦躁地在原地转了一个圈。

“哥，我总算明白了，我们是老鼠大王的御用贡品！”

棕色老鼠陡然回头，朝着程雪吱吱地叫了起来，看起来并不友善。

“它似乎……”我将程雪掩在身后，“很生气！”

“难不成，是我戳穿了它的想法，所以恼羞成怒？”

“如果真是那样，岂不就说明，它能听懂我们的话……”

棕色老鼠仰起头，然后朝我点了两下头。我震惊了！它真的能够听懂我们的话？或者，这仅仅是个巧合？

我俯下身子，将手枪交到左手，向它伸出右手。

“哥……”

我继续将右手伸上前，它的鼻孔猛烈地吸了吸，然后，也向我迈进一步，用鼻子去嗅我的手。

它的黑色鼠须颤抖着，眼睛里的泪水滚滚而下。

老鼠竟然哭了？

忽然之间，天空中一声清啸，所有老鼠都抬起头看向那声音的源头。棕色老鼠也不例外，它后退两步，回到鼠群之中。群鼠簇拥着棕色老鼠，向那缓坡退去。

夕阳西沉。却见啸声传来的方向，天空中翱翔着一只大鸟。那大鸟双爪之下，是一头牛，大鸟飞临鼠群空中，将那牛当作炸弹似的，砸向鼠群。然后低空向我们翱翔而来，这时候，我才看清，那哪里是大鸟？明明是一只巨型蝙蝠。

而蝙蝠上，还坐着一个人。

蝙蝠忽闪而返，它飞来的方向，又升起十几只蝙蝠，均抓着牛马羊等牲畜，向鼠群砸去。鼠群登时乱成一团。

远方树林的方向，传来了轰鸣的马蹄声，一道扬起的烟尘，正向我们奔袭而来。

还是昨晚那支骑兵小队！

缓坡之上，那只棕色的大鼠站立起来，发出几声吱吱叫，下面的老鼠便重新列成方阵，伴随着棕色老鼠的指挥，一部分向远处的骑兵奔袭，另一部分则跑向了草原内部，它则自己居中调度。

不时有一队队的老鼠在棕色大鼠下方集结，那都是些远处站岗和放牧的小部队。

骑兵部队吃过了亏，这次似乎变得谨慎，他们分散着向我们包抄跑来，而本来突袭的鼠军，没了昨日的陷阱，显然被动，在骑兵的冲击之下，根本无力招架。

相距五十多米距离，我终于看清了对方骑兵的容貌。等我看清的时候，我已经不能确定他们到底是不是人类了。

他们身材臃肿，头颅硕大，而脸上的五官——如果还算是五官的话——似乎长得没有一点规律可寻。当先一人骑马上前，他手中握着一柄铁叉，背后是弓箭，与其他人对比，他的五官算是这群人中最为端正的一个，但那空洞的鼻腔与歪斜的巨嘴，也足以骇人一跳。

他冲破鼠群的封锁，在我们面前勒马停住，朝着我们喊了一句我听不懂的话。

“什么？”

“是印第安语，”樱子说，“他说，跟他们走。”

“他们……他们真的是人吗？”程雪有点恐惧，“他们莫不是食人族吧……”

“嗯！应该是在核辐射中长大的人，和草原上的其他动物一样，”樱子说，“我之前听客人说过草原上有一群怪物，他们讲着人话，却靠吃老鼠为生。”

我也因他可怖的容貌心生警惕，便向那大汉问道：“去哪儿？”樱子跟在我身后，将我的话翻译给那人听。

丑陋大汉忽然笑道：“还用问去哪儿？无论带你们去哪儿，总比在这里喂老鼠强吧？”

我忽然想起了什么。“这里之前的人，都是你们带走的？”

“救走了一部分，”他捻起一根箭，“将从后扑向他战马的老鼠射死了。”

“所以，你们是来救我们的？”

“难不成还是和老鼠抢你们吃？”他又是哈哈大笑，“放心，我们抢它们的牛，抢它们的羊，足够吃了。”

这时候，缓坡上的棕色老鼠吱吱鸣叫，它下面集结的数百只老鼠，分成了十几只小队，绕过战场，竟然跑向了刚才骑兵奔来的方向。

“糟了！”大汉喊了一声，并向身后的几十人道，“老鼠要断我们后路！”果然，那群老鼠分成两队，一队在前放哨，其余的老鼠全都开始挖地。

百米外，缓坡上的老鼠吱吱鸣叫，草原上更多的鼠军在它下方集结。

那大汉道：“快上马！”见我们迟疑未动，他似乎也明白了我们没有行动的原因，于是向后面的人喊了几句，便立刻有一个人牵了三匹马过来。

“上马！”

我们没有选择，程雪和樱子迅速背上行李，与我一起跳上马背。那大汉的队伍纵然吃人，死在他们手里，也比死在老鼠的牙齿下强了许多。

可就在我们上马的这工夫，老鼠们已经形成了一条条纵队，它们在骑兵当中往来穿插，却不攻击，虽然每次都会被骑兵射死、砍死几只，但它们似乎并不在意。

但是顷刻之间，七八十名骑兵都被分割在一块块之中，彼此自顾不暇。而我们，也被约莫百只老鼠包围。

我看着缓坡上那只棕色老鼠：“它在下棋！”用微小的牺牲，去换取更大的胜利，更何况，这点牺牲，对于它们来说，根本不算什么。

十几名骑兵将我们围在核心，用弓箭、铁叉杀死冲过来的老鼠。但是老鼠太多了，它们正逐渐缩小包围圈，虽然前面的老鼠伤亡，但后面的就瞬间补位，即便我们用枪支配合着他们的弓箭，也难以将老鼠逼退。最外两层，已经有骑兵战士与战马倒地，瞬间就被老鼠们分尸，血污之气扑面而来。

刚开始和我们沟通的丑陋大汉显然是个领袖，他持着一把铁叉，将逼近的老鼠戳退，同时鼓舞着战士们死战到底。

老鼠就像是波浪一样翻滚而来，放眼望去，这些怪人骑士已经战死了十几个。他们这样打完全是送死啊，只要老鼠跟他们磨下去，下场只有全军覆没。

他们是来救我们的，可我们，却已经连累他们死了十几个人。

“哥！”程雪指着缓坡上的棕色老鼠，“擒贼先擒王！”

我的眼前，忽然想起了它流着眼泪的样子，于心何忍。

砰！

樱子开枪了。

棕色老鼠应声倒地。它身旁的灰白老鼠发出一声凄厉的叫声，顿时，周围所有的老鼠都停了下来，争相向棕色老鼠的缓坡涌去。但是那灰白老鼠又叫了几声，老鼠们便又分成两部分，一部分留下来战斗，另一部分则奔向缓坡，簇拥着棕色老鼠退去。

见我们杀死了它们的领袖，老鼠们更为拼命。它们疯了似的在马匹当中奔走、撕咬。开始保护我们的十几人，如今只剩下七个。

两只老鼠忽然踩着马背跃入空中，朝着樱子扑来，樱子左右手各来一枪，两鼠同时被爆头。

我惊叹于她的枪法。

她却朝我微笑：“妈妈教我的。”她才射杀两只，就又有三只踩着死鼠的尸体跳了上来，骑兵阵形已经被汹涌而来的老鼠冲垮。

忽然，天空中发出一声笛子的清啸，和我们第一次听到的一样——抬头之时，二十只黑乎乎的巨型蝙蝠朝着地上的老鼠飞掠而来。每一只蝙蝠的脖子上都有一名骑士，当先一人，正是我们最开始见到的那个年轻人，他手中拿着一根青绿色的短笛。

骑士的领袖哈哈大笑：“看哪，这是我们的空军！”

四五十只蝙蝠就像是一支空军战斗机编队，猛地俯冲下降，抓起来几十只老鼠，最后抛在地上。老鼠们再度陷入惊惶，但随着山坡上又一只

"将领"老鼠叽叽吱吱一番，老鼠们仿佛又镇静下来。

它显然是接替棕色老鼠的指挥官。

樱子又朝着山坡上的老鼠射出几枪，那只老鼠也倒了下去，它的死对包围我们的老鼠大军影响并不大，至少不如"鼠王"中枪大。很快，又有一只老鼠站在缓坡上，开始指挥战斗。

却见我身旁的大汉将铁叉高举，向草原腹地一挥，天上的蝙蝠军队便重新编队，从空中盘旋一周，便向着草原内部飞去。

山坡上又一只老鼠站出来，它向下一阵急促的尖叫，声音尤为刺耳，包围我们的老鼠听到尖叫都停下行动，然后突然集体转身迅速撤退，潮水般回到山坡之上，渐渐地淹没山坡，涌向了草原内部。

那领袖大笑："这群笨家伙，和我们交手数十次，虽然每次都有新花样，可归根结底，最担心的则是草原上那群牛马，自己的弱点始终搞不清楚，外强中干！"

"你是说，你们和这群老鼠已经打了几十仗？"

"何止！每个月就有十来次。"

他向部队说了什么话，幸存的四十多名骑兵则顺手捡起地上的老鼠尸体，抛在马背上，一群人上马，向黑色的远山方向疾速退去。

3

天色暗了下去，山石像是黑色的巨人，俯瞰着我们如蝼蚁般的众生。我们的马被他们夹在马群中小跑着在山下驰骋。程雪一边骑马，一边颤抖着，她一定很紧张，刚刚经历了与一群恶心老鼠的战斗，如今虽然安全了，却被一群比尘霾还恐怖、比老鼠还恶心的怪物裹挟着向前而去。

"你们到底是什么人？"

我拍马追上了前面那位看似是骑兵领袖的大汉，樱子也追了上来，给我当翻译。

大汉豪迈地一笑，但他的笑容比我见过所有人的哭都难看。"谢谢你还把我们当成人。我们属于一个印第安部落，你可以叫我酋长。”

“印第安人？”

“不是！只是一个印第安部落，草原上的印第安人十年前就死光了。”

“死于辐射？”

“对！”他回头看了一眼身后，虽然已经离开很远，但我们还能从山风声中听到一阵阵轻啸，却不知道后方战况如何。“看时间，差不多该准备退兵了。”

他才说出这话，旁边就有一位骑兵战士吹响了挂在脖子上的青色短笛。

我们纵马在黑夜里跑了一个多小时，终于上了一个陡峭的山地高塬。这里很像是一座高山被人为地切断所露出的平整横截面，熊熊火把照耀下，有百余座茅屋和帐篷错综摆列在山塬上。

虽然进入深夜，可部落里的人听到了马蹄声，全都自发地走出帐篷，列道迎接。这时候我才意识到，原来营救我们的这百名战士，已经是部落里最“英俊”和“健康”的人了，因为迎接我们的人当中，有一半的人都没法直立行走，甚至还有人长着三条腿、四只手、三只眼或者独眼……

我看到程雪已经吓得脸色苍白。

“如你所见，我们这里有白人、黑人，以及你们黄种人，”酋长介绍，“算上新出生的孩子，部落里大约有五百人。”但是说这句话的时候，酋长面露忧色，“我们的孩子，无法接受先进医疗的救助，再加上辐射体质带来的各种疾病，根本活不了很久，能活到一周岁的孩子，只有不到一半，可纵然能活下来，也是部落的累赘……”

一个下体只有一个“肉球”的孩子，至少看起来像个孩子，可是他的后脑巨大，还向左侧歪斜，像是随时会爆掉的水泡。

他抱住酋长的脚，咿咿呀呀地说着什么。樱子歪了歪头：“抱歉，过路人，我的语言库里没有他的语言。”

那根本不是语言。

酋长将头上插着的一支羽毛拔了下来，递给下面的孩子。孩子拿到羽毛，欢天喜地地挪走了。

“伊利亚特，19岁了，”酋长道，“他父母都是在辐射中受伤的人，他在母胎中就已经受到了辐射……可怜的孩子。”

酋长指着远处的人道：“我们这些人，都是出生在核爆前后，我是硅城的，伊利亚特的村庄距离核爆中心不过五十公里，而尼克，就是刚刚骑蝙蝠的那位，还和我是邻居——我们都是同一个医院出生的，哈哈，砰砰砰，几个炸弹，我们全成了这副模样。”

“可你们既然不是印第安人，又为什么会聚集在此处？”

“联合政府的临时约法是要把我们这些没有‘生产能力且易引发社会动乱’的畸形怪胎全部杀死的，但是负责执行安乐死命令的一位护士，她是个仁慈的宗教信徒，私下把我们藏了起来，偷运出医院。所以你看到的这些人大部分都是在同一个医院降生的，都是被国家和家庭抛弃，却被那位天使母亲救下来的。”

“她一个人救了五百人？”

“天使母亲在被联合政府处死之前，陆陆续续救了三百人，其他人是通过各种渠道被慕名丢过来的。母亲把我们偷运到草原上一个印第安部落，交给我们的父亲——一位伟大的印第安酋长养大，然而我们活了下来，父亲以及部落里所有保护过和帮助过我们的人却全都死了……”酋长声音中有无限悲痛，“他们都是伟大的人，是当之无愧的人。”

我陷入沉默，战争的危害太大了，这样一群无辜的孩子，以这样的形式在草原聚集成部落，在充满辐射的毒霾中艰难存活，与自然做着斗争，不知这算是人类文明的奇迹，还是人类命运的悲哀。

“欢迎你，朋友！”他又恢复了那副慷慨的嗓音，“你们的身体素质和我们不同，所以，我明天会把你们送到最近的城市。”

“你们之前救过多少人？”

“救下过四十人吧，不过很少有人愿意把我们当成人看待的，”他坦然地说，“我知道，我们这副模样已经不算是人了……”

我的心中忽然升起一阵悲凉，“可是，你为什么还要救我们呢？”

酋长走到了部落中心的小广场，一群孩子拥了过来，他的右手手臂挥过眼前这群部落族人，像是一一抚过族人的头顶。“上天对我们是不公的，为什么我们生出来是这副模样，为什么战争的代价要由我们来承担，为什么我们生来就要被处死，被抛弃？”他声音苍凉，“当我们明白什么是命运之时，我们经常如是抱怨。可是，我们的父亲却告诉我们：孩子们，他们不把你们当人看待，可你们，千万不能不把自己当人看！”

酋长说出这句话时，所有族人都安静下来，听着酋长继续说下去：“我们被人性的卑劣所抛弃，我们也被人性的高贵所拯救，我们失去了爱，但是，我们却领悟了什么是更伟大的爱。是天使母亲，酋长父亲，教会我们，人类，要高贵地活着！”

片刻安静，族人们渐渐举起了右臂，齐声高呼：“要高贵地活着！”

我看到有人擦掉了眼角的泪。

酋长道：“虽然我们的同类，不把我们当人看，但我们决不能自弃！面对着同胞遇到了危险，我们必须施与援手，就像二十年前，我们的母亲和父亲一样——我们要让他们那高贵闪光的人格，在我们心中延续！”

我心中震动不已。他们面容丑陋，却拥有比金子还耀眼的灵魂，令我肃然起敬。

这时候，樱子用印第安语和酋长说了一句话：“我见过几千个形形色色的智人，他们长得都比你们好看，但他们之中，没有谁能比你们更配得上‘人’这个称呼。”

酋长沉默，眼中火把的光芒晶莹剔透，随着颤抖的嘴唇悄悄坠落。

樱子向我道：“过路人，我刚才想对他们微笑，让他们感受到我的友好，可我却笑不出来，是不是我的程序出现了什么问题。”

我拍着她的肩膀：“没有，这再正常不过。”

第十三章
生而高贵

1

程雪经过这两天的折腾，精神已有些恍惚。酋长将部落里唯一的一间圆形木屋让给我们居住。我进去才知道，这里应该算是一间"祠堂"或"教堂"，房间收拾得干净整洁，木屋最里面的一张石台上，供奉着一男一女的照片，男人是一位棕色皮肤的印第安人，女人是个黑人护士，想必就是他们敬奉的酋长父亲和天使母亲了。

程雪躺下之后，我本准备和酋长出去，可是她却拉住了我的手："哥，我有些话对你说。"她的眼睛看着我，却很快扫了一眼旁边的樱子。

樱子和酋长走出房门。程雪说："你要小心。"

"你意识到了危险？"

"我们都不懂印第安语，和印第安人之间的唯一联系就是樱子，如果她出卖了我们，我们岂不连怎么死的都不知道！"

"你多心了，"我抚着她有些发热的额头，端过来一个木碗，里面是酋长用一种草药熬的药汤，据说可以减轻核辐射对身体的影响，"樱子的最高权限在我这里，我一定程度上算是她的主人。"

"哥，你最大的弱点，就是太容易相信别人，"她推开药汤，"你想想你之前对张颂玲多么信任，可你想不到她其实和AIK有着紧密的联系吧。”

“她并不知道风暴中的一切。”

“所以我说你容易相信别人，世界上哪有那么巧合的事情？一个女孩莫名其妙地出现在了你的身边，你让风暴停了下来，我们谁也没法打开基因锁，但偏偏她就打开了。进去之后，里面还是一群和她一模一样的人，你说这都是巧合？”

“那你怎么认为呢？”

“你听过吉尔伽美什计划吗？”

“什么计划？”我一时没理解这个名字。

“吉尔伽美什计划，也有个名称叫永生计划，是几十年前一项利用基因编码技术，修改人体的基因构成，修改DNA中关于疾病、衰老的部分，提升细胞的自我更新能力，进而实现人体永生的计划。”

“永生计划不是很久之前就已经废止了吗？”

“这只是对外宣称的废止，但这种技术一定在一小部分人之中推广着。张颂玲，我指的是全息影像中那个自称是AIK的母亲，和你的女朋友张颂玲，万一是同一个人呢？”

我笑道：“你这几天别总是胡思乱想了，全息影像的张颂玲当时就有三十多岁了，现在起码五十岁，怎么可能和她是同一人。我倒是觉得，她应该也是一个克隆人，只不过在外面长大罢了。”

“哥，吉尔伽美什计划的基因技术，不仅能让人长生，还能不老！”程雪进一步推断，“你的女朋友张颂玲和全息影像的张颂玲一定是同一个人，只是她并没有衰老罢了！”

“不可能！她只是一个和我一样，被囚禁于夸父农场的犯人罢了。”

“万一……万一张颂玲只是利用你进入风暴城堡呢？”

“那你就有一个根本上的逻辑错误了，”我用一块热毛巾替妹妹擦掉了额头上沁出来的汗水，“如果张颂玲想通过我进入风暴城堡，那她首先就要知道，夸父农场会迫降在塔克拉玛干雪原，然而她显然和你们并不认识，而你们对我的营救计划她也不知道。”

"是萨德李！"程雪眼神中充满了愤怒，"这一点我早就想通了，萨德李一定是张颂玲的同伙，你还记得我们跨入纳米书架门之后，你说有个保险柜被打开了吗？那绝对是萨德李干的。"

我身体一激灵："同伙？"

"对不起，哥，我对萨德李真的没有很深的了解，可是综合在城堡里发生的一切，我只能推断萨德李是张颂玲的助手，或者，张颂玲是他的助手，也有可能他们各有目的。总之，我认为我们迫降塔克拉玛干雪原的计划，完全是被人利用了。"

"你说的敌人是联合政府？"

"AIK计划的所有科学家据传在撤离的时候，飞机坠毁在喜马拉雅山脉。据我了解，祖国并没有一个叫张颂玲的基因科学家，那么只有一种可能性，张颂玲成为了联合政府的人。而她这次进入风暴城堡的目的，就是拿出当年留在其中的一份重要的文件，或者是什么东西，而萨德李帮她拿到了。"

我心中忽然一松。"如果真如你推测的这样，她还是有希望活下来的，她应该最了解那群基因战士了，她……"

"哥，你别傻了！你被人当棋子利用，被她欺骗，怎么还……唉！"程雪别过头去，仿佛很失望，"我留下你，就是想告诉你，别再轻易相信外人，这个樱子万一也利用了你的弱点，那我们就更危险了。总之，这里太危险了，我……我好害怕……"

我轻抚她的头发，发丝中游荡着一缕缕的濡湿："别怕，我会一直保护你，我就算死了，也不能再让你受欺负了。"

程雪回身抱住我的右臂："哥，我绝不能失去你……绝不能……"

笛声破空，我知道，蝙蝠骑士们回来了。

脖子里挂着青笛的小伙子名叫尼克，今年不到十八岁，不过个头却比我高出一个脑袋，看他的肤色，应该有黑人的血统。蝙蝠飞行队带回来四十只牛羊，现在全被丢在部落的中心广场上，族人们举着火把围着牛羊跳着欢快的舞蹈，一些还没有死的牛羊，被这群怪人吓得惊叫不止。

尼克告诉我，他脖子上的青笛，是酋长父亲留给他的遗物。“印第安人从小就要学骑马，学驯马，父亲的青笛本是调动骑兵的工具，现在被我用来指挥蝙蝠了。哈哈，你们没骑过蝙蝠吧，要不要试试？”

樱子对这个邀请表现得非常踊跃，被我制止了，我和尼克交流了自己曾经驾驶飞机的经验，以及空军飞机编队战斗的战术，令他大为着迷，喊着自己手下的二十来个蝙蝠骑士，都围过来听我讲课。我们在樱子的翻译之下，畅谈了两个小时，酋长还拎来一瓶珍藏了十年的朗姆酒，分给了每个人。

与他们沟通，我也大致了解了老鼠的历史。这群老鼠是五年前出现在草原的，开始时候，它们只是突然攻击牛羊，捕捉野兽。后来随着数量越来越庞大，便学会了印第安部落圈养牛羊的方法，一改往日的狩猎传统，开始派出一队队的老鼠战士，在草原上收集活着的动物，赶回自己的领地进行驯化。

“我们差不多五六年都没看见狼了！”酋长说，老鼠们消灭了草原上所有的食肉动物。

印第安部落与老鼠的战争也持续了五六年，他们本在老鼠占领的那片草原上放牧，可在老鼠的驱逐之下，只能退守在这块四周都是峭壁，唯有一条路可以下山的山塬之上。山塬与外界联系的山梁通道仅容两匹马并排行走，两侧都是悬崖，所以老鼠们的数量优势在这条一夫当关、万夫莫开的山梁上完全丧失了优势，老鼠们占领了如大海般的草原，而印第安部落就像是海洋上的孤岛，海浪无法淹没它，可它也无法填平海浪。

说到这里，酋长哈哈大笑，我很喜欢听他笑，他笑起来也能带动其他人的情绪，无论心中有多少烦心事，都能被他慷慨的笑声感染，心胸瞬间开阔起来。

“这群老鼠为了消灭我们，可谓是奸计百出，它们最开始以为能够把我们困死，于是堵在了山下一个月之久。哎，还别说，这招真的有效，食物上我们暂时不缺，即便缺吃的，最后一步还能杀死我们的战马兄弟，虽然我们很不舍得——但幸好没到这一步，哈哈哈！”可能是喝了酒的缘故，酋长的笑点变得很低，一丝的万幸，都能让他哈哈大笑。酋长一笑，这些印第安族人们也会跟着笑很长时间。“哈哈哈，幸亏没到那一步，哈哈哈，否则我也得和尼克一样去骑蝙蝠了！我们因祸得福，幸亏是老鼠们堵死了我们的路，断了我们的水源，尼克这小子带着兄弟们从山崖的藤条上攀下山去背水，然后就发现了一个山洞，那洞里全是蝙蝠，哈哈哈……”

尼克笑了一阵，接着酋长的话讲下去：“你们别笑话我，我第一次见到那么大的蝙蝠，吓得我还尿了裤子，但我转瞬就想，有这群家伙，我们就不用杀马了啊……哈哈哈！”族人们又是一阵大笑。“我回来和酋长商量，我们就带着二十个兄弟，偷偷潜入了蝙蝠洞，绳索套上了蝙蝠头，结果我没想到蝙蝠劲儿太大了，套上之后，非但没把蝙蝠拴住，它们还把我们给带飞了！我狠狠地拽住绳索，心想，如果我松手的话，我的马就要被吃掉，可千万不能松手。蝙蝠就带着我飞出了山洞，我爬在它的背上，用拳头去擂它的脑袋，最后揍得它竟然能顺着我的意志飞回了部落！我说，酋长，不用杀马啦，我把蝙蝠带回来了，今天吃这个！酋长说，你这傻瓜，蝙蝠都让你骑了，咱们还用怕老鼠，哈哈哈。要么说酋长就是酋长，眼界就是宽广，换作我就想不到可以通过蝙蝠偷袭老鼠。”

一群人哈哈大笑，举起酒杯热烈地碰杯。酋长拍了拍尼克的肩膀，与尼克干了一杯。

尼克喝完酒，吐出白色的哈气，继续道：“于是我跳上了蝙蝠，飞到了老鼠的草原上，打死了两只羊背了回来！老鼠们还在山下围着，我们却在山上吃着它们的羊，哈哈哈。直到过了三四天，它们才回过神来！”

酋长说：“自打有了蝙蝠，我们就不恨老鼠啦，哈哈哈，还得感谢它们，把牛羊养得这么肥美！”

我也给他们讲自己的故事，当他们听说还有个可以飞在天上的巨大农场之时，有人说：“我们以后也弄个夸父牧场，把老鼠们的牛羊全带到天上，一下让它们这几年全都白忙活了，气死它们这群老妖精。”

山顶风猎猎，山火被山风打得呼呼作响，寒气越来越重，广场上活动的人越来越少，大部分的人都已沉沉睡去，不过我们却越聊越尽兴，直到大家都累得扯了块牛皮就席地而卧，广场上传来了阵阵鼾声。

这是我能回忆起最快乐的一个夜晚了，却是在这一块人类难以生存的环境里，与一群被社会遗弃的朋友们。我的记忆结束在一块毛毡盖住我的后背那一刻，眼前是一双白色的小手，与樱子模糊的脸。

2

梦境繁乱的一夜。

我梦到了颂玲，也梦到了程雪，还梦到了父亲、樱子、花姐……一段段的情节拼凑着，让我又想不到完整的剧情，只是醒来之后，那种怅然若失的心情，没有变化。

天光大亮，酋长和尼克正在我附近聊着什么，哈哈大笑。

樱子见我醒来，便凑了过来。“你酒量真差。”

我晃了晃脑袋：“似乎，很久没喝酒了……”酋长见我醒来，便招呼着我吃烤肉，我见地上那块老鼠皮，便摇了摇头。

樱子笑道：“我早建议他们将这老鼠皮扔远一些，他们不听——其实，烤的肉，是牛肉。”

我向酋长道：“大早上，你们怎么这么开心？”

酋长道：“哈哈哈，过路人——小姑娘这么叫你，你这名字也真够怪——你不知道，那群老鼠，将我们包围了。”

我惊道：“你们被老鼠包围了，还能笑得出来？”

尼克道：“担心什么，反正它们也没能力打进来。”

对面一个阿兹卡的年轻男孩拿着手里的肉招呼我们过去吃，尼克和酋长便拉着我去吃早饭了。

程雪依然忧心忡忡，我进入圆形木屋的时候，她正在调试一个圆筒状的电子仪器。

“这就是你说的定位仪？”

程雪点了点头。“马上便好了。”

我知道这意味着什么，便在她旁边坐了下来，只想多陪陪她。

程雪的头发有些杂乱，我向后给她理了理，高挺的鼻子下，她一张小嘴嘟着，显然也是有一肚子的话，却没有讲出来。

妹妹很漂亮，尤其是修长的眉毛下那双能说话的眼睛，真是让人怜爱。但我不知道她吃了多少苦头，尤其是遇见我之后，担惊受怕更甚从前。她回到祖国，肯定是最合适的选择。

她的睫毛一闪，便有泪水垂了下来，于是停下手中的工作，呆呆地愣住了。

我将她搂在怀中。

“和我回去吧……我不想和你分开……”她拥着我的脖子，“哥……”

她喊得心酸，我真想答应她，但是面对着那个未知的祖国，我真的有把握实现自己的抱负吗？祖国和联合政府之间的差距有目共睹，它之所以一直躲着，大概是为了延续人类最后的文明和尊严，我回去之后，难道他们就能同意，让我带着一支部队杀回来？

根本不可能，我不过是个无名小卒，人微言轻，国家拥有我也不会改变如今软弱的状况，而失去我，更无所谓。

“你回去，我，留下来！”我抱着程雪，“但我会答应你，我一定会活下来，回到祖国与你团聚。”

“哥……”

木屋外一阵喧哗，我跑了出去，却见部落里所有的人都呜里哇啦地指着断崖的方向，那里，探出了一个鼠头，紧接着，是第二个，第三个……

这群疯狂的老鼠竟然沿着山塬的绝壁爬了上来。

酋长等人挥舞着铁叉，正驱赶着老鼠，但是蹿上来的老鼠越来越多，虽然上来的立刻就被铁叉挑了下去，但它们依然前仆后继，不顾生死。

这时候，有人从门外跑了上来，指着山塬下通往草原的唯一通道，神色焦急。

我不用樱子解释，也知道又有了新的情况。于是跑到了寨门，却见一队老鼠并排成四只一列，正列队向着部落攻了进来。当先的四只老鼠，头戴“骨盔”，虽然身上中了数箭，但依然往前拱着，用自己的性命为后继者开路。

两方同时攻来，酋长部落本来就人少，此时便更彼此顾应不及。程雪也跑了出来。“哥，我已经开启了定位仪，面对着这群老鼠，他们撑不了多长时间，一会儿救援部队来了，你跟我走！”

我摇了摇头。“酋长救我们性命，我们必须要帮助他们解围！”却见樱子已经打光了两把手枪的子弹，随即将手枪甩向山崖边的两只老鼠，便将两只老鼠的头打爆了，但随即便有一只老鼠，踩着死去老鼠的尸体，越过了人墙，跳到了防御圈之后，人们一晃，便又有几只老鼠依样画葫芦，跳入了印第安部落的内部，虽然很快便被部民射杀，但豁口一旦打开，老鼠们便前赴后继。

而此时，山门之处更为不利，虽然人们已经杀死了十排老鼠，但后面的老鼠大军正一步一步地向前挪着，试图用死亡抢占土地。

老鼠都疯了。

跳进来的老鼠越来越多，它们疯狂地在部落里撕咬着失去行动能力的人，偷袭着战士们，最后酋长不得不下令——

“集结，带着所有人集结，向蝙蝠洞方向转移！”

印第安战士们向后退去，一些人来到帐篷之中接应没法移动的族人，全都向着圆形木屋的方向转移。

战士们在后列成一道防线，人和鼠以这条防线对峙，老鼠的数量越来越多，占据的面积越来越大，而人类却退守一隅，逐渐失去领土。

仅剩的四百人，全都缓慢地向另一侧的山崖退去。

然而，一声错综起伏的惊呼，原来有老鼠已经沿着山塬的斜坡，包抄到了蝙蝠洞一侧的山崖。

老鼠大军不再移动，似乎只等着最后一刻的冲锋。

鼠军中闪出一道裂隙，一只灰白颜色的老鼠从中挤了出来，它看了看我，看了看程雪，最后目光锁定在樱子身上，随即叽叽地叫了起来，几乎同时的，所有老鼠都开始鸣叫。

程雪忽道：“它们，是来给鼠王报仇的。”

顷刻，山塬重归安静，那白色老鼠退入军阵之中。

伴随着一声凄厉的尖叫，老鼠们便如饿狼一般扑了过来！它们或咬或抓，正在用数千条生命，去换取印第安部落以及我们所有人的覆灭。

嗡——

一声低沉的声响从我们身后而来，那声音我非常熟悉，是飞机引擎的声音。

一架蓝色三角形战斗机低空掠过，向着老鼠群中丢出一颗燃烧弹，顷刻间，老鼠军阵中心便化作一片火海。

三四百只老鼠浑身燃烧着，要么原地打滚，要么疼得跃下山崖，留下了一道道白色轨迹。

“是我们的军队……”程雪兴奋地喊着，“哥，是我们的空军！”

嗡的一声，一架红色三角形战斗机从山塬下陡然上升，随即便是几乎垂直向下的俯冲，子弹像是雨点一样砸在老鼠军阵的头上，然后蓝色战斗机又返回……

老鼠们以血肉之躯，凄惨地承受着烈火的烧烤，与子弹的击杀，山塬上弥漫着烧焦的鼠毛、鼠肉以及被子弹炸开的老鼠五脏六腑混合的恶心气味。

几次交叉飞行，老鼠大军终于屈服于人类的科技，留下了几百具尸体之后，匆忙退去。

“万岁！”

酋长等人吼叫着，很多族人因为这从死到生的突然转变喜极而泣。

硝烟弥漫之中，两架飞机缓缓下落，悬停在山塬外的空中，与印第安部落保持着平行的高度。

红色战斗机里的飞行员通过广播向我们道：“这里是谁发射的求救坐标。”

程雪举起手。“是我，是我！”

“好的，请问登机者几人？”

程雪扫了我一眼：“两人！我和我哥哥。”

“哪个是你哥哥？”

程雪跑到我身边，举起我的手，“他，他是我哥！”

我撤下胳膊，“妹妹，我不回去！”

“哥，你必须跟我走！”

我们争执不下，红色战斗机的人却等不及。“你们兄妹向前走一走，我侦测到这里有个Ai，必须对这里的怪物们进行一次清理。”

程雪拉着我向着两架飞机跑去，还没跑出五步，两架战斗机就开始向印第安部落的族人和樱子射击。

“不要……”

尖叫，奔跑，燃烧……

程雪将我拖曳在地下，不让我离开。

蓝色的三角形战机渐渐升高，低空飞过我和程雪，向着印第安部落奔跑的族人射出一连串的子弹，数人被子弹打穿了身体，一张张帐篷被击穿，火焰瞬间在部落里肆虐。

红色战斗机围着山塬低空掠了一圈，最终将目标锁定在樱子躲藏的巨石堆，子弹连珠射出，顷刻间便把遮挡樱子的石块击碎成了粉末，子弹准确的向她的蘑菇头短发射去，她灵巧地向后翻了个身，不但躲开了袭击，还在空中向飞机射出两发子弹，但这显然无济于事。

“快躲起来，樱子，你打不穿飞机！”

樱子看了我一眼，本想冲过来，可在密集的子弹交织中，只能暂时伏在一堵矮墙下。红色战机失去了最佳射击位置，只能再次掠过，寻找樱子的藏身之处。

虽然锁定了樱子，可另一架飞机却完全没有绕过其他人的意思，它的子弹射向印第安部落的族人。

酋长挥舞着长矛，带领族人用弓箭和石块攻击着天上的飞机，结果可想而知，瞬间便有七八人做了蓝色战斗机子弹下的亡魂。

“分散！”我吼道，但我不知道有几个人能听懂，“所有人分散！”

我看见不少人隐藏在没燃烧的帐篷和木房子之后，其实这才是最危险的。果然，蓝色战斗机没有了活靶，便将子弹射向躲藏的人群。

程雪死死地搂住我的腰。“哥，你不要过去！”

“妹妹，你让他们停下！”

“他们在杀Ai，你和他们解释不清！”

“难道我们的祖国，每个人都是如此是非不分？”

……

我忽然想到程雪的背包里还有两颗吸附式炸弹，这是她在阁楼里，从老白处拿来的。我一把薅着她的背包，开始在她包里摸索……

程雪拉住我的胳膊。“哥，你在做什么？”

“炸弹！”我手里一凉，没错了！

程雪疯了似的抢回背包。“哥，你怎么了！他们值得吗？一个Ai，一群怪物，值得你要与祖国对抗？”

“我不允许他们滥杀无辜！如果我们的胜利要用这些善良人的死亡换取，那我宁愿人类灭亡！”

程雪一愣，我掰开她的双臂，向着蓝色战斗机方向的一处帐篷跑去。

蓝色战斗机完全没有想到我会在它的后面偷袭，当我甩出一颗吸附式炸弹的时候，它正在调整枪口，而对面的标靶，就是酋长和尼克所在的一堵石墙。

但是飞行员没有机会射击了，随着一声爆炸，黏在战斗机尾翼的炸弹，将他的飞机送入了山塬下的深渊。

子弹瞬间向我的方向射来，我一跃躲开，跳到矮墙下。樱子就伏在我的对面。

红色战斗机从天空掠过，显然它意识到低空的危险，便飞的高了一些，它寻找到了我的藏身位置，忽然从天空来了个俯冲，一排子弹便朝着我发射而来。在猛烈的枪炮攻势下，一堵石墙忽然倒塌，恰好压住了我的小腿。

“过路人……”樱子大喊一声，奋力从地上跃起，用身体替我挡住了天上的子弹。

“樱子！”我发觉，我根本推不动她。她的双手牢牢地抱住我的脖颈，将我的头压在她的胸膛之下。

子弹就从我的侧脸擦过，在两旁的石头上激起一团白色的尘雾。

等飞机飞走了，樱子才缓缓松开了我。

“过路人，你受伤了吗？”

“没有……”我凝视着她的脸，“没有……可是……你……”

樱子的左脸，已经被子弹打穿，脸皮脱落，露出了金属和机械零件构成的“骨骼”。那颗子弹从她的耳后射入，从左脸而出，又侧着我的脸颊进入泥土。

红色战斗机在天空掠过，显然它意识到低空的危险，便飞得高了一些，但是子弹依然打得我们没有间隙呼吸。

一声清啸，十几个蝙蝠骑士驾着蝙蝠，在尼克的带领下从山塬下飞起，他们用石头和弓箭做武器，追逐着战斗机，在战斗机的轨迹上吸引着火力。

只能吸引火力，他们对于战斗机的攻击起不到任何作用。

趁着这工夫，我钻到了附近的帐篷下，将帐篷下的一根草绳抽出来，给吸附式炸弹做了一个绳子“推进器”。红色战斗机沿着相同的轨迹俯冲，子弹打着天上的蝙蝠骑士，一朵朵红色的樱花在天上绽放。

一只只蝙蝠坠落。

一个个骑士殒命……

不能再等，我预估着它的轨迹，埋伏在轨迹附近。飞机靠近了，我倒数着数字，将吸附式炸弹调成了三十秒的倒计时。

三！

二！

一！

来了！

我迎着飞机站了起来，瞄准飞机的机翼，将那吸附式炸弹抡了半个圈，甩了出去。

炸弹精准地击打在了飞机底部，但是被飞机的冲击力量弹开，并没有吸附在飞机之上。炸弹随即坠落，我心中一紧，便豁出性命——这炸弹，是我们唯一的希望！

我见着炸弹坠落，但我距离尚有十几米，可是，在炸弹即将坠落在地的时候，一只手拉住了那个草绳。

一位蝙蝠骑士抓住了——阿兹卡，是昨晚喝酒的人群中相对沉默寡言的一位士兵，也是早上邀请我们去吃烧烤的那个大男孩。

阿兹卡抓住炸弹的绳索，而对面的红色战机朝他攻击而来。

“阿兹卡，快闪开！”

但是阿兹卡可能是听不懂我的话，他反而骑着蝙蝠迎着飞机而去。蝙蝠借助气流猛地高飞，但是身体飞行得再快还是没躲开红色战机的子弹，我看着蝙蝠化作血雨，阿兹卡的身体被子弹打穿，然而，蝙蝠却用尽力气冲高到十米左右，在最高点静止了半秒，便开始垂直下坠。蝙蝠与红色战机擦肩而过，而阿兹卡却在这个瞬间，转身跳到了飞机右侧机翼上。

他的身体却正对着机翼的子弹发射孔。

“阿兹卡！”不止我一个人喊出这个名字。

飞机向右倾斜，嗒嗒嗒的子弹把阿兹卡的下半身打成了块块碎肉，但是他的胳膊却牢牢地攥住了机翼。

飞机拖着一团血雾在空中盘旋着，直到炸弹爆炸。

炸弹造成了飞机的右翼彻底与飞机脱离，红色战机旋转着陨落在山塬的一边。发动机引擎嗡嗡了几声，便在血雾中停止运行。

我们找到了飞机沾满血渍的右翼，却已找不到阿兹卡的上半身。酋长一群人呼唤着阿兹卡的名字，没有任何回复。

其实大家心里都清楚，英雄已逝。

“酋长！”飞机坠落方向，一名印第安士兵朝着人群招手，“仇人，还活着！”红色战机的驾驶舱已经打开，一名飞行员正匆忙地想从燃烧的飞机里逃出。

这就是刚才下令射击的刽子手！

印第安部众迅速包围了战机，把那名飞行员拖到了部落广场的一根石柱之下，扯掉了他的头盔。

他是个年纪看起来只有二十岁左右的白种人小伙，鼻子高昂，看起来有北欧血统。尼克一拳打在飞行员的脸颊，后者无力地撞在广场中心的石柱上，眼神中充满了恐惧。尼克还要攻击，酋长却从后面拉住了他的拳头。

“他杀了我们的好兄弟，杀了我们的族人！”

我知道酋长在极力地克制自己的情绪，他拉住尼克，转头对我说：“过路人，你帮我问清，到底是为什么，他们要对我们赶尽杀绝？”

当樱子把酋长的话翻译给小伙，他颤抖着对我们说：“我杀的是怪物！杀怪物，还值得同情吗？”

“他们是人！”我厉声道，“你杀的是你的同胞！”

“什么人长成这副样子？一群怪物，人人得而诛之！”他反问道，“你们是人类，怎么能和怪物在一起！”

我擦了擦眼角的泪，“你真的是祖国的军人？你难道真的是守卫人类的军人？”

他又强调了一句：“我杀的，根本不是人！我肯定，他们不是人，我没杀错！”

“你在滥杀无辜！”

“滥杀无辜？”他的视线在印第安部落众人面前一扫，冷笑一声，“你管这群怪物叫无辜？”

我拎起他的领口：“好，我现在不管你是什么人，为自己做错的事，负责吧！”我将他摔在酋长脚下。

年轻人抬起头，看着酋长等人，吓得又爬了回来，他爬的时候看见了程雪，转而向她爬去，抱住她的大腿：“你会救我对不对，我是来救你的，你也应该救我！”

程雪看了我一眼，见我满脸怒色，便向飞行员道：“你杀了太多的人，我实在……”

我一脚踹在那年轻人的脸上，将妹妹拉开，和樱子站在另一侧，等着酋长对他的发落。

酋长泪眼婆娑。

尼克等人早就难抑心中的悲痛，紧紧攥着刀叉匕首，似乎只需要酋长一声令下，他们就要将这人掏心挖肝。

年轻人的眼神恐惧更甚，浑身颤抖。

他扫视全场，最终，还是把哀求的眼神落在了程雪脸上，“你要回国对不对？你知道的，每个定位仪只能使用一次，你的已经不能用了，但是我的，我的还能用。你放了我，我带你回去，好不好？”

程雪一阵木然。

年轻人又开始加码，“我是你最后的机会，而且我也可以解释，你和这件事无关，否则即便你自己哪天能回去，也难以说清今天的事情，法庭会审判你……”

程雪一哆嗦。

“哥……”她声音哀婉，“能不能……”

“不可以！这个部落是我们的恩人，我们不能因为自己回国，就背叛我们的恩人！”

“可是哥，没有他的话，我们有可能都会死在这草原上！”

“如果这么回去了，即便活下来，也是人生的耻辱，”我瞪着那飞行员，“即便酋长没有救过我们，但他如此滥杀无辜，被酋长处死，也是罪有应得！今天这件事，我们不插手，交由酋长处理。”

“哥，你不是希望我安全吗？你难道愿意看见我整天和这群怪物，这个Ai在一起，天天担惊受怕？”

我闭上了眼睛：“可是，你考虑过这些族人的感受吗？他们也是人，虽然他们的外貌被辐射变得不成人样，但是他们的心，却和我们一样，会痛苦，会受伤。”我厉声强调，“他们是人！”

程雪低下头，眼睛红肿，不再说什么话，而是站到了我的身后，躲着飞行员的眼神。樱子早就将我和程雪的对话翻译给了酋长。印第安族人见程雪离开了飞行员，一致地指着年轻人痛骂，喊着为族人报仇，恨不得食其肉寝其皮。年轻人长叹一声，见最后一根稻草已经失去，只能缩在石柱下发抖，无助地接受命运的安排。

酋长重重地哼了一声，族人们立刻恢复了平静。他迈步来到石柱之下，俯下身子，怒视着飞行员，后者已经不敢和他对视，恐惧地避过头去。

“不要吃我！不要吃我！”

樱子笑着说：“据我所知，他们只吃牛羊。”

酋长右手握住年轻人的脖颈，生生把他拎了起来。酋长将他的头拎在和自己可以平视的高度，然后继续看着他，后者只能将头转到左方，酋长就把手向右转半圈，年轻人将头转向右边，他的手就向左转半圈。

两双眼睛里，各自流着泪水，但却是完全不同的意义。

“你为什么回避我的眼睛？”酋长吼道，樱子把话翻译给了飞行员，他说不出什么话。樱子直接回复了酋长：“据我对他面部表情的解析，他现在十分害怕。”

“如果有自己的信仰，又怎么会害怕？”

“那他是羞愧！”樱子看看我，“不，他不配羞愧！”

“哼，如果知道自己所做的一切都是正确的，既不会害怕，更不会羞愧！”他轻轻松手，飞行员便软绵绵地坠落在地上，“我看到了他心灵的怯懦，看到了他灵魂的污秽，这种人，杀了他，就会玷污我们的信仰！”

“酋长……他杀了我们的族人，杀了阿兹卡！我们要报仇！”尼克吼道。

族人们也吼着：“杀了他，杀死他，报仇！”

每个人都红着眼睛，我恨不得此时掏出枪，直接把他的头颅打爆，以慰汹汹民意。

酋长无言，族人们见酋长不说话，便逐渐安静下去。

“兄弟们！”酋长吼道，“杀了他，我们的族人就能复活吗？”

无言。

“杀了他，难道阿兹卡就能从土地上爬起来和你去捉新生的小蝙蝠？”

族人们一片安静，风依旧吹着，导弹造成的烈火还燃烧着，尸体被火烧的焦煳味在山塬上扩散着。

“杀了他，我们的仇恨就终结了吗？兄弟姐妹们，我们为什么要活在仇恨中？你们难道还觉得我们的命运不够悲惨？难道还要让仇恨去吞噬我们高贵的信仰？”

一个女孩在人群中吼道：“可是，为什么他们要这么对我们？为什么我们醒来就要遭受这无妄之灾？我恨他！我恨他们！”

“菲丽卡，你难道忘记父亲对我们的教诲？他说，命运对我们的不公，已经如这草原般广大，如果我们的心胸不能比草原更广阔，那我们的人生注定会被仇恨吞噬！只有去原谅，去宽恕，去接纳这与生俱来的不公，我们的生命才会比这渣滓更有意义！”

酋长回头看了年轻的飞行员一眼。“至少，我们某天被敌人俘虏，我们敢于直面着对方的眼睛，堂堂正正地活着，轰轰烈烈地死去！”他重重地喘息，泪水已经在他脸庞汹涌，他努力平复心神，“高贵地活着！记住，每当仇恨在你们的心中燃起，就想想我们的天使母亲，想想我们的酋长父亲，他们用生命捍卫了人性的高贵。难道，我们要玷污他们的坚持吗？难道我们要玷污自己的信仰吗？”

寒风瑟瑟，印第安部落一片安静。

“回答我！”酋长吼道，“高贵地活着与苟且地残存，你们选哪个？”

所有族人掩面而泣。

酋长烈声吼道：“高贵地活着，苟且地残存，你们，选哪个！”

族人们不再无言，吼声震天。

“高贵地活着，高贵地活着，高贵地活着……”

“兄弟姐妹们！痛苦，是高贵的代价！发泄内心的仇恨，会满足你们一时之快，却将染污你们纯洁的灵魂，让你们永远地堕落！”

火烈烈，风萧萧。

“不要玷污我们作为人类的尊严，不要玷污我们父母传承给我们的宝贵遗产！”酋长说出了最后一句话，“我们，生而高贵！”

3

十匹马在白色的雾霾里驰骋了两个小时，我们从山地跑进了草原，又从草原再次跑进了山地。酋长说，马蹄第二次踩到石头，就距离目的地不远了。

我、程雪、樱子各乘一骑，那个年轻的飞行员现在被捆在一位骑兵身后。他名字叫阿历克斯，年纪23岁，北欧裔。自酋长说完那一番话之后，族人再没刁难他，而他自捡回一条命之后，就没有再多说什么话。

但是酋长担心，有人会暗地里杀死他，所以不建议我们在此久留。

我和程雪、樱子盘算着下一步动向。程雪虽然说万事听我安排，但我自然知道，她最想的还是回到祖国，而阿历克斯自然是可以带她回国。那么，只有我和樱子了，樱子也说什么都听我的。

“回硅城！”我坚定了信念。

程雪果然阻拦，“哥，你回去就会被抓，太危险了！”

这时候，樱子却道：“如果你非要回硅城，我倒是知道一个秘密地点，那天老阮回去，肯定就是从那里进去的。”

“什么地点？”

“妈妈暗中保护了很多犯罪的智人，她营救他们，并通过那里转移。”

“那再好不过！”

程雪忽然道：“如果你非要回去，那我和你一起！”

“真的？”我有些不太放心，她为什么又忽然改变想法了。

程雪点了点头，有些厌恶地看了一眼阿历克斯。我忽然懂了。和这么一个禽兽不如的家伙在一起，她还不如死了。

酋长知道了我们的决定，便给出我们一个可以参考的计划。他会把我们送到一个货运车站，那里曾是一个废弃的火车站，后来战争发生之后，这条连接太平洋和大西洋的铁轨再次被启用，主要用来从东部运送能源、食物、淡水到硅城，之前被老鼠俘虏的人，都从车站搭乘无人驾驶的火车前往硅城。

而我、程雪和樱子，在接近硅城处下车，向硅城附近潜伏。

我们当天下午便离开了印第安部落，准备到达车站再做下一步打算。我们翻越了一座海拔两千米的高山。一个小时之前，酋长说距离目的地就不远了这句话并不错，因为后面的一个小时之内我们始终能听见山另外一边传来的铁轮在铁轨上轧动的声音，可始终看不到任何与人类文明相关的标志。

我们翻山过后，沿着一座悬崖走了半个小时。一山之隔，这边的气候明显和草原不同，不仅雾霾浓密起来，连空气也潮湿了些许，火车行进的声音从下方的山谷中传来。

终于，我们看到了一座跨越悬崖的石桥。

酋长在石桥边下马，另外六位骑兵也下马来到酋长身后，他们将右手放在胸口，郑重地向石桥鞠了一躬。

“这是我们的重生桥！”酋长拍着石桥的栏杆，他如此一说，我大概就猜到了什么意思。

“你们都是通过这里，从硅城送过来的？”

酋长点了点头。

“二十年前，酋长父亲每天都会来到这个桥头，一站就是一天，因为他不知道哪一趟列车会有一个生命来寻求他的帮助，”他指着石桥下一处锈红的圆圈，“你们看，这就是父亲拴马的地方！”酋长右手轻轻抚摸着那一圈锈痕，然后将右手放到唇边，贪婪地吸吮着父亲当年的气息。

他没有抬起头，我却看见眼泪啪嗒嗒地砸在桥头地下的鹅卵石上。

身后的六名骑士也抹去了泪水。

我拍着酋长的后背：“你们的父亲，是一位伟大的男子汉！”

酋长抹了一把眼睛里的泪水：“十年，他每天风雨无阻地来此守候！我还记得他最后一次来到这里的场景……”他又哽咽了，“父亲已经有严重的肺病，伛偻着后背，靠在这根石柱上，一边咳着血一边对我说——孩子，我没有什么留给你们，唯有让你们知道，这世界并非如你们所遭遇的这般残酷寒冷，这人间尚有残存的温暖。”

我仿佛听到了那个印第安老人的咳嗽声。

石桥，通向了一团白雾，我们不知道对面的世界有什么。

“我们也不知道，”酋长道，“我们不敢过去。”

我一阵心酸。“酋长，我的名字，叫作程复。”

做翻译的樱子眼睛一亮，然后点了点头，向酋长转述了这句话。

“你告诉我你的名字，是想说，你不是过路人了？”

“我不是过路人，我会回来的。”

酋长张开双臂，将我抱在怀里：“谢谢你，我的朋友，程复！”

我走到石桥中心的时候再回首，却见酋长依然站在桥的那头，向我挥手。我也向他挥手，一边告别，一边向后倒退，一步一步，酋长巨大的身影隐没在白色的雾霾之中。

我知道这绝非我们缘分的终结。

我一定会回来的。

石桥大约有四百米长，我们穿越峡谷，就相当于来到了另一块大陆一样。

汽笛声与火车轮子隆隆的声响就在我们脚下传来，走到石桥的另一端，面对我们的是一条人工隧道，隧道盘旋而下，应该是去往下方车站。

“程复，我们该谈谈了！”

冰冷的男声从我身后传来，除了阿历克斯没有别人。阿历克斯用一支枪对着我。

我刚要发怒，却见程雪正用另一支枪指着樱子的后脑。

“妹妹！你在做什么？”

程雪略一犹豫，缓缓道：“哥，你跟我们回国。”

阿历克斯却喝道：“先举起你的手！”

我的手从腰间的枪上挪开，缓缓举起，“你知道你在做什么吗？”

“我在完成我的任务！”她面色严肃，“我们牺牲了一队的人，只为救你回国，可你却被这个Ai……”她用手枪顶了顶樱子的后脑，“迷惑！你太让我失望了，为了完成任务，为了让你平安，我只能出此下策！”

阿历克斯笑道：“程雪姑娘，这哪里是下策，明明是上上之策！”

我心痛不已，阿历克斯根本没有让我心痛的资格，我的妹妹……

我摇着头道：“你背叛了我，你太让我伤心了。”

“我没有背叛你！我只想带你安全地回国！这些天，我已经受够了，每天都是死里逃生，我纵然有九条命，现在也已经死了八条！哥，我们回去吧，离开这个Ai！别做什么回去拯救母亲的梦，我们现在已经回到了Ai政府的监测地带，所有Ai以及合成人的行踪都会暴露在监控网络上，如果不出意外，他们捉拿这家伙的军警已经在前往这里的路上了。我们还有更重要的事情要做，不要为一台机器犯险。”

我继续摇头："你根本不懂我，要么你杀死我，要么你就让我去做一些事！"

程雪摇了摇头，"不行，哥，一路上我都在听你的安排，只是这次，我绝对不能再听你的话了，我们马上便寻求祖国的支援，这是我们最后的生存机会，我不能由着你再幼稚地一意孤行下去。哥，如果你不听我的话，我现在就打爆这个机器妓女的头！"

樱子冷静地说道："这不失为一个好方法，打爆我的头，程复可以安心地去救母亲，你们两个去你们该去的地方，是个两全其美的方法。程雪，开枪吧。"

"不可以！"我喝道，"程雪，你放了樱子！"

"你跟我回国，我绝不为难她！"

"我答应你！"但是程雪的枪口依然抵着樱子，"你放了她，如果你杀死樱子，我发誓绝不认你为我妹妹。"

程雪的枪口从樱子的发丝上滑落，我向着脸色木然的樱子说："快跑过桥，酋长还没走远！去部落！"

"不！过路人，你留下我的记忆芯片就好了，让她打爆我的头，也无所谓的。"

"听话！我答应了你妈妈，一定要保护你，只是我没法把你送到她面前了。你追上酋长，让酋长送你到阁楼曾经的位置，等着你妈妈的人来……"我看着她苍白的脸庞，急道，"必须听话！这是最高权限！"

樱子茫然地退到桥头，踏上了石桥之后，转身向苍白浓雾走去，即将消失在浓雾之中，她又停住，白色的连衣裙已经和浓雾融为一体，但我知道，她正回头看着我："程复！"

"樱子！"

"不要成为我的过路人……"

"快走！"

"我们还会再相见吗？"

"你照顾好自己，我们就一定会再次重逢！"

"我想送你一个临别微笑，可我还是笑不出来！"她说着，眼睛里忽然流出了泪水，“我一定是哪里出了问题……”

樱子转身，快速地向石桥的白色雾霾里跑去。

樱子消失在石桥上的瞬间，一声刺耳的尖鸣声破空传来，程雪忽然喊道：“定位导弹，卧倒！”

程雪拉着我趴倒在地，忽听桥中的方向一声巨响，轰隆一声，桥头一阵剧烈的颤动，一团红色的烟雾从白色雾霾里腾出，将周围染成了赭红色，整座石桥就像是一根面条一样，从中断开了。

轰隆一声，我伏着的大地震颤，七八秒之后，对面也传来同样的轰隆声。

樱子！

我爬到桥头向下望去，下面是浓密的雾霾，完全看不到樱子的身影。

“樱子！”我朝下面喊道。

悬崖下没有传来任何的回音。我又喊了五声，依然听不到樱子的回应。她就这样消失了吗？关心我的人，我关心的人，都无一例外地因我而遭受了噩运。

……

“好险！”阿历克斯从地上掸了掸飞行服上的灰尘，带着一种轻松的戏谑口吻，“这机器人若不跑开，我们就全死了。”

我站起身就给了他鼻子一拳，他的嘴唇上方瞬间被红色血液淹没。

“他妈的！”他刚要掏枪，却发现刚才的枪已经被遗忘在了地上，恰好就在我的脚边，“程复，你他妈知道我是谁吗？”

“我管你是谁！”

“好！你记着，这一拳我要加倍奉还，咱们回去再说。”

忽然，旋转通道方向传出来一个熟悉的声音：“回去？来都来了，不到家里坐坐？这么快就要回去？”

一位西装革履的胖子从里面走了出来，我看到他黑色的机械左臂，就认出来他是我还在夸父农场上，前来调查丁琳失踪的两名政府官员之一。

秦铁。

“又见面了，程复船长！”他嘴角挂着冷笑，“上次见面，我都没和程复船长多多亲热，这不，谁料一别之后，程复船长的事迹名震天下。我这阵子总是悔不当初啊——我秦铁能有你这样一位对手，也成了我的荣幸。不过，也是拜你所赐，我如今升任联合政府国土安全部国家安全局局长，之前，我还在智人管理局这无权无势的冷衙门天天喝西北风呢。”

秦铁那张黑脸冷笑，一步步地走近，他的身后，十名全副武装的警察拿着枪对着我们，完全看不出他们是智人还是慧人。

失去樱子的悲痛还在延续。“刚才的导弹，是你发射的？”

“哦？那是自然了，这不是怕程复船长跑得太快不小心坠落深渊误伤性命嘛，索性我们就先断了这隐患和念想，让你只能乖乖地和我们回去。”

“樱子……”

“你说那个慧人女孩吗？嘿，我们没想杀死她，导弹只是用来炸桥而已！我们也没想到她会跑上去，所以刚才，完全是误伤！哈哈，误伤——不过她本就是戴罪之身，这也算是罪有应得吧。”他冷冷道，“走吧，程复船长，回去喝个茶！然后顺便清洗一下记忆。唉，这都是你第几次洗脑子了……哎哟，我都记不清了，”他一挥手，“也带另外两位朋友，一起回去！咱局子的预算虽然剩得不多，却也不怕多两张嘴吃饭。”

忽然，我后颈一凉，我知道被一把手枪抵住了，程雪的声音喝道：“你们退后！”

秦铁完全没想到程雪会以我当人质，先愣了一下，然后铁手一挥，带着军警一起退后三步。

我举起了双臂，我不知道程雪有什么计划，只能由着她来。阿历克斯从地上捡起手枪，拉着我的胳膊一步步向着石桥退去。

“站住！”秦铁喝道，“再后退，我可就不客气了！”

程雪和阿历克斯不知达成了什么协议，我只感觉一双手把我猛地朝前推去，再回头之时，却见阿历克斯压着程雪向深渊中坠去。

第十四章
记忆陷阱

1

这是第七天还是第八天了？一想到这个问题，大脑就一阵疼痛。我意识到，如果我以监狱提审我的次数来计算的话，很容易对时间产生错觉。

从石桥头被秦铁带回来，我就一直被关在一圈“镜子”里。现在的我坐在床头，不敢睁眼，一睁眼就是无数个胡子拉碴、眼圈深黑的程复坐在床头，我们互相凝视着，一个人的困惑仿佛就变成了一群人的困惑。

他们想了解的全了解了，即便我不想告诉他们，他们对这些日子我所经历的一切也是事无巨细、一览无余。

审讯的前三次，他们问了我很多关于程雪的细节。他们，指的是两个男性慧人，两张完美到无可挑剔的美男子面孔，也是两张冰冷到没有任何感情的脸。当然，如果我试图隐瞒和欺骗他们的时候，他们冰冷的脸上会扬起讽刺似的嘲笑。

“程复，请你告诉我们事实，你们来到硅城，到底是通过什么途径？”每天都是他们提审我。我的脸色越来越憔悴，但他们却丝毫不受影响。机器就是有机器自己的优势。

“是来自风暴城堡里的反重力喷射飞行器，很古老了，我不知道它的型号。”

左边慧人的嘴角向上挑起。“程复，欺骗联合政府是要付出代价的！我们会根据你的信用程度，给予相应的评分，而这个评分，将决定着你未来的惩罚。”

我摊开手。“事实便是如此，你们不信也罢。”

右边的慧人说道：“所以，如你所言，你是在草原上遇见了樱子，然后在她的帮助下来到清涧站？”

“没错！”我重重地点了点头，“我实在不想重复了，和你们简直是浪费口舌！把秦铁叫来，我要和他谈。”

我之所以这样欺骗他们，是为了保护花姐，我总不能如实说是量子传输到花姐的樱花大陆地下室，这不等于把她出卖了吗？

“你说‘没错’的时候，瞳孔又向右上方移动了3毫米的距离，鼻子轻微膨胀，这些面部动作，都说明，你在帮助自己圆谎。而之前你讲述自己来到硅城经历的时候，你的面部肌肉很少匀称地运动，也就是说，你故意制造了很多表情来伪装镇定，甚至你微笑的时候，左脸肌肉是生硬的，右脸肌肉的紧绷程度与左脸的参数完全不同，所以，我们有详尽的数据证明，你之前所提供的大量信息都是假的。”左边慧人边说着边以凌厉的眼神与我对视，他的眼神击穿了我所有的伪装。

右边的慧人说：“我们每次都会提醒你欺骗政府的代价，鉴于你现在的信用程度已经低于我们与你的沟通底线分数，所以，我们只能采取更适合我们的审查方案和你进行沟通了。”

很快，我就知道了欺骗政府的代价。

代价太大！

第四次提审的时候，我就被带进了一间挂满了“刑具”的审讯室，这里的刑具全是科技装备。我见到了秦铁，他隔着玻璃朝我冷笑。在他的注视下，我被注射了镇静剂。伴随着我的手足失去知觉，我眼看着自己被绑在一张铁床上，脑门上被贴满了传感器。

玻璃另一侧，秦铁与慧人们的谈话我是听不到的，但是我却清晰地看见了他们眼前的屏幕上，出现了程雪，程雪和我说着什么，背景我是认识的，就是我们被量子传输到的樱花大陆的地下室。

画面呈现的都是我经历的一切，事无巨细，他们则像是看电影似的，在屏幕上快进或者快退，把我来到硅城，遇到的每个人、经历的每一件事都了解得清清楚楚。

花姐……

我势必害了她。

这代价，太大了。

我给每个人都带来了噩运。

“联合政府为了维护智人可怜的隐私权，才制定了信用评分系统，但你自一开始就在践踏自己的信用。所以，我们只能采用适合你的方式来与你打交道，”秦铁笑着对我说，“茶，还是咖啡？”

我无力地摇头，看着他微黑的脸庞：“联合政府有什么好的，你干吗给他们当走狗？”

“岔开话题？我还想听你谈谈，谎言被当面拆穿之后的感觉呢！毕竟，我很久没有体验过那种快感了，上次……四五年前了吧，那时候我还是突发事件管理局一位小小的科员。”他将一杯热茶推到我的面前，“你不用瞪着我，你认为纯种人高尚，那是你们狭隘的种族主义作祟，联合政府有什么不好？与慧人打交道有什么不好？如果你加入我们，你会感受到这群家伙，干起活来的效率可是真他妈高，办公室里可从没有什么钩心斗角、尔虞我诈的政治游戏。”

“Ai把我们当成了奴隶！而你却愿意当他们的爪牙！”我怒道，“你以为你很高尚？”

“奴隶？那是你们这么认为。作为战犯以及战犯的后人，你们的惩罚是罪有应得！尤其是你，程复，你父亲程成犯下的罪行，必须要有人承担，让你去夸父农场当船长，都是便宜了你小子。”

“这就是你跟他们学到的逻辑？秦铁，你没忘你还是个人吧？”

他带着嘲讽的表情轻松地笑了笑，铁手抓起咖啡杯，轻啜一口咖啡。

"逻辑？你以为你的一厢情愿就是有逻辑？你接受的惩罚，有联合政府的法律作为依据！告诉你吧，年轻人，你的问题，源于你身为一个人类而感到的莫名其妙的自豪感，所以你看不起这群慧人！呵呵，免了吧，你以为智人有多高尚似的！智人自打统治了地球，只做了两件事，第一件事是拆穿别人的谎言，第二件事是制造自己的谎言！"

"你说什么！难道你不是智人吗？"

"我是个智人，但我深以自己是个智人为耻辱！"他收敛嘴角的笑意，"是Ai技术的发展，和慧人的出现，才规范了人类社会，让一部分智人从自己编造的谎言中觉醒！比如你，程复，如果这次审讯回到八十年前，你的谎言就会欺骗我们，而你还会沉浸于欺骗我们成功的沾沾自喜之中，不是吗？因为欺骗，而自喜！"

我没有说什么，倒不是我羞愧，而是我意识到Ai政府已经给这些人洗脑成功了，他们已经完全失去了自己的立场。

秦铁说："在这里，一切都用事实来说话，而事实，是以确切的数据来呈现的，数据不会造假，这是人类创造的唯一有用的东西。联合政府之下，慧人和智人不存在欺骗和谎言，每个人有自己与生俱来的职责，这里不需要权力阶级，没有什么富贵和贫贱的区别，不会有一部分人因为私心而成为窃国大盗，然后向无知的民众编造自己的英雄事迹，引发人们的崇拜，让他们甘心被奴役。联合政府治下，人可以活得更为真实，更为平等！"

"平等？战犯的后人就要替父母服役，求出牢笼无期？生来是妓女，这辈子就永远是妓女了，改变阶级无期？有些人出生的时候存在问题，就要被处死，或者扔掉，改变命运无期？这就是你所谓的平等？"

"你所看到的问题，都是你被人类所编造的自以为是的谎言迷惑了，你的这种想法，在百年前的确盛行，它叫作人文主义，讲的是人类多么尊贵，人类生来平等，人类享有天赋人权……呵呵，可是，你作为人类当然会这么说，你们想过鸡鸭鹅的想法吗？问过大海里的海豚是否同意？"他又是一阵冷笑，"所以，这都是人类的自欺欺人罢了！"

他掏出一包香烟，推到我面前，继续说道："在我们看来，社会才是一个生命，无论智人还是慧人，都是为社会的健康发展、进化而服务的，对社会有利的，我们都要保留，但是要拖累社会发展的，必须要清除！所以，你在草原上遇见的那群怪物，并不包含在我们社会健康发展的范围内，国家没有必要因为这些人去浪费资源，他们的存在，只会拖累我们向前进！而你说的樱子，花姐不都跟你解释了？每个人在这个社会中都是有分工的，妓女在你们的文化中似乎是一个受歧视的字眼，可在我们的社会中，它和官员，和商人，和教师，和服务于社会的所有工种一样，没有任何区别，只要社会需要，她们就必须存在！而你怨恨我们将你们这些战犯的后人用来服役，感觉这样不公平？哼，那让你们死了，你觉得公平吗？联合政府不会养一群没有用的囚犯，如果不能合理利用你们的价值，那你们只有死路一条，这样才能让资源不会白白消耗！我们只看事实，你父亲犯下了弥天大罪，他虽然死了，但是他的罪行是实实在在的，而你作为你父亲这段信息流的延续，当然有义务替程成受罚！但是，我们也规避了你作为程复的人格，而是用程成的记忆替代了你的记忆，所以，服刑的人，不是程复，而是程成！那么，程复在哪里呢？程复只不过是一段沉睡的数据罢了，等你父亲刑满释放的那一天，你的数据人格就会苏醒，你就可以重新拥有这具肉体，在社会中开始你新的生活。”

“荒谬！”

“哦！对了，按照程成的罪过，他可能要在夸父农场服刑105年，当然，如果你的身体有幸活到了那个岁数，我们会给你自己的人格一个选择，你如果嫌弃被程成用旧了的肉体，那么你可以将自己的数据植入一具机械身体，成为一个慧人。”

听完秦铁的长篇大论之后，他就再也没出现过。

不过我每天还是会接受审讯，依旧是那两张冰冷的面孔。他们看过我的记忆之后，似乎对程雪非常感兴趣，有两场审讯是围绕程雪展开的。他们的机器提取的只是大脑存储的一段段场景，并没有一条线将这些场景串起来。他们也不知道我当时的情绪和态度，所以看完场景之后，又带出他们更多疑问。

"程雪有没有详细介绍她的来历？"

"没有。"

"你们智人的大脑天生有个弊端，就是很难专注地去记录一件事，就像你很多次和程雪进行交谈的时候，一部分声音都被你脑内的贝塔脑电波所屏蔽，这就说明你当时的心情是焦虑、烦躁的——虽然我无法理解这种情绪——但我知道是程雪的话刺激了你，让你产生了贝塔脑电波，所以很多信息，应该在这些时刻被遗忘了。"

和程雪对话产生焦虑的缘由，要么是因为她对张颂玲和樱子的怀疑，要么是因为她回国的想法与我营救母亲、夸父农场囚徒的想法相悖，但是程雪确实没有详细说过这些年，她都去了什么地方，做了什么，或者加入了什么组织。我只知道，她是祖国派来营救我的，其他的我没问，我认为也没必要问。

"你们为什么想知道这些？"

"你的信用评级分数太低，没有权限向我们提问。"

"那我实在没什么可告诉你们了！"

之后的几次提审，他们又问了关于萨德李与保险柜中失踪的物品，但我又知道什么？不过，通过他们的提问，我似乎能够猜出，联合政府并不知道萨德李的身份，这与程雪推断萨德李与张颂玲合谋去盗取保险柜中的东西，产生了矛盾。

萨德李和张颂玲如果不是为纯种人政府服务，又不是为联合政府服务，那他们到底是属于哪个组织呢？难道还有第三股力量周旋于两个国家之间？

被提审了八次，我已经精疲力竭。终于，秦铁再次出现了，我监狱的镜子里，又多了无数个用铁手臂抽烟的男人。

"你的判决已经下来了。"他将烟灰弹到了镜子上。

我"嗯"了一声，仰头看着他。"又要让我去开夸父农场？"

"你没得选择。"

"我作为程复，犯了罪，难道就不能让我做回自己？"

他冷笑一声："我说过，你没得选择。"

"我能问你一个问题吗？"

他愣了一下，没有惯性地说出刚才那句你没得选择，可见他还是好奇我的问题。"我从那两个慧人嘴里，实在问不出什么，他们不是人，没有人情味，但你不同。"

秦铁面无表情，"那我要提前奉劝你，不用奢求从我这里能得到什么机密，否则你会非常失望。"

"我问问程雪、樱子和花姐她们现在如何，这总可以吧？"

秦铁思索片刻。"程雪……你管她叫妹妹是吧？"他眼神中快速闪过一缕犹豫，"她的行踪不明，那天跳下清涧后，便和那个叫阿历克斯的男孩了无踪迹。"

抓住我心头的那只手，稍微松开了。

他又掸了掸烟灰，做了一段长达十秒的思考。"至于花姐和樱子，你的权限不足，无权了解。"

我重重地捶了一下床铺，以此来表达我的不满，他说了等于没说。

"秦铁，虽然你尽力做得像一个慧人一样，但你毕竟是有感情的。你也应该能体会到儿子对母亲的感情，所以，能帮我个忙吗？"

秦铁的嘴唇动了动，却又什么也没说，转身离开了牢房。

2

母亲虽然是个囚犯，但她的待遇，显然好过了大多数智人。

一座直径50米的圆形透明玻璃穹顶——虽然落满了灰尘——罩住了这座小院，院子里是四间木结构的连体房屋，屋子之前，是一棵五六十年的大柳树，树下放着一个摇椅。房屋之下，种着两排青豆，由于缺乏日光照射，青豆秧子爬得还没有豆架的一半高。一只黑色的猫潜伏在豆秧的缝隙中，警惕地看着我走近。

走到柳树下，母亲打开房门，脖子上还挂着金边的老花镜。她凝着眉，盯着我一步步来到她的台阶之下。“请问，您……”

“是我？”我声音有些哽咽的沙哑。

这个场景我反复练习了很多次，我努力让自己平静，可是我现在发现，曾经的训练没有丝毫作用。我心内的堤防，轻松地就被母亲的那句呼唤冲垮了。

“你是……小复吗？”

她不可思议地看着我。“你真的是小复？”

母亲如果认不出我，恐怕我也难以认清她了。我对母亲的记忆停留在二十年前，若非程雪送来的照片，我已经不敢断言她就是我的妈妈。

她走下台阶，用手摩挲着我的脸庞，眼睛里泪水肆虐。她眼睛周围长了许多皱纹，脸庞也比照片里稍微胖了一些，头发少了，更白了。

“这二十年，你都去哪儿了？”

我见她流泪，鼻子也控制不住地泛酸，终于两行热泪涌了出来。我摇着头，不知道从何说起。

“不管去哪儿，回家就好，回家就好……”

我将妈妈搂在怀里。“我只是看看您，我马上……”

空中秦铁的声音传来，算是替我回复了母亲。“程复，五分钟还剩三分钟，抓紧时间，别怪我没提醒你！”

“你还要走？”母亲惊惶。

“我现在也是囚犯！”我用手替母亲擦掉眼角的泪，“不过您放心，只要我有机会，我一定回来救您出去！您一定要照顾好自己。”

“傻孩子，别说这种话，他们听见会给你加罪的！”她握着我双臂，目不转睛地看着我，贪婪地想要把我记住，“一晃二十年，你都这么高大了，我见你这么健康，心里特别高兴，我还以为你已经……”

我知道时间不多了，只能让妈妈尽量安心。“您不用担心我，我见他们没有为难您，我就放心了！”

“别担心我，我虽然没什么自由，但每天看看书，养养花，倒也惬意！”母亲眼神黯然，“只是你的爸爸他再也……唉……”她摇了摇头，“对了小复，不要相信外面这群人对你父亲的评价，记住，你父亲没犯什么反人类罪，他是被冤枉的，你以后有机会，一定要给他申冤！”

“冤枉？什么冤枉？”我问这句话的时候，秦铁提醒还有一分钟。

“你父亲投射核弹的原因别有隐情，他是为了救人，而不是为了杀人！一些人隐瞒了真相，转移焦点，害死了程成，还让他死后蒙冤受辱！”

“为什么？到底有什么隐情？”

“这故事太长了，连我也不是很清楚，但你一定要查明白，还程成一个清白。”母亲说这句话的时候，我眼角的余光已经看见了两个黑衣慧人警察朝我走了过来。

母亲显然也看到了，她的双手微微颤抖。我将她的手握住，“父亲是被谁害死的？”

两名警察已经架住了我的胳膊，其中一人说道：“程复，时间已到！”说完，四条胳膊一起用力，我疼得只能弯下腰，顺着他们的力量，被他们推着往后走。

却听妈妈在身后喊道：“是程雪！”

我浑身如遭雷击，用尽力气回身看着母亲：“妈妈，怎么可能是程雪，她是我妹妹啊！那时候她才三四岁！”

母亲的表情比我还震惊：“小复，你什么时候有过妹妹啊？”

母亲说完这句话，我已经被押出了玻璃罩，虽然她在里面还在嚷着什么，可我什么也听不见了。我脑子是木然的，母亲最后一句话是什么意思？

“小复，你什么时候有过妹妹啊？”

难道母亲的记忆也被清洗了？她怎么连我妹妹程雪都不记得了？

秦铁拍了拍我扭得几近畸形的肩膀，“走吧，程复船长，马上就要回到自己的工作岗位上了，心情是不是有些激动？哦对了，我马上就得改口，称呼你程成船长了。”

“我妈妈的记忆被你们改了？”

“你妈妈也不用开飞船，我们改她的记忆做什么？”

“那她怎么连自己的女儿是谁，都不记得了？”

秦铁张大了嘴巴，做出一副异常惊讶的夸张表情，“这——你得亲自去问程雪啊？可惜，你没机会了，等你再碰见她，她或许可以说，她是你妈！”

我用力扑过去想要给他一拳，可是身后警察的力量让我没法动弹。“你再胡说！”

“程复，醒醒吧！你根本就没有妹妹。她只是用一段记忆，盖住了你之前的记忆，名为救你，实则是骗你罢了。”

我脑子一阵麻木。

“不可能……不可能！你为什么要骗我，你说的绝非真的。”

秦铁一摊手：“我跟你废什么话，反正你马上连我都要遗忘了。”

我被押上了车子，身上又被铁链捆住。但我已经无法去思考马上到来的命运，我只是在回想着与程雪度过的几天。

妈妈仿佛还诧异地站在我面前，不断地向我重复那句：

“小复，你什么时候有过妹妹啊？”

程雪跳了出来，眼睛里噙着泪，向我意真情切地喊着：

“哥哥，我绝不能失去你……绝不能……”

秦铁说得没错，我都要被覆盖记忆了，他没必要骗我。那么，她到底是谁？她若不是我妹妹，也自然不会有程雪这个人，她到底是谁？

她为什么要欺骗我，为什么？

她肯定是纯种人一方，应该是军方派来救我的，可她为什么要骗我说她是我妹妹？她到底为什么要以这种方式来获得我的信任？为什么？

……

反重力车开过一段熟悉的街道，车窗旁边，一家店面挂着“樱花大陆”的招牌，但是招牌周围的霓虹灯并未闪烁，大门和窗户都紧闭着。二楼的最靠里的位置，一个黑色的、炸弹炸出来的洞口尤为显眼，我已经记不清那是不是花姐的房间。大门外一米处拉着警戒线，几名裹得严严实实的慧人巡警正在维护着路旁的交通秩序。

我看见了银队长，他没死。

我不知道这是第几次被捆在推车上，推向一个未知的目的地。

头顶红蓝色的灯光似乎唤醒了我体内残存的记忆，那闪烁的灯光像是流过我的河流，熟悉感太强烈了。我似乎预知到，一会儿会有两个穿着淡蓝色医护服的人来为我执行注射，其中一位是个四五十岁的男人，虽然口罩能遮住他的口鼻，却遮不住他眼角深刻的鱼尾纹。

所以，当一个陌生的中年男人从我身旁迅速向后退去的时候，我丝毫不觉怪异，凭借着他那双眼睛，我已经认出了他就是一会儿为我行刑的人。

又要回到夸父农场了，马上，我第三次驾驶着农场，日复一日去执行枯燥的任务，日复一日地沉浸在自己是个军人的自豪里，日复一日浸泡在谎言中的生活即将开始。

我忽然对记忆于一个人的重要性有了深刻的体会。

我想起了樱子，樱子不停地渴望记忆，最渴望一段人格，她说，这样才能成为一个有价值的慧人，客人会付更多的钱给她。我也想起了花姐说的话，樱子一旦被抹去记忆，和死了也没什么区别。

在记忆这个问题上，慧人、智人没什么区别。

我失去了这段记忆，和死了又有什么区别。这段记忆太宝贵，这段人生对我来说太重要，我想不起来上次被注射之前，是否也有这么多的感悟，但是这一次，我深切地体会到了我对这个世界的不舍。

身体没有死去，可灵魂却被换了一条。如果我再也想不起这段回忆的话，那我就已经不是我，而是另一个，连我都陌生的人。

我成为了另一个人，这和我死了又有什么区别。

再见了母亲，再见了颂玲，再见樱子，再见了父亲的战友们，再见了，曾经给过我亲情温暖的妹妹……

是真是假，是恩是仇，在死亡面前，很重要吗？

熟悉的淡蓝色医护服出现了，熟悉的眼睛正盯着一根雪亮的针头，针头下的注射器里，蓝莹莹的液体闪着淡淡的光。他旁边的那位女护士，不知道还是不是上次的那位，我已经没了印象。

一阵强大的脉冲让我浑身震颤，当我看到医生和护士也被震得栽倒在地的时候，我才意识到这并不是给我的特殊礼遇。忽然，我对面的门被踹开，秦铁拿着一把手枪站在门口，他朝着医生、护士喝道："突袭！你们快去旁边的房间隐蔽！"

秦铁向外面放了两枪，外面又射过来一阵强烈的脉冲，为我行刑的医生和护士迅速撤到了一旁的房间，秦铁喊道："把药剂留下，我来行刑！对方显然是来营救程复的。"

我想起了花姐，想起了老阮。

这难道是他们的人？

生存的希望！此时的我，比任何时刻都渴望生存。

医生将手中调好的注射器放在一个铁盘中，关在了里面的一扇门外。一波脉冲枪打来，秦铁闪过被击碎的门框，翻身来到门下，拿起蓝莹莹的药剂，随手扎入了我的脖颈。

我不禁冷笑，才燃起的希望，就随着蓝色液体的消失而熄灭。

我能感受到药剂进入身体的速度，针头仿佛打开了一扇门，让电流从我的脖颈瞬间流遍了全身，我感觉到了一阵前所未有的放松，我终于可以休息了。

死亡。

来生。

我缓缓地闭上眼睛，生命中似乎从未有过的坦然从内心涌出，就在我失去意识之前，一个声音在我右耳畔响起——

"你妻子的生日是9月12日，别露馅。"

3

一阵急促的闹铃声把我叫醒。

我睁眼的刹那，房间的灯依次打开，先是床头灯，再是顶灯，等我在柔和的白光照耀下穿好拖鞋，卫生间灯也亮起来了。

一个熟悉的声音在房间内响起："程成船长早上好，这是您在夸父农场N33服役的第109日，您的船长日志已经生成，我已经放在了您的桌子上……”

是第三人。

我仿佛睡了一觉，但我并没有失去记忆，张颂玲、樱子、母亲……睡着之前发生的爆炸我都历历在目，这是怎么回事？难道药是假的？还是我体内产生了抗体？

我想起了在我睡着之前的最后一个声音：你妻子的生日是9月12日，别露馅。

好像是秦铁的声音，但他怎么可能对我说这些话？或者是我大脑的错觉，毕竟他是我被注射了药剂之后唯一的在场者。

但是说这句话的人，显然已经知道我注射的药不会抹去我的记忆。

别露馅。

他是让我演戏，不能让人看出我没有失去记忆？

我被注射之前，遇到了有人要救我的突袭，难道是他们的人？是老阮？

我想了想，那声音又像老阮，又像秦铁。

我走到卫生间，照了照镜子，脸上的疲惫与沧桑全都消失了。我掀开小腹的衣服，曾经在夸父农场C区种植肾脏留下的伤口还在，只是已经被处理得非常细微，很像是一道十几年前的手术切口。

对于这条伤口，他们会给我什么记忆呢？阑尾炎吗？

为了防止房间内有隐藏的摄像头暗中监视我，我没有长时间研究腹部的伤口，而是顺手脱掉背心，在浴室内洗了个热水澡。为了不引起怀疑，我还故作轻松地唱了一首军歌。

我现在是程成，我现在是程成，我现在是程成！我一遍又一遍地告诉自己。我猜他们不会调整我太多的记忆，不过，我很好奇我的妻子又是谁来扮演，以及我是否还有两个孩子——程复与程雪。

我又想到了程雪。

为什么他们要在我作为程成的记忆里加入一个女儿？

那个自称程雪的人，到底是哪一方的？从上一段记忆反推，她更像是联合政府一方的，因为她合理地利用了这段记忆，不，如果其他人知道我这段错误的记忆，谁都可以利用。

她到底是谁？

我穿上熟悉的深蓝色的空军军装，戴上了象征着船长身份的白圈贝雷帽，贝雷帽只为夏装而配，说明这艘夸父农场正在经历夏令时。夏季，正是黄瓜、茄子等蔬菜接近成熟的季节，日照时常大约16个小时。

只是，我并未找到我喜欢佩戴的墨镜。没有墨镜的话，我就只能让第三人将导航台的玻璃调成赭色，来遮挡刺眼的阳光了。

我让脸上恢复到一个军人应有的严肃，然后挺直腰板，步履稍微轻松地迈向餐厅。我在餐厅里见到了另一副餐具，显然对方刚用完餐，面包屑与黄油的包装还在盘子里。这人应该是我的领航员了，只是她的名字是什么？

我端起她的餐盘，塞进了回收处。

"第三人？"

"船长，请您下达指令。"

"我不是强调过，餐具必须自己收拾干净吗？她怎么又……"我装作无奈的样子。

"船长，我的数据库里并没有找到您曾下达指令的信息。"

"那我现在下达总可以了吧！重复指令：从即日起，每天吃完饭的餐具，自己收拾干净，塞回餐盘回收处。"

"收到，这条命令即将对夸父农场N33全船下达，请确认！"

"你什么脑子，听什么呢？"我记得之前总是这样抱怨第三人的理解能力，"我指的是，导航台工作的人！请传达。"

"收到，船长！正在传达。"五秒之后，第三人回复我，"报告船长，指令已经传达至姜慧。"

原来她叫姜慧，我心中释然，至少一会儿见面不用局促了，即便导航台只有两个半人，我们称呼的时候没必要喊名字。

吃完早餐，我就见到了这位叫姜慧的姑娘，她三十岁上下的年纪，虽然化了淡妆，但额头上依然能看出轻微的纹路，眉眼之间颇有气质，像是一位经历过不少人生世事的女人，谈不上漂亮，却也别有韵味。她穿着牛仔裤和衬衫，见我进门，右手随意地朝我一挥，表示敬礼，我回礼，然后抱怨了几句餐厅的事，说话的时候就意识到导航台的光线有点过暗了。

"怎么没……"我刚想说，怎么没进入日照时区，可我抬头的时候，却见导航台上方——

鲸鱼！

一条巨大的鲸鱼，就在导航台上空，不，应该是上方的水里游过，鲸鱼的身后，是成千上万条我叫不出名字的鱼，从我上方追逐着鲸鱼而去，像是遮天蔽日的飞鸟。

鱼？

水？

夸父农场N33竟然在海里？

"船长？"姜慧显然对我的反应产生了疑问。

我掩饰着自己的震惊，指着上面的鲸鱼说道："看，这条……鲸鱼后面那些鱼，叫什么来着？我怎么想不起来。"我不能确定我之前是否问过类似的问题。

"是太平洋鲱鱼，之前我们在白令海附近见过的。"

"对！"我一拍脑袋，"记性越来越差，不过每天见这么多鱼，我真是记不过来。"我故意无视导航台上闪烁着的一个个电子图标，走到了咖啡机旁，刚要按榛果拿铁，忽然记起，这些行为应该是第三人帮我去做。

"第三人，过来给我捶捶肩，我好像睡落枕了。那个，姜慧，报一下今天的数据。"

"是！"姜慧走到我看不懂的那片图标之前，"报告船长，夸父农场N33行驶维度为北纬31.25度，经度为西经164.41度，下潜底部深度为339米，当前速度稳定在20节，实时排水量879万吨，距离目的地还有238海里，昨夜受北太平洋暖流对农场右侧的冲击影响，按照指示关闭了一、三、五、七号推进引擎，请问是否开启？"

"开启！第三人来控制航速，躲避洋流！"我听得一阵头皮发麻。

第三人却说："报告船长，当前接收到给您捶肩膀与驾驶夸父农场N33两条并行指令，请选择优先级指令。"

"先开船！废话真多。"我用抱怨来掩饰内心的不安，转身倒了一杯拿铁，坐到我熟悉的转椅上，透过玻璃窗，俯视曾经的棕榈园，然而棕榈园早就被替换成了一片松树林，而远处的马铃薯农田也不见了，而是一堆乱糟糟的山石，山石之下竟然还有淙淙的流水，是一条没有修复堤岸的人工河。

我将热咖啡像喝白开水一样灌进喉咙，以此堵住嘴巴，控制住自己不去问什么。这时候，我右眼角的余光一动，四只猛犸象从松林中走了出来，踩着轰隆隆的步伐，走向了人工河。

第十五章

海底牧场

1

我已经有三个小时一言不发了。我时刻提醒自己，我是程成，程成本就是一个话很少的人，所以，没有话说才是常态。我之所以提醒自己，是因为我的心不停地悸动，未知的恐惧像是一只大手，一次又一次地捏着我的心脏。

开始的一个小时，坐在导航台的我，先后看见十几种叫得出和叫不出名字的动物在我的眼皮子下出没，夸父农场竟然成为了一座海底动物园，而且，饲养的还是一群早就已经在地球上灭绝的动物。

复活灭绝的动物已经不是新鲜事。在我那段似真似假的记忆深处，战争还未爆发，父亲难得地能带着我，妈妈抱着“妹妹”，一家四口去过一个大型动物园。我已经忘记了动物园的名字，只知道那里面的动物全是通过基因技术复活的史前动物。

我还记得给我们讲解的导游是个年轻人，他对动物抱有极大的热忱，却十分讨厌孩子向他提问题。

父亲跟我说过，史前动物园的缔造者之一，就是我爷爷程文浩，他在几十年前是一位非常伟大的古生物学家。

凭着这段模糊记忆，我认出了剑齿虎、大树懒、大角鹿，还有一种把幼崽装入腹下袋子里的猛兽，可能是叫袋狮……叫不出名字的更多。猛犸象沿着河流向下游走去之后，两头身上长满绒毛的犀牛溜达着越过河流而去，但犀牛是不长毛的；当我正对着十几只头上长着三支角的鹿状动物出神之时，一只剑齿虎悄悄地从河流上游的水草间靠近，它扑向了鹿群，锋利的牙齿将一只可怜幼鹿的脊椎咬断。

第三人忽然发出了一声“哟呼”，没有丝毫情绪，我听不出它是在为剑齿虎欢呼，还是为幼鹿遗憾，它紧接着说：“昨天是一只巴塔哥尼亚后弓兽，今天是一只三角鹿，这只刃齿虎显然已经找到了捕猎的秘诀。”

原来是刃齿虎，但是我不知道刃齿虎和剑齿虎之间的差别在哪儿。想到这个问题，我焦虑的心在嘲笑自己，面对着重重的迷雾，剑齿虎和刃齿虎的区别，有那么重要吗?

我不敢询问，更不敢通过计算机去查阅资料，因为我知道，我的所有行为肯定都在监控的范围之内。

我不说话，领航员姜慧也没主动找我说话。我们应该都是同时被清洗记忆来到夸父农场，姜慧肯定是她母亲的名字，她的眉头总是微微皱着，嘴唇紧闭，我很好奇她有着怎样的记忆，能让她工作的时候如此惆怅。

但我依然不能询问。事实上，程成就是一个好奇心不是很强的人，我是程成。

我和姜慧这种无言的状态也确实符合已经在一起工作了三个月的状态。其实，两个人只需要相处一个月，基本上就能把这辈子能说的话全都说光了。

不说话最安全，我现在就是一只披着虎皮的兔子假装森林之王，话说得太多，就会被环伺于暗处的猛兽发现我孱弱的事实。

我喝第三杯咖啡的时候，第三人已经调整好航行参数，夸父农场进入自动驾驶模式，它则过来为我按摩肩背。当它的手触摸到我的后背之时，我就意识到了一些不同，之前第三人都是从肩胛骨向颈椎按摩，而现在它的双手却先按摩了我的脖颈，而且手法力度完全不同——第三人一定也被调整过系统，之前的记忆被清除，或者被封锁起来。

"船长，请您放松颈部肌肉，不要紧张。"

姜慧朝我这里看了一眼，却也没说什么。

"咳咳，咖啡太烫。"我编了一句谎话，然后依言让自己放松下来，但是姜慧看我的眼神，却让我心里仿佛长了一根刺。

之后，我离开导航台，假装听着音乐溜达到健身房，在全息影像制造的邦迪海滩快跑一小时。这里是我之前最喜欢跑步的地方，我选择邦迪海滩，是想测试运动系统的反馈。跑完之后，显示的运动效果位列之前所有成绩的第十七名，我最好的跑步状态是两个月前的一个傍晚。

我假装无聊似的去翻之前的系统记录，我已经在这里跑步97次，其中选择澳洲邦迪海滩62次，丽江泸沽湖15次，秋叶城自由公园10次，并没有古城运动系统的数据。看完历史记录，我推断他们给我设定的性格特征和趣味基本与我之前相同。

知道了这一点，心里稍稍放松，通过演戏，或许能够在表现上蒙混过关。不过，未知的问题太多了，只要一想，心头就又重新压上了一块巨石。

夸父农场已经不在天空追逐太阳了，反而来到了海里充当潜水艇？为什么还载着一群史前动物？联合政府的动机何在呢？

姜慧说，我们现在距离目的地只有二百多海里，后来第三人将航速提升到40节，也就还有三四个小时，我将抵达一个目的地，这个目的地又是哪里？

抵达目的地之后，我做什么？返航，还是……将这一船的动物卸货？或者，拉上其他动物，或者货物，前往下一个目的地？

除了我与姜慧之外，船上是否还有其他人？之前导航台之下，每天8点都会有犯人来种植农田，可今天除了野兽，我没有看到一个人。

还有，夸父农场之下的B区和C区又是怎样的一幅景象？是否还关押着犯人，是否还有人被用来种植人体器官？抑或，来到了海底，犯人们会有其他的作用？

在海滩跑步的时候，我梳理了这些问题，梳理完不禁自嘲，此时的我真是一个无知到尴尬的角色，我什么也不知道，不知道自己的内心，不知道外面的世界。

对了，我至少知道我妻子的生日，但这有什么用？

我回去冲了个温水澡，之后在床上躺到下午两点。曾经的夸父农场N33在这个时间，会飞临东经98°，两艘飞船进入农场底部的交接舱。

今天，显然不会了，来的话也是潜水艇。

我回到导航台的时候，只有第三人面对着一堆红红绿绿的数据发愣，姜慧并不在内。领航员的工作时间在1点半就开始了，看来这个姜慧并不是一个循规蹈矩的人。

“还有多久到？”我又倒了一杯咖啡，然后琢磨着如何能从第三人嘴里套出一些信息，还要掩饰自己的“无知”。

“报告船长，两个小时之前，我们途经夏威夷北部海底，遭遇海底火山活动，我已经根据数据反馈，做出绕行右15度的决定，现在的路程比之前多了184海里，距抵达目的地的时间还有5小时46分钟。”

“很好！”我走到它的身后，轻啜着咖啡。第三人的脑袋机械地随着眼前闪动的数据，以及前方出现的各种鱼类和海底山脉，为夸父农场更改航行参数。

“很无聊是吗？”我看着第三人的背影，替它抱怨了一句，第三人的脖子动了一下，似乎分析了我这句话并非命令，然后又回归驾驶状态了。

它连接话茬儿也不会。

我想起樱子那句话——“我是慧人，不是机器人”。以前我对这句话没有深入的了解，但看到第三人的表现之后，我明白了——它是个名副其实的机器人，虽然能够与人类交流，但只是在执行命令。樱子不同，如果我抱怨一句无聊，樱子可能会回头和我探讨无聊是一种怎样的状态。

“第三人？”

“船长，请下达指令。”

我拍着它的肩膀。“你有其他模式吗？”

“您问的是什么模式？请明确您的指令。”

“我指的是，你的语音啊，你的性格啊之类的，能有其他选择吗？”

“没有，”第三人说，“我是军事任务机器人，您说的功能在娱乐和服务型机器人才会有，我的任务是帮助人类提高工作效率，并不是讨人欢心。”

我忽然想到了工作犬与宠物的区别。

“或许是我把你当成一个人了，所以总希望你有些改变……对了，你服役也有段时间了吧……”

“是的船长，今天是我在夸父农场服役的第2083天14小时9分。”

“你不无聊吗？”

“报告船长，我们机器人无法理解‘无聊’这个词的含义，这种情感是人类特有算法，我的运行系统不支持情感算法，情感于工作无益，而我的任务就是专注工作。”

“你说，感情是一种算法？这……”我刚想说，这倒是第一次听说，这句话被我生生咽了回去，还是不要轻易对某些事情表态最为安全，我换了个口吻问道，“你是如何理解这句话的？”

“报告船长，这句话对我来说，就是一个事实，一个事实不需要理解，也无法解析。”

和第三人聊天会让无聊变得更无聊。

“哈哈哈……”我也不知道此时发笑会不会显得生硬，“真不知道你是如何伺候之前的船长的。”

“我和之前的两位船长合作密切，他们在离开夸父农场时都给了我最高的评分。”

“两位船长？都是谁？”

“报告船长，前两位船长的数据我无权查看。”

我就知道它会这么说，但我还是问了下去：“一丁点记忆都没有？”

“您所关心的问题，不在我的工作范围之内，所以我无法给您提供帮助。”

14：40，姜慧才来到导航台，一言不发地坐在座位上，扫了一眼航行数据，然后就点开一本不知道什么书，读了起来。

我刚想装作发怒，以表达对她消极怠工的不满，可转念一想，如果之前的记忆里，我已经默许过她这么做，岂不极为反常。

但是，一句话不说，似乎永远也不会了解她。

“你知道吗？”我说这句话的时候，第三人看向了我，姜慧反而一动不动，“我刚才和第三人谈到了情感问题，它说，情感只是一种算法。”

第三人确认我并没有和它说话的时候，才转过头去。可姜慧的眼睛依然盯着书本，似乎对我的主动聊天没有多大的兴趣。

“是吗？”她淡淡地回应。

我有点不习惯这种沟通模式，这里除我之外唯一的人类竟然还没有机器人说话多，我觉得有必要去调动下气氛。“对了，你是怎么理解情感是算法这个问题的？”

她抬起头，眼睛盯着屏幕上闪烁的数据愣神，过了十几秒才说：“你是怎么理解的？”

“哈哈！”我干笑两声，没想到她会踢皮球回来。我脑子急速转动，想象我作为一个二十年前的程成，是如何理解情感算法的。

“机器人再如何进化，也不可能成为人类，原因就是它们无法理解人类的情感。”

“你认为情感不是算法？”

“破解感情的前提是，人类要了解自己的情感，事实上，目前的科学研究，只知道情感的发生与大脑神经元放电有关，但具体是怎么运行的，谁又能说清楚？毕竟，我们大脑皮层有将近200亿个神经元。”我起身溜达到导航台前方玻璃下，看着河边休憩的两只豹子似的动物，“浩瀚如茫茫宇宙，人类太渺小了，自己都不了解，又怎能赋予机器人感情……”

姜慧没有说话，导航台只传来第三人时不时敲击键盘的声音。

“但你刚才的问题，不是问情感是不是算法吗？你回答的，却是人类不了解情感，”她语气里听不出任何情绪，“所答非所问。”

“呵呵，我就是一个军人，除了开飞机……”

“除了杀人放火，也不会干别的。”她依然头也不回。

“你……好像有情绪？”

“我们不是在探讨情感是不是算法的问题吗？”她终于回过头来，眉头皱着，但是嘴角却仿佛是在笑。

“嗯。”

“你想听我的看法？”

“当然。”

“我的情感不是算法，但你的，一定是。”她语言冰冷。

“哦？说说看。”

她冷笑了一声。“还要我帮你回忆？”

“你尽管说。”

“程成，当你把核弹扔向数千万无辜平民的时候，你当时的情感是怎样的？”

我愣住了，脑子里想着我该如何回应她，我也大概知道了她对我冷漠寡言的原因，原来她是个反战人士，至少，是个反核人士。

她厉声追问：“是怎样的？你回答我！”

我左手中的咖啡杯一颤，赶紧用右手稳住，她眼睛里泪水迸发而出。

我哑然道：“我……十分抱歉，当时情非得已，箭在弦上。”

“好一个箭在弦上！”她笑着流泪，“你就是个冷血无情的机器，杀人机器！”

他们竟然派来一个反战人士给我当领航员，显然，是想让我天天过不上好日子。姜慧无力地从座位上站起来，擦了擦脸上的泪水。“算了，工作期间不谈感情的事，之前约定好的。”

“我们本在谈算法和感情的问题，谁料到你联想这么多？”

姜慧刚才好像平复了心情，可听到我这句话之后，忽然吼道：“我说过，工作期间，不谈感情！”

手里的咖啡被吼出半杯，全泼在裤子上。

第三人不知从何时已经不再敲击键盘，将头机械地转成90度，像是一位观众一样看着姜慧和我吵架。

“抱歉……”

“程成，事已至此，给各自留点尊重吧，”姜慧擦着眼泪走到了导航台一扇永远也无法从内部开启的钢化玻璃门前，“我去巡视一下C区。”

然后，门自动打开了。

我大脑一阵发麻，这扇曾经隔绝我数年的“牢门”，竟然自动打开了？

这艘夸父农场与之前的有太多不同了。这个惊喜瞬间将姜慧带给我的不快冲击得烟消云散。

“等等，我陪你一起去！”我朝着姜慧的背影喊出这句话的时候就意识到自己真是傻瓜。

“留一点尊重，保持一些距离，让我静一静，可以吗？”

第三人“饶有兴致”地看完了我们的争吵。待我看向它的时候，它说：“恕我无法为您提供帮助，因为我无法解析你们的情绪。”

“你不了解情绪，但你总知道她为什么生气吧！”我没有用疑问语气，“也不是头一次了，对吧？”

果然，第三人顺着我的话说了下去：“任何问题都有合理的解决方式，船长，您还是要思考问题的根源。”

“我头很疼！”我抓着两侧的太阳穴摇了摇头，“你说，我该怎么办？五朵金花都爆炸了，你能送我穿梭时空，去阻挠自己？”

“船长，这不属于我的工作范围。”

它蠢得让我无言以对。我分析着第三人的逻辑，试图让它讲出更多有用的信息。“但这已经影响到工作了，不是吗？”

“您和姜慧73天之前就已经向总部申请过分开，可你们的角色都太重要了，总部没有同意，因为一旦进入夸父农场，就要将任务执行完毕才能出来。”

我心中一惊，我和姜慧的矛盾在两个月之前就已经爆发过，那说明……可能刚上船的时候，她就已经看我不顺眼了，看来她的设定是一个非常极端的反战分子。

却听第三人继续说：“不过我们还有4小时15分钟就能抵达目的地，您可以再次申请。另外，抵达之后您和姜慧有64%的概率会获取全新任务，有68%的概率您会和姜慧分开，所以，您应该为此而感到开心。”

第三人说话比我还含糊，仿佛知道我在套它话似的，说了半天也没说出那目的地在哪儿，做什么的，为什么去那里。我轻叹一声："十分抱歉，刚才，我们打扰你了。"

"您无须向我道歉，我的程序和工作并未受到你们的干扰。"

"不知道她现在的情绪如何？是否还在生气？"我知道第三人能够通过芯片测量船员体内的各项生理数据值。

第三人回答："姜慧体内的去甲肾上腺素水平已经比五分钟前降低了30%，这表示她的情绪虽然在恢复，可依然处在一种激动的情绪之中，我建议你们最好还是保持一段各自无法感知的距离。"

"她在哪儿？"

"她在C区的'新生代冬眠舱'，正在检查冬眠者的生理数据。"汇报完毕，它又加了一句，"她在检查别人的数据，而我却在检查她的数据，她完全不知道，就像一个睡去的冬眠者。"

我不知道后半句是不是它表现幽默的一种方式，但我从它的口中捕捉到一个重要信息——冬眠者！冬眠……

他们是之前的犯人吗？是我父亲的战友吗？

"冬眠者的情况怎样？"

"请您下达准确指令，您指的是活体冬眠者还是胚胎冬眠者？"

"所有！详细报告。"

"报告船长，活体冬眠者24小时内出现3例死亡，处于正常死亡范围内，目前还有466位；胚胎冬眠者在昨天的洋流影响下，造成21例死亡，超出正常值6例，目前还有4831位。"

我轻叹一口气。"真是遗憾。"

"船长，您不用难过，夸父农场N33已经在限额之内完成任务，抵达新大陆，您一定会受到政府的嘉奖。"

政府和新大陆又是什么？

我干笑两声，"其实最大的功劳，应该给你，辛苦了。"

"职责所在。"

我又看了一扇玻璃门，外面的世界似乎正在朝我招手："你继续驾驶，我去C区看看。"

“船长，请采纳我的建议，请您继续和姜慧保持距离。”

“我去视察一下冬眠者，总可以了吧。”

“自然可以，只是您之前都是在上午才去视察。”

我愣住了，第三人的这句话在我看来就像是一个提醒。“算了，我承认我心乱如麻。”我端着咖啡，又走到了“史前动物最佳观赏台”，松林的外缘，一只美洲大地懒和一只洞熊，不知什么原因，打了起来。

“船长，您今天喝了几杯咖啡？”

“四杯吧。”

“您在工作区喝了四杯，我记录在案，在非工作区域，请问是否喝过咖啡？”

“没有。”

“谢谢船长。”

“你问这干吗？”

“刚刚收到总部的信息，他们关心你的身体健康，让我如实汇报你的相关数据，”第三人说，“我检测到您的心率不稳，请问身体是否出现不适。”

“还好……不，不是很好，不过你尽可放心，我中午跑步，还有喝了一天的咖啡，心率不稳是这些引起的，请将信息如实汇报总部。”

“好的，船长。”

2

他们果然在监视我。

一定是什么行为，引起了他们的怀疑，所以他们通过第三人去获取我的详细情况。或许是我这一天说的话太多了，也可能是我动了去B区、C区的念头，让他们对我产生了警觉。

我的猜测在夸父农场距离目的地还有45海里的时候，获得了进一步验证——导航台接收到总部指令，停船待命。

我尽量克制自己的心态，否则哪怕生理上的某些激素的升降，都有可能出卖我。第三人虽然不是人，却可以是他们监视我的监视器，而我竟然还傻到想从它的嘴里获取一些信息。或许今天我与第三人对话的时候，一些人已经通过第三人的眼睛，了解到我的一举一动。

“总部没有说停船原因？”

“报告船长，没有。”

“好的，你坚守岗位，有消息随时通知我。”

“收到。”

“姜慧呢？现在出现情况，她一个领航员怎么可以不在工作台？”

第三人指了指导航台下方，曾经的棕榈园的位置。“她现在的心情平复了。”

如果是父亲，面对着一个对自己有意见的人，一定会冷静地去化解和她的矛盾。可问题到了我的头上，我却有些踟蹰。现在我已经引起了总部的怀疑，如果多说话，可能会露出更多的破绽。

我就是程成。

他们提防我，正是因为他们无法控制我。我不是机器人，我的感情也不是他们能够解析的算法，所以，我现在做出的一系列行为，都来源于我难以捉摸的心，既然我自己都无法捉摸，他们又怎能看透呢？

外面的空气有些潮热，大概模拟的是几万年前地球上的普遍气候。

导航台下方，是一方悬空的花园，花园的外侧是一重透明的围栏。姜慧正倚着栏杆站着，眼睛看着斜上方，潮湿的风撩拨着她的头发，额头上淡淡的皱纹乍隐乍现。

我抬头看看“天空”，深邃的黑蓝色，若是以前我会以天气为由头和她打招呼，现在显然不行。“看鱼？”

她看了我一眼，然后将头别过去。

“我是个眼里揉不得沙子的人，有问题难道不能立刻解决？哎，我竟然和你这样相处了三个月。”

“还会更久。”

我靠在她旁边，她没有避开。“我们可以好好谈谈，你这种状态，令我非常苦恼。”

“你会苦恼？”

“何止苦恼，我非常痛苦！”我挤了挤眼睛，“我知道下面有平民，但没有办法，如果我不这么做，合成人与Ai就会彻底战胜我们。”

“别和我谈战争。”

“我只想化解你心中的怨气，事情已经发生，你若真的气愤，不妨揍我一顿。”

“打你？”姜慧冷笑，“你渴望得到我的原谅？死了这条心吧。”

“姜慧！”我声音也大了一些，渐渐进入了角色，“在这里，我命令你，不允许再有任何负面情绪。”

“你已经彻底将我的人生毁了，你还要怎样？”姜慧的眼泪再次流出眼眶。

“人生……放下过去，重来不可以吗？”

“死心吧！”姜慧刚要离开，却被我拽住了胳膊。

“我忏悔行吗？请你原谅我，代表那些死去的亡魂，原谅我……”情绪上来，我的眼眶也红了，“你以为我就心安吗？”

啪的一声，姜慧甩给我一个嘴巴，“难道你的心中，就没有为艾丽斯留下一点位置？”

“艾丽斯……”这又是个什么人，“我怎么会不想念她！”

姜慧冷笑。“想念？你毁了艾丽斯，毁了我，你的忏悔，根本就没有丝毫作用，我根本不可能原谅你！”

姜慧挣脱了我的胳膊，手臂搂着颤抖的双肩，跑上了导航台。

艾丽斯？怎么又多了一个艾丽斯？我毁了艾丽斯？我也毁了姜慧！战前难道我是个多情浪子？他们到底给我设置成了一个怎样的渣滓？

大海暗了下来，时间已经快到晚上8点，夸父农场还悬停在距离海底几十米的高度，没有丝毫前行的迹象。曾经的这个时候，我的妻子都会与我通电话。

我回到寝室，装作无所事事的样子，拿起床头的拜伦诗集随便翻开来读，等待着视频电话带来的通知，可是我一直看书到晚上八点半，也没有一个声音告诉我电话来了。

不可能是信号的原因，要么，就是今天是属于姜慧的通话日。看她的年纪，应该是结过婚的人了，所以此时，她或许正在和丈夫进行通话，可能还会抱怨我今日对她的“欺侮”。

20：40，我放下书本，开始整理床铺和行李，为21：00的准时休息做准备。由于喝了咖啡的缘故，我现在没有丝毫的倦意，但程成就是一个生活极端规律的人，即便我不想睡觉，也要机械地把所有行为都执行一遍。

就在我整理枕头的时候，我发现了枕头之下还压着一张冲洗照片。

是一个五六岁的、有着中国血统的女童，她怀里抱着一个棕色的毛绒熊玩具，坐在一座木制房子的台阶之上，朝着镜头温暖地笑着。

照片背面是一行字：艾丽斯，5岁，硅城。

我脑子里嗡的一声，艾丽斯？5岁的女孩，在我枕头之下？她……她难道是我的孩子？硅城！五朵金花的爆炸之地！姜慧说，我毁了艾丽斯，难道是因为——我炸死了自己的女儿！

所以姜慧说我冷血，那她到底是谁？她怎么会知道艾丽斯的死因？为什么会表现得那么激动？她和艾丽斯到底是什么关系？老师？保姆？或者……亲人？

他们到底想干什么？为什么要给程成编造这样一份记忆，难道这份记忆里，就没有程复存在？

照片颤抖起来，在卧室的某处，一定有个摄像头拍下了这一切。我将照片平放在枕边，穿好衣服，又回到了导航台。

我是不可能睡着的，索性就装作一个受伤的父亲。

出乎意料地，姜慧竟然也在导航台上。

“这里有第三人，你怎么没去睡？”我问她。

她靠在座椅上，眼睛似睁似闭地对着斜上方黑乎乎的大海发呆。

我见她不想说话，便不强求。刚在座位上坐定，前面的屏幕上忽然闪出一行字：

“船长，明天7月9日，是姜慧的生日，您可以借机修复你们的裂痕。”

我回复：谢谢你，第三人。

刚将这六个字发过去，我见第三人朝我看了一眼，脸上露出似笑非笑的表情，然后右手按向了斜上方的一个红色按钮。

警报长鸣。

“第三人，你在做什么？”

第三人仿佛什么也没有听到似的，双手在键盘上飞速地敲击，夸父农场一晃，推进器启动，竟然徐徐向后退去。

“你究竟在做什么？没有我的命令，你敢擅自驾船？”

警报还在号叫，可是姜慧却像是木头人一样纹丝不动，我看见B区通道有红色的点子在朝着导航台移动，显然，那是人！

我暴露了？否则第三人为什么不理会我，为什么会有人奔向导航台？显然是来捉我的。

但是问题出在哪里？

我看向屏幕。“明天7月9日，是姜慧的生日……”

生日？脑子里另一个声音瞬间回响起来：“你妻子的生日，是9月12日！”

艾丽斯？我想起了姜慧朝我大吼：你毁了艾丽斯，你毁了我！

难道她是……

我朝着第三人喊道：“我虽然不知道你在做什么，但我必须纠正你，姜慧的生日是9月12日！”

第三人停下敲击键盘，转头看了我一眼，脸上露出麻木的微笑，如果那也算是微笑的话。停了几秒，它的双手又在键盘上敲了一行指令，刺耳的警报声立刻消失。

第三人说：“船长，夸父农场N33号的指挥权重回您的手上，请下指令。”

“我……可以吗？刚才你……”

“船长，刚才只是总部的突发事故应急反应演习，没有提前知会您，在此我代表总部向您表示歉意，现在总部发来命令，允许夸父农场N33进入新大陆，是否前进，请指示。”

我微微一笑：“好的，向新大陆前进，你来驾驶。”我走到姜慧身旁，将她从座位上抱起，姜慧没有丝毫的动静。“她未免睡得太沉了。”

姜慧很轻，身体瘦得只剩下一把骨头。

我抱着姜慧离开了导航台，第三人目送我离开，脸上的微笑就像凝固了一般。

“船长！”冰冷的声音从后面传来，“还有20分钟抵达新大陆，安置好姜慧，请立即回到导航台，准备登陆事宜。”

“好的。”

其实“遵命”，更合适。

《AI迷航2》即将出版，精彩预告

程复和他的夸父农场彻底迷失于太平洋底。

程雪到底是什么人？张颂玲是否能杀出硅城？坠落悬崖的樱子，又会有怎样的际遇？更令人不解的是，翱翔在天空的农场，为什么成为了潜行于海底的牧场？

在这片不为人知的国度里，程复会进一步探寻人类与Ai之战的终极秘密。而被技术复活的孔子、爱因斯坦等人，将成为他的朋友，发挥各自之长拯救人类的命运，挽狂澜于未倒。在这片被暴力、愚昧和谎言滋养的海底国度，只要一步走错，必然满盘皆输！

程复将如何在迷雾中寻找到正确的航向？

敬请期待下一部——《AI迷航2》

激发个人成长

多年以来，千千万万有经验的读者，都会定期查看熊猫君家的最新书目，挑选满足自己成长需求的新书。

读客图书以“激发个人成长”为使命，在以下三个方面为您精选优质图书：

1、精神成长

熊猫君家精彩绝伦的小说文库和人文类图书，帮助你成为永远充满梦想、勇气和爱的人！

2、知识结构成长

熊猫君家的历史类、社科类图书，帮助你了解从宇宙诞生、文明演变直至今日世界之形成的方方面面。

3、工作技能成长

熊猫君家的经管类、家教类图书，指引你更好地工作、更有效率地生活，减少人生中的烦恼。

每一本读客图书都轻松好读，精彩绝伦，充满无穷阅读乐趣！

认准读客熊猫

读客所有图书，在书脊、腰封、封底和前后勒口都有“**读客熊猫**”标志。

两步帮你快速找到读客图书

1、找读客熊猫

2、找黑白格子

马上扫二维码，关注“**熊猫君**”

和千万读者一起成长吧！

《暗黑者四部曲》全国热卖中！

中国高智商犯罪小说扛鼎之作

让所有自认为高智商的读者拍案叫绝

要战胜毫无破绽的高智商杀手，你只有比他更疯狂！

凡收到“死亡通知单”的人，都将按预告日期，被神秘杀手残忍杀害。即使受害人报警，警方以最大警力布下天罗地网，并对受害人进行贴身保护，神秘杀手照样能在重重埋伏之下，不费吹灰之力将对方手刃。

所有的杀戮都在警方的眼皮底下发生，警方的每一次抓捕行动都以失败告终。而神秘杀手的真实身份却无人知晓，警方的每一次布局都在他的算计之内，这是一场智商的终极较量。看似完美无缺的作案手法，是否存在破解的蛛丝马迹？

所有逃脱法律制裁的罪人，都将接受神秘杀手Eumenides的惩罚。

而这个背弃了法律的男人，他绝不会让自己再接受法律的审判……